非人採訪術

黃戲加——著

序

　　採訪是取得新聞的方法，是取得資訊、傳播資訊的手段。在這資訊爆炸的時代，採訪更是滿足人吸收新知的渴望。隨著採訪技術愈來愈純熟，採訪歷程也愈來愈多樣，但在採訪的特殊技巧發展與經驗廣化上，步調顯得緩慢停滯。因此，本研究針對既有的採訪術進行理論架構的展延，從非人採訪的理論基礎，包含萬物有靈觀念、從人擴及非人經驗的廣化及應用在教學活動的高效能期待；對象設定與特性包含動物的弱互動、植物的想像反應、礦物的超感應及其他神秘傾向；時間與向度包含單一時段的截取式、連續時段的專題報導式及間歇時段的類拼貼式採訪；特殊技巧包含營造唯美的經驗、緩提問及觀察或聆聽動靜、投射思緒與驚奇遇合以及實務檢證包含實施對象、流程、工具運用與資料的蒐集、分析，作理論的演譯、歸納與建構，以新的理論開展另一個採訪的面向。希冀透過這項研究，提升自我回饋，提升語文教學成效，並提供語文教學者更有效的教學策略與方法，引起學生高度興趣，樂於探索、追求新經驗，開創採訪和語文教學領域一番新的格局與視野，作為語文教育政策擬訂的參考。

　　感謝這段時間一直指點我、催促我、叮嚀我的指導教授——周慶華博士，以及一路相挺的好夥伴，讓我順利完成這本論文。希冀這本論文的出版，能引起更多迴響與共鳴，在語文教育的發展上注入更多的活水，也期盼各界不吝給予指教、修正，感激不盡！

目次

表　次

圖 次

第一章　緒論

第一節　研究動機

在偶然間，看了知名導演黑澤明的《夢》。電影裡頭敘述的情節，例如第一個「狐狸夢」（由於沒有實際名稱，姑且稱名）、第二個「桃花夢」，讓我不禁反思人類存在地球上的所作所為以及對自然產生的干擾，在資本主義興盛的這個時代，對於資源的掠奪以及破壞，是否會因這樣的行為而遭致一些無法預期的後果？

去年的「八八風災」，對於很多氣象學家來說，是很不可思議的天災：

> 2009 年 8 月 8～9 日，臺灣遭受莫拉克颱風（Morakot）侵襲，雖然風勢不大，但卻夾帶著超大豪雨，造成南部地區近五十年來最大的水患。中央氣象局記錄到此次颱風累積雨量達 2900mm，大幅改寫歷年十大單日最大降雨記錄，很多地方一天下的雨，比當地年雨量都還多（臺灣一年平均雨量約 2500mm），亦即諸如嘉義、高雄等山區在四天內下了 2900mm 的雨量，這種暴雨加上臺灣脆弱的地質，當然帶來嚴重的崩塌、土石流、走山與地變，而河川必然暴漲，洪水衝破堤防或沖垮橋樑。（陸象豫等，2010：45～48）

像這樣超乎氣象學的預估，而造成的重大災害，在臺灣氣象單位有記錄以來，恐怕找不到第二個。而這個天災，是否只是單純的大候

變化，還是另有其原因？例如「大自然的反撲」、「老天爺的懲罰」等。當然如果以前者為因，在「八八風災」後，許多的媒體報章雜誌評論，都以這樣的主題去作深入研究，而研究成果也都和近來的熱門話題「地球暖化」有關，紛紛作了以下的結論：「八八風災發生的原因可能是人類造成的暖化現象，導致全球氣候異常所造成的，簡單來說，八八風災算是『大自然的反撲』」（並非所有媒體都這樣認為，也有部分認為只是單純的氣候變化）。在這場天災中，我們省思到的，除了人類的貪婪、無知、渺小之外，也體認到所謂大自然的力量以及人類不向命運低頭的天性。

很巧的，在《夢》這部電影裡的第三個夢——「雪女夢」，也提到了大自然與人類力量的互相抗衡。在電影裡頭，人類在大雪之後靠著自己的意志與生命力活了下來，但活下來的同時，他們發現花了整天的時間離開雪地，最後卻仍回到最初的原點，徒勞無功。這是命運的安排？還是大自然對人類睥睨世間萬物的懲罰？抑或只是風雪太大，迷失方向，所以又回到原點？這些都不得而知，因為導演在電影裡頭的鋪陳，留給我們很大的想像空間。

最後幾個夢也是，導演安排的情節主旨非常明顯，除了表達對人類科技發達、資訊爆炸、功利主義的不安外，也突顯了人類必須去反思的一些問題：汙染、戰爭、利益與自然的關係，以免自食惡果。

思考人與自然的問題，對於人類的生活有幫助嗎？答案是肯定的。例如在「八八風災」後，對於一些被破壞的山林、道路、村莊等，不是用自然工法的方式修復，就是乾脆不修，讓大自然自我恢復。這樣的好處在於，運用自然工法，雖然造價較高，工時較長，但對於環境的破壞較小。運用植物的力量控制那些土石，比用水泥等人造物去控制效果好很多。這部分仍是考量到人類的利益而做的。國內也有一些道路是乾脆不修的，像舊中橫公路，經過了幾翻修復，耗費了幾百億的經費，換來的仍是柔腸寸斷，那就乾脆讓大自然休息，不要再有人類的機具進入破壞。

　　現在新的建案，都會把一些對於自然的關懷融入建築物中，這些所謂的「綠建築」，把陽光、空氣、水放進來，在人類生活與自然之間，以最小的破壞，取得最佳的平衡。這也是人類自我反省下的產物之一。

　　另外，除了天災，資源的枯竭也是人類必須反省的問題。像是近幾年討論熱烈的海洋資源就是一例，像是提到黑鮪魚，一定會讓人聯想到屏東縣東港鎮，往年每到五月，捕撈黑鮪魚的船隻總會不時傳來令人興奮的魚訊，一隻隻肥美碩大的黑鮪魚就這樣被捕撈上岸，拍賣所得，總是能供應一家大小一整年的開銷，綽綽有餘。但最近這幾年的統計資料發現，黑鮪魚族群的數量不但銳減，而且體型也愈來愈小，以往動輒四、五百斤以上的大魚，已是少之又少。究其原因，科學家發現黑鮪魚是生長極為緩慢的動物，壽命也很長，像兩百斤以上的黑鮪魚，就必須經過一、二十年的成長，再加上繁殖速度慢，成魚被人類因為利益而過度捕撈，最後受害的，似乎還是自己。

　　其次，石油是人類社會中不可或缺的資源，也是很多國家覬覦的。2008年，油價曾經來到每桶140美元的歷史新高，這給了我們什麼警訊？人類這樣毫無節制的使用資源，總有一天還是會用完的，那資源枯竭了之後？所以近幾年來學者對於暖化、資源耗竭等問題，除了提出警訊，也提供了一些解決的方案，試圖從一些取之不盡、用之不竭的資源，以及運用較不傷害地球的方式，去減少資源的運用，讓人類可以永續生存在地球上。

　　上面的敘述多能從一些媒體報章雜誌所見，而媒體工作者，總是把焦點放在「人」的部分，因為「人為萬物之靈」，報導人的事，才會有觀眾。但既然是討論「人」和「自然」之間的關係，卻只針對人的觀點去發揮，沒有以「自然」的立場著墨，這樣「自大」的行為確在人類社會中屢見不鮮。因為自視甚高，所以往往忽略自己的行為可能造成的後果。綜合來說，人類生活與自然法則，是我們必須去面對、去解決的課題，但人和自然之間，關係應該是對等的，既然人類就自己的部分已有這麼多的看法與討論，對自然也有相當的「揣測」，

基於平等，我們是不是要讓「自然」能發表意見與討論？這樣我們才能更了解「自然」的想法，證實我們的假設，並真正實現人對自然的關照。

再者，我目前任教於國小，服務年資五年，近幾年來發現學校課程部分，對於學生語文能力提升實在有限。我也開始思考如何進一步增進國小學生的語文能力，畢竟語文是一切學科的基礎，我們必須透過語文，去進行聽、說、讀、寫、作等活動；透過語文，我們才能思考對社會、自然學科的論證；透過語文，我們才能表達自己的情感，並與其他人交流資訊。語文是知識的載體，也是其他學習領域的觸媒。高敏麗（2005）提到，從學習的整體面向而言，語文不是一門獨立的學科，而是細膩的牽動著學習脈絡，是所有學科學習的基礎，是引領學生進入知識王國探索的羅盤，是學習之門的鎖鑰，更是培養終身「自學」的關鍵能力。由此可知，語文是人類生活中不可或缺的重要工具。因此，我除了嘗試多樣不同的教學法外，也把閱讀與採訪帶進教室。過程中發現採訪是一項一舉數得的學習活動，因為它可以訓練學生語文的五個基本能力：聽、說、讀、寫、作。從活動進行中，不但增加了語文學習的多樣性，也提升了孩子的語文能力與自信，是非常好的語文教學方法。

綜合上述理由，我開始思考如何去了解「自然」，並且把這樣的概念融入語文教學中。而科技發達讓人類可以用科學的角度去發現問題、探究問題、解決問題，卻無法推測一些關於「自然」的現象所透露出來的意義，只能根據一些數據和現象去推測，但無法合理解釋。於是便興起「非人」採訪的念頭（因為人的採訪已經夠多了），因為採訪「非人」，才能讓人了解「非人」的思考與想法，進而設身處地去為「非人」著想，而不是把自己的想法投射在「非人」上面，自以為是的去做一些人類認為對「非人」有益的事（或許是幫倒忙也說不定）；並且把這樣的概念與語文教學作結合，希望能提供有效的教學方法，進一步提升學生的語文能力。

第二節　研究目的和研究方法

一、研究目的

　　在媒體資訊滿溢的時代，新聞採訪一直扮演著重要的傳播角色，是記者蒐集資料的主要方法，他們將人們感興趣的事，透過採訪，再經過編輯、下標題、排版等流程，放到網路、報章、雜誌，就成為人們吸收訊息的途徑，滿足社會大眾對於各種人事物的好奇心：「如果新聞學是工藝品，那麼採訪就是一種藝術」、「有技巧的新聞人讓採訪看起來很容易，他們很快的讓他們的受訪者如魚得水，而且鼓勵他們自在的說話。他們的問話會誘導出答案，而且傾聽他們在說什麼，在他們聽的同時，已經在想下一個問題，同時從他剛才所聽到，與他們對背景資料的研究所得加以融會貫通」、「對一個全方位的記者來說，最有用的特質就是，做什麼都像什麼；可以隨意跟任何人牽扯，對每個人都有興趣；每個人都喜歡跟他說話，他們一開始就像一般人的親和，其次才讓人覺得是記者的身分」。（Sally Adams 等，2003：7）由此可知，採訪是一門很深的學問，也是一項很有挑戰性的工作，從採訪過程中，不論是對人或事，都是要具有相當的專業。採訪技巧也不是一蹴可幾的，要經過相當的訓練，再輔以時間與經驗，是會慢慢進步成長的。

　　採訪除了擁有訊息流通的功能之外，在小學語文教育中，也是一項很有意義的活動。而語文教育中，培養學生的語文能力是非常重要的。教師必須有規則、計畫的訓練學生的口語能力、閱讀能力、寫作能力等，並不斷延伸精進。那要怎麼進行訓練學生的口語能力？我們可以從五點切入：（一）選擇學生喜歡的話題；（二）選擇合適的教學方法；（三）選擇目的性強的內容；（四）口語交談中樹立信心；（五）選擇行之有效的手段。（王英帥，2009：32～34）。

　　就第一點來說，口語能力的部分，許多學生膽子小，不敢發言；有的雖然能說，卻因口齒不清或表達方式有問題，往往辭不達意，沒有辦法說出正確的答案或明白的主題。所以引起學生學習欲望，讓他們練習說話，建立自信，學生的口語能力會漸漸的改善。培養學生的口語能力，教師如果讓話題貼近生活、融入生活，並從學生的經驗出發，對於學生感興趣的事情加以引導，他們會更願意表達，畢竟親身經歷，對於說話更有信心，也能說得更多，更能積極參與，所以口語能力會慢慢增強。就第二點來說，我們可以實驗很多不同的教學方法，設計多樣的情境，依循學生的發展與語文學習的規律，激發學生的興趣，發掘他們的口語潛力。就第三點來說，口語表達要做到有條理及語氣、語調適當，目的明確，並養成好的交際禮貌，把「請」、「謝謝」、「對不起」、「您好」掛在嘴邊，讓溝通的彼此能感受到尊重，形成良好的口語表達習慣。就第四點來說，則因為學生害怕說話不當，當眾出糗，擔心別人看笑話，這些問題都成為學生學習口語表達的障礙，教師應該在學習活動進行時，加以鼓勵，並忽略其錯誤，尊重個別差異，讓學生可以在沒有壓力的情況下自由的發表意見，進行交流。就第五點來說，則是要教師利用一些教學媒體，營造良好的教學氛圍，讓學生可以放鬆心情，運用視、聽、說科技設備，能更積極、主動的學習。

　　閱讀能力也是相當重要的一環，但閱讀並無固定的方法，只要能讓學生吸收資訊，再與自身的經驗融入、建構、組織後，清楚明白的理解或說出意義，這樣就算是有效的閱讀。教師也從各方面搜尋學生有興趣的語文材料。例如：小說、童話、報章、雜誌、網路等，多方讓學生閱讀，多給予鼓勵，多用活潑的方式進行，並從周遭生活出發，學生更能自動自發的持續閱讀。

　　寫作具有很多交際與情感功能，包括事物意義、抒發情感、教育意涵、發揮創意，也是提升學生多樣語文素質的方法。要進行寫作教學前，教師首先必須蒐集很多寫作材料，不論是國內或國外，長篇或短篇，詩詞歌賦等，都是可以介紹給學生的，有了這些材料，讓學生

吸收了之後，他們也能比較容易運用在自己的寫作裡。其次，有了寫作材料，但學生往往絞盡腦汁，依舊下不了筆，總覺得生活沒有發生轟轟烈烈、驚天動地的事情，便無事可寫，也無從敘述，對於小事，也覺得沒有敘寫的必要。這說明了學生對於生活缺乏體會、感應，教師必須用一些教學法來增加學生的生活視野，引導他們學會觀察、聯想、思考、感受、發現不同的新鮮事，這些可以是世間萬物或人情世故，並發掘生活的意義。讓他們知道其實自己的周遭有取之不盡、用之不竭的寫作材料。並鼓勵運用這些材料，發出自己內心的聲音，寫出蘊含深刻、立意新穎的文章。

　　除此之外，我們還需要培養學生主動發掘、積極學習的態度。俗話說：「給他魚，不如教他如何釣魚。」這句話指出這樣的概念，我們要教學生的，不是只有知識技能，要用什麼態度去學才是真正重要的。我們必須讓每個學生都擁有自己的舞臺，讓他們自由發揮，自我探索，各司其職，多方嘗試，實際操作，省察深思。而對學習內容有所領悟，才有辦法內化為自己所有，形成自我的理念與知識結構。

　　上述的基本能力是語文教學中很重要的部分，那要如何去實踐？前面提到的採訪，就是一項很有效的學習活動。我認為藉由採訪，學生不但可以訓練膽量，透過小組合作，互相幫忙，仔細分工，經驗交流，都可以讓整個活動有不斷的學習與刺激。學業高成就的學生，在活動中不一定是強勢；相對的，學業低成就的學生，也可能在這樣的訓練下找到自己的一片天，提升自信心。在語文基本能力部分，採訪的過程中，「聽」人說話是很重要的，讓受訪者有受尊重的感覺，所以除了眼神必須看著說話者、面帶微笑等基本禮儀外，仔細聆聽並詳加記錄也是很重要的。「說」的部分也不遑多讓，包括提問的方式、技巧、內容，以及根據受訪者的回答給予回饋，或很快提出新問題，請受訪者再作回應，這些都屬於「說」的範疇。「讀」懂受訪者的話，對於整個採訪過程來說，以及後續的撰稿，是相當需要注意的一環。有時受訪者所透露出來的訊息，可能會是隱晦不明、指涉不清的，但身為採訪者，有讓讀者了解受訪內容的義務，所以當過程中不了解受訪者

的回答時，必須再提出問題請受訪者釐清，而非自行判斷解讀，這樣寫出來的報導內容才不會偏離事實。「寫」、「作」的部分則須注意要如何用最精簡的文字呈現明確的主旨，使報導能引人入勝，欲罷不能，以此來吸引讀者，而不是寫些誇大聳動的內容迎合讀者。透過書寫報導，還可以培養學生的寫作組織能力，他們必須把蒐集來的資訊，截取想呈現給大眾的部分，並對於這些內容，加以組織、排列，依 5W1H（Why、Who、When、Where、What、How）的原則，詳加斟酌遣辭用句，才能寫出一篇好的新聞稿。

由此可知，採訪的過程不但可以訓練學生語文五項基本能力，而且還能訓練思考、邏輯、推理、判斷能力等，可說是集多項優點的學習活動。

研究「非人」採訪術的目的是什麼？如果先從「目的」談起，「在形上學裡，目的因被認為是事物得以存在的真正的因：『目的』的觀念，等於一物的終了、終點、結局、結束、最後及完成或成全等觀念。當我們說旅途的終點時，就等於旅途的目的已經到達……所以『目的』常包括『成全』或『完成』的意思。」（曾仰如，1987：263～264）而根據教育部線上《國語辭典》對「目的」的解釋是目標、宗旨的意思，也可以引伸為一事件中所想達到的理想或成果，人們總是為了要解決問題，而去設立一個目的，這個目的就是解決問題的成果。「哲學上的目的因是說凡是出於有意的行為，都有目的的『先行意識』及其最後『期待達成』。而這又可分為行為本身的目的和行為者的目的兩種」。（周慶華，2004a：5）例如，把論文完成是寫論文本身的目的，而論文完成後，在情意、認知、技能上有不同的收穫、見解或是晉級加薪等，則是研究者的目的。

就本研究而言，研究目的也分為兩個部分：一是研究本身的目的（就是解決人與「非人」之間的問題）；一則是我作為研究者的目的。

就研究本身的目的來說，採訪的部分不論是從訪問到撰寫，全部都是以「人」為出發點，很少報導是針對動物、植物、甚至是礦物而採訪書寫的；所以我們很難得知除了人類以外的「非人」的思考、行

為、反應等，這些對於人類想去探索一些未知的世界，是很大的一個阻礙，畢竟所有遭遇到的狀況，我們都是必須去臆測、假設，再經過嘗試之後，才會有一定的結論。例如，當我們到一個陌生的地方去探險時，遇到了一隻兇猛的野獸，要如何做才能順利解除危機？這時，如果對動物行為沒有一定的認知與了解，就無法跟動物作溝通，可能一不小心就惹惱了牠，招來傷害。近年來對於動物心理的研究慢慢變多，也有很多經過科學家的實際檢證，我們可以從一些小技巧解讀動物的行為，並了解牠為什麼會有這樣的反應，並且根據反應作回饋。但如果今天遭遇的不是動物，而是植物、礦物，或是靈異現象，那又如何去應付？因為關於它們的研究少之又少，幾乎沒辦法判斷這些舉動的緣由是什麼，也就無從去作回應。因此，基於上述理由，我們需要獲得更多的資訊去面對未來的世界。所以研究本身的目的，是在於建構一套有別於人的「非人」採訪術，並經由自我實踐檢證理論成效。

　　就研究者的目的而言，不外要「藉由所解決的問題來遂行權力意志（包括謀取利益、樹立權威和行使教化等）和體現文化理想」（周慶華，2007a：16～17）。而我作為研究者的目的，大致上有三點：第一，我想要透過理論的建構以及實務檢證，來自我回饋提升語文教學成效。畢竟在教學現場多年，發現語文其實是一切學科的學習關鍵，也從教學過程中，發現了學生在語文方面的一些缺失，也針對問題思考、嘗試新的教學方法。藉著本研究，希望能建構「非人」採訪術的理論，並實際運用於教學現場，並希望藉由「非人」的採訪，讓學生能反過來自我觀照、省思，反思人類在這世界上的位階和影響力，以及如何與他人及萬物和諧共存的方式，達到「一心仁慈，可以太平」（周慶華，2010）的境界。

　　第二點是希望能提供其他教學者改善語文的方法。因為作了理論建構，也經過實際檢證，證實這樣的教學法的確能改善孩子的語文能力與思考模式。當然希望能提供其他教學者，作為語文延伸活動的參考，造福更多的教育工作者與學生。

　　第三點是藉由「非人」採訪術，作為擬訂教育政策或課程綱要的參考。現行課程綱要，對於語文基本能力：聽、說、讀、寫、作，都有詳細的定義與內涵，但現行各家國語課本的內容，除了一些標題為「訪問記」的課文之外，對於「採訪」有關的活動與介紹，實在不多，且內容較為枯燥乏味，反而是一些兒童刊物：如《國語日報》，在這部分著墨較多，也提供了相關的教學方式給教師參考。由此可見，課本中的內容不夠多元，活動也不夠多樣，提供的知識也不夠生活化。因此，建立「非人」採訪術的理論與檢證方式，不但可以作為教育政策擬訂以及教學參考，也可以提供教科書商一些編輯上的思維與創新作法。

二、研究方法

　　為了讓上述的研究目的得以實現，本研究將建構一套理論基礎，加以實行，並以實務檢證的方式，搭配成果檢視，讓本研究的整個架構脈絡能更清晰，並作為教育政策擬訂與執行、教育人員運用的參考。這裡所提到的理論建構，周慶華《語文研究法》一書有簡明扼要的論述：

> 理論建構，講究創新。大致上從概念的設定開始，經由命題的建立到命題的演繹及其相關條件的配置等程序而完成一套具體系且有創意的論說。（周慶華，2004a：329）

　　根據上述，在進行研究前，必須先設定相關的概念，才能確認整個研究脈絡，包括研究問題、研究目的、研究成果等。本研究要建構的理論，必須先將涉及的面向一一列出。在研究「非人」採訪術上的領域涉及「非人」和採訪術的關係，這樣就形成了概念一：非人、採訪術。

　　概念一形成後，「非人」採訪術還涉及「非人」這個理論，我必須去界定何謂「非人」才能進行採訪；而採訪也需牽涉到技巧、時間、

採訪向度；採訪活動後也需要印證這樣的活動在語文教學上是否有助於提升學生的語文能力與思考模式，以實踐我的研究目的。根據上述，這些就形成了概念二：理論基礎、對象特性、時間及向度、技巧、實務印證。

　　概念一和概念二確立後，接著要建立命題以確認論述所要發展的方向。我所建立的命題有五個向度：非人採訪有特定的理論基礎（命題一）；非人採訪可以設定對象及其特性（命題二）；非人採訪必須規畫時間及向度（命題三）；非人採訪理當發展特殊的技巧（命題四）；非人採訪可以透過實際運作來檢證成效（命題五），合而構成一套非人採訪術，而可以透過教學來發揮作用。而根據前述，「非人」採訪術是目前沒有研究會去涉及的區塊，而「非人」與採訪術其實是可以去探討的，畢竟人們較關心「人」的議題，較少談論「非人」，而「非人」可以創造的話題性與知識性，可能遠遠超過「人」的部分。用此來作為設計語文教學活動的想法，藉此提升學生學習興趣，增進語文能力，變成了我作為研究者的目的所在，而這可以作命題演繹：本研究的價值，可以自我回饋提升語文教學成效（演繹一）；本研究的價值，可以提供其他教學者改善語文教學方法（演繹二）；本研究的價值，可以作為語文教育政策擬訂的參考（演繹三）。

　　茲將「概念設定」、「命題建立」及「命題演繹」的發展過程，圖示如下：

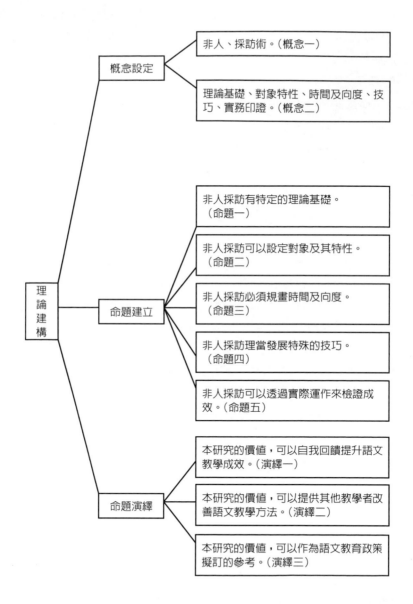

圖 1-2-1　非人採訪術理論建構示意圖

　　理論架構釐清之後，將在後面各章節逐一分析鋪陳印證。而為達研究目的，必須採用多項研究方法，研究方法是指解決問題的方式或程序，本研究所用研究方法如下：

（一）現象主義方法

　　在本研究的第二章文獻探討裡，將有關於採訪、非人採訪的相關文獻與個人經驗作結合，再行探究。現象主義方法，現象主義的現象觀，指的是「凡是一切出現者，一切顯示於意識者，無論它的方式如何」（趙雅博，1990：311），這種凡是顯現於意識中或為意義所及的對象都稱為現象。如「（文學現象）包括一切關於文學的人、事、和作品」及其「彼此之間互動的複雜關係」。（李瑞騰，1991：43）在採訪和非人採訪的文獻本身就屬文學作品，而採訪本身也包括了文學現象的成分──彼此之間互動的複雜關係。在各文獻中很多人為採訪這個主題多所著墨，如果能透過現象主義的方法，從文獻中理出採訪的理論基礎，以及「非人」採訪可能的進行架構模式，必定能使本研究的主題非人採訪術的進行更加順利。然而，在本研究中，因為個人經驗歷練有限，所以只針對意識所及的對象進行整理、分析、批判。而「非人」採訪的部分牽涉許多複雜的個體，這部分也僅就自我意識或意識所及的部分作探究及討論。

（二）哲學方法

　　在本研究的第三章非人採訪的埋論基礎中，將討論「萬物有靈」的觀念、從人擴及非人的經驗廣化的需求、應用在教學活動的高效能期待。本章節將運用到哲學方法。哲學方法，是指後設思考問題的方法。（周慶華，2007b）「萬物有靈」的觀念，也就是所謂的泛靈論，為發源並盛行於十七世紀的哲學思想，後來則引用為宗教信仰種類之一。泛靈論認為：1.相信萬物均有生命；2.相信靈魂的現實瀰漫於萬物中──人、動物、岩石、河流、樹木、泥土、星星，並成為它們的引導力量；3.相信存在 一種看不見，摸不著的非物質的靈魂，它是區別

於物體的生命的潛在基礎，它寄寓和作用於肉體，使它產生行為；4.古代宇宙論相信，宇宙包括人世和一切天體，都有永恆的靈魂，它是一切運動和變化的源泉。（Peter A. Angeles，1999：22）所以泛靈論認為天下萬物都有靈魂或自然精神，並在控制間影響其他自然現象。倡導此理論的人，認為該自然現象與精神也深深影響人類社會行為。換句話說，泛靈論支持者認為一棵樹和一塊石頭都跟人類一樣，具有同樣的價值與權利。

但西方唯物論及懷疑論支持者就會對此說法產生質疑，唯物論者的一些主要觀點如下：1.相信只有運動著的物質存在。心靈（精神、意識、靈魂）是運動著的物質之一，所以心靈是物質變化引起的，且完全依賴於物質；心靈沒有任何因果效驗，它對於物質宇宙的功能也不是不可或缺的。2.物質和宇宙一點也不具有心靈的特徵，如目的、意識、意向、目標、意義、方向、理智、意願或奮鬥。3.沒有什麼非物質的實有，如神靈、鬼魂、惡魔、天使。也不存在什麼非物質的力量。4.不存在什麼神或超自然的領域。唯一的實在是物質，一切都是它的活動的具體表現。5.根本沒有什麼生命、心靈不朽。所有的現象都發生變化，最終都經過存在，在物質的永恆轉化中再次回到原初的、永恆的物質基礎。（Peter A. Angeles，1999：253～254）

由此可知，唯物論者不相信「萬物有靈」的觀念，認為靈魂不能單獨存在，人死後就消失，不會有所謂的死後還有意識，靈魂也不過是物質的變化而已，一切都以「物質」為取向，所有的實體（和概念）都是物質的一種構成或表達；所有的現象（包括意識）都是物質相互作用的結果，在意識與物質之間，物質決定了意識，而意識則是客觀世界在人腦中的生理反應，也就是有機物出於對物質的反應。因此，物質是唯一事實上存在的實體。「物質」至上「偏見」的結果，當然不相信有靈魂的存在。但在本研究裡，如果不相信「萬物有靈」，那又如何進行研究？所以排除掉唯物論者的觀點，以後設思考去看待「萬物有靈」的存在，才得以進行下一步驟。至於懷疑論，是一種認識論，是認識問題的一種態度，它拒絕對問題作隨意地不夠嚴格的定論，對

事物的看法採取一種類於「中立」的立場，既懷疑「是」也懷疑「不是」。所以懷疑論者對「萬物有靈」的看法提出疑問，但懷疑論本身，卻也避免宣稱有最終真理的說法，所以懷疑論本身也被「懷疑」。畢竟它沒有辦法有更確切的論據指出「萬物有靈」是有問題的。

　　從人的採訪，擴及到非人，也是採用哲學方法來討論，因為大多數採訪，對象只侷限於人，對於非人甚少提及，要讓我們的經驗更廣，更深，就必須從人拓展到非人的領域。如果不是有這種需求，這樣的研究也不會產生。對於第三節非人採訪應用在教學活動的高效能期待，在前面研究動機其實已交代一部分，教學現場的教師往往都會尋找有效的語文教學方法，而我在本研究中「非人採訪」的教學方式對語文教學的改善可以有高效能的期待，所以以哲學方法來論述，是再恰當也不過了。

（三）語義學方法

　　語義學（Semantics），也作「語意學」，是一個涉及到語言學、邏輯學、計算機科學、自然語言處理、認知科學、心理學等諸多領域的一個術語。（維基百科，2010）語義學方法是指研究語言意義的方法。（Georey N. Leech，1999）在本研究中是要用它來界定非人採訪的對象特性。第四章探討「非人」採訪對象可能的反應，包括動植物、礦物，以及其他可能的神祕傾向。語義學原為討論自然語言，但在本章節，我用它來討論受訪者的特質以及可能的反應所代表的意義，並加以推測、解釋、記錄，以此來證明「非人」採訪是可以實行的，並可以從中獲得一些不同於採訪人的訊息及思維。

（四）採訪學

　　本研究第五章與第六章將以採訪學的觀點（周慶祥等，2003）來探討，包括採訪的時間與向度、採訪技巧等。從人的採訪的觀點延伸到非人採訪的方向，並依討論結果來擬訂運用到教學上的方法策略，希望可以歸納出一套非人採訪的理論與步驟。

（五）質性研究法

　　質性研究法，是實證研究的模式之一。它相對於量化研究這種「量化」取向的實證研究來說，特別重視參與觀察和深度訪談，以便取得相關的語文資料而形塑出一套理論知識。（周慶華，2004a：203）總提上是「乃指任何不是經由統計程序或其他量化手續而產生研究結果的方法。它可以對人的生活、人們的故事、行為以及組織運作、社會運動或人際關係的研究」。（Anselm Strauss 等，1997）據學者的考察，質性研究法有下列幾個性質：1.研究中蒐集的資料，是人、地和會談等所謂「軟性」資料的豐富描述；2.研究問題並非由操作定義後的變相來界定，而是在複雜的情境中形成；3.研究焦點可以在資料蒐集中發展而成，而不是在一開始就設定待答問題或待考驗的假說；4.了解行為必須從研究者的內在觀點出發，外在因素僅居次要地位；5.傾向於在研究者的日常生活情境裡，跟被研究者作持久接觸，以蒐集資料。（高敬文，1999：5引柏克典等說）而受上述這些特質的影響，研究者所要蒐集的資料就包括參與觀察、深度訪談和書面文件等等。（Michael Q. Patton，1998：4）

　　本研究第七章將把前面幾章建構的非人採訪理論與策略，實際運用於教學現場，利用質性研究法大略的模式：「經驗→介入設計→發現／資料蒐集→解釋／分析→形成理論→回到經驗」（胡幼慧主編，1996：8～10）作深入印證與成效評估。從採訪人的經驗出發，到非人採訪術的建構，著手實施後，把所發現的資訊蒐集來整理，並以理論進行分析，檢視成果是否符合預期，「研究者在此過程中，必須放空自我，不斷讓自己和資料對話，也讓資料和理論對話，再由被研究者的立場和觀點了解資料脈絡的意義」。（潘淑滿，2003：23～24）如果符合預期，將在採訪部分加以廣化，拓及眾物，成果就會納入我們的經驗之中，成為我們生命的一部分。

　　研究方法「只要有它所能夠發揮的功能，相對的就會有它所受到的侷限」（周慶華，2004a：164），所以在本研究中，提及多項研究方法來處理這個課題，期望研究能更趨於完善。

第三節　研究範圍及其限制

一、研究範圍

　　根據上節所述的研究方法，可了解本研究所牽涉到的研究範圍分為理論建構和實務印證兩個部分。理論建構的範圍為：最上層先建立非人採訪的理論基礎（包括萬物有靈、從人擴及非人的經驗、以及實際教學的成效期許），接著在底下分成三方面：（一）非人採訪的對象特性設定（包括動物、植物、礦物，以及其他可能的神秘事件等）；（二）非人採訪的時間與向度的擬議（包括單一時段、連續時段、間歇時段的截取式、專題報導式、類拼貼式採訪）；（三）非人採訪的技巧發微（包括營造唯美經驗、緩提問及其觀察或聆聽動靜、投射思緒與驚奇遇合等等）。這樣按照步驟一一論述，便會理出非人採訪的完整架構以及在語文教學上的運用。也就是說，非人採訪的理論基礎——第三章，統攝著第四、五、六章的內容：

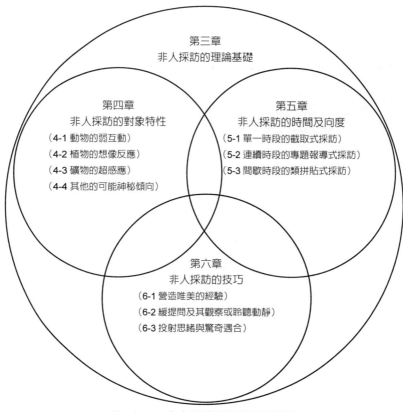

圖 1-3-1　非人採訪研究範圍示意圖

　　依時間順序安排，必須要先有理論基礎，再去尋找採訪對象；有了對象後，才來擬訂採訪的時間與向度，最後論及採訪技巧，以及將這些採訪成果作實際印證，這樣一層層的架構順序，就是本研究所設定的研究範圍。舉例來說，我們以「萬物有靈」的觀點出發，把我們的採訪跟教學活動相配合，並設定「非人」為對象，訪問植物。然而，植物真的有反應嗎？在《神秘自然生態大解碼》一書中作者提到：

　　　　1996 年 2 月美國中央情報局的工作人員 Cleve Backster，
　　在給天南星科植物澆水時，腦子裡突發奇想：能不能用測謊器

測試一下植物的情緒變化？想不到，當水緩緩澆下時，測謊器的曲線急遽上升。這情形，和人激動時測得的曲線一模一樣。

　　Cleve Backster 改裝一臺記錄測量儀，將儀器與植物相聯繫。他引燃一根火柴靠近植物，儀表板的指標猛然晃動，植物出現了恐懼「心理」。在類似的實驗重複多次以後，植物才漸漸減輕恐懼心理。它似乎也知道，那只是一種威脅。

　　後來，Cleve Backster 又設計另一個實驗。他把幾隻活海蝦丟入沸騰的開水中，來測量植物的變化。他發現，幾乎在活蝦被投入沸水的同一時刻，植物會陷入極變的刺激之中……於是，Cleve Backster 得出結論說，海蝦的死亡引起植物這種活動曲線，並不是一種偶然現象，而是表明了一個事實：植物之間能夠互相交往，植物和其他生物之間也能發生影響。（蔡天起，2007：12～13）

另一個例子也提到，植物是有「語言」的：

　　到了 1980 年探索植物語言的工作又有重大進展。美國亞歷桑那大學的威廉·金斯勒和他的同事們，在一個乾旱的峽谷裡裝上遙感裝置，用來監聽植物生長時發出的訊號。他們發現，當植物將陽光和養分轉換成生長的原料時，就會發出一種信號。人們只要把這種信號翻譯出來，就能對農作物生長的每個階段，從發芽到收穫，瞭若指掌。金斯勒的研究成果發表後，雖然引起一些人的興趣，但也遭致一些人的懷疑。

　　後來，人們不但聽到植物的語言，而且還錄音。植物「歌曲」錄音帶，是由美國沙鳥斯·利士納堡錄音公司製作的。他們把兩個精巧的微型電極接在植物的葉子上，當葉子進行呼吸時，便會發出微微的顫動，使電壓產生微弱的變化。微型電極跟一個靈敏的話筒相接，話筒就會把植物發出的信號，由另一個儀表把它轉換成聲音。經由錄音發現，不同的植物會唱出不同的「歌」。人們還發現，環境不同，植物唱出的歌也

不同，在陽光下或沐浴到水分時，它們的歌聲就會變得格外悅耳動聽。

植物既然有「語言」，那麼就有了同植物對話的可能（蔡天起，2007：38）。

上述這些例子，證明了植物不但有反應，而且有「語言」，只是我們平時沒有仔細觀察、記錄與證明而已。既然植物有反應，就可以去採訪它。本研究將採訪納入語文教學活動中，在這之前，必須讓學生了解植物可能會有什麼樣的反應：搖晃、抖動等。然後一起討論決定訪問的時間與向度，例如：選擇每天早上及下午這種連續時段來訪問植物，或者是作一次約三十分鐘的採訪。接著，進行採訪技巧的教學：營造一個具有美感、舒服的環境；準備採訪的問題；基本禮貌的訓練；專注聆聽觀察對方的回饋；面對回答或反應後的再提問；如何仔細的作記錄；記錄完成後的資料分析，探討植物在不同時段的採訪有什麼樣的相同或不同的回應；對於這些反應要如何去合理推論與解釋等。這整個流程，就是非人採訪依據理論建構，再逐項進行教學活動的流程，而這部分也就是我的理論建構的範圍。

至於實務印證的部分，研究範圍僅限於一個班級，而不是很多個班同步實施。於自己班上實施的優點是導師對於學生較熟悉，較能掌握狀況，能記錄到比較真實的資料；如果很多個班一起實施，學生的情況較難掌控，成效的部分也比較沒有辦法作較準確的判斷與觀察。

二、研究限制

研究限制一樣分成理論建構和實務印證的限制。理論建構的部分，因為採訪是一門很深的學問，一個記者必須經過相當久的訓練與實務經驗，才能成為一個好記者。而在本研究中，因為要將採訪的過程放入語文教學課程中，沒辦法做到完整、正規的採訪專業訓練。因此，我僅能把一些比較重要的採訪技巧教授給學生，讓學生可以清楚

大概的方向，並盡量引導學生學習應該有的態度與美感的營造，讓彼此都能在最舒服、和諧的情況下進行訪談。所以理論建構的限制在於本研究必須要把專業複雜的採訪學簡化，截取符合學生程度的內容，讓學生容易吸收、了解並運用。礙於時間與學生能力的關係，本研究無法將所有採訪相關的內容傳達給學生，但以國小語文教育來說，整個教學的過程是足夠提升學生語文能力的。

　　至於實務檢證的部分，因為是以自己班級實際教學，沒有辦法大規模的進行普遍檢證，所以不能確保絕對客觀。但會運用三角檢測的方式，請多個參與觀察者進行檢視，觀察整個教學過程中學生的改變，讓本研究成果更有依據、更具參考性。

第二章　文獻探討

第一節　採訪

一、關於「採訪」和「記者」的意義

　　採訪是本研究的重點，因此在此先就非人採訪中的「採訪」的意義，蒐集相關文獻進行檢視討論，進而理出採訪的定義、採訪的對象、採訪的技巧等，希冀能對採訪一詞有多一點理解與掌握，並從中發掘缺失，引出新義。

　　Wynford Hicksy 在《新聞採訪》一書裡提到，採訪是現代採訪學的主要活動，是記者及作家蒐集資料的主要方法。（Sally Adams 等，2003：1）石麗東在《當代新聞報導》一書中也說到，記者從事新聞報導，要先明瞭採訪事實和意見的步驟，沒有採訪無新聞報導，此乃不爭的事實。採訪既為新聞報導的來源，每一新聞機構有採訪部門，凡有志新聞業者，不論科班出身與否，以採訪為必學的科目。（石麗東，1999：79）錢震等在《新聞新論》一書中提到，新聞採訪是取得新聞的手段。而新聞採訪不論是在那裡採訪，也不論是對什麼人、什麼事或物採訪，都是記者的事。記者能不能採訪到讀者需要或感興趣的新聞，關係到報社的生存。（錢震等，2003：155）由上述可知，採訪是記者為獲取新聞及資訊所需完成的前置作業，也是記者從事新聞工作所需具備的基本專業能力與挑戰，更是工作生涯中必須一直學習的項目，而採訪也決定了媒體受矚目及歡迎的程度，牽涉到媒體的生存，所以採訪對於媒體工作而言，是舉足輕重的角色。

　　但上述除了錢震等人的論述之外，其他對採訪的定義都稍嫌狹隘，只針對採訪是記者必要的工作項目之一、採訪是獲取新聞的手段等意義上作發揮。錢震等人對於採訪對象上有較廣的定義：對人、事、物作採訪，但也只就採訪對象去作延伸的討論。而陳東園等在《新聞編輯與採訪》一書中提到，採訪的本義，就是人類蒐集自然界和人類社會訊息的新聞活動。就內在本質而言是人類一種特殊的認識客觀事實的活動，而其外在表現則是記者與採訪對象之間的一種人際交往活動。（陳東園等，2007：53）上面的論述中，對於採訪對象又有更廣的定義：「是人類蒐集自然界和人類社會資訊」。也就是說，除了人類社會資訊之外，自然界也可以列為蒐集資訊的來源之一。而採訪是記者和採訪對象間的人際交往活動。對採訪的定義，陳東園等對這部分的確是有更寬廣的看法，但對採訪對象應可以有更廣闊的認知，以及更深入的思維。

　　除了採訪對象外，採訪也不應只是記者和採訪對象的交流。一般對記者與其工作的定義，在王洪鈞《新聞報導學》中，對「記者」一詞有以下敘述：新聞記者，或稱記者，是傳播新聞的活動，經傳播科技進步以及社會劇烈變遷，發展成為專業領域後，對新聞從業者的泛稱。除若干國家訂有法律或從業者公約，明文規定新聞記者的資格外，一般來說凡是直接從事新聞資訊相關的採集寫作、編輯、翻譯敘述、播報、攝影後製與評論工作者，無論以何種形式表達資訊，基本上都可視為新聞記者。（王洪鈞，2000：42）除此之外，王洪鈞對記者的認知還有更寬廣的看法：二十世紀，新聞傳播活動發生了革命性的發展；報紙和雜誌成為印刷新聞事業的主幹，廣播與電視也構成電子新聞事業，甚至電影，也屬於傳播事業的範疇。到了電腦與電訊相結合而形成網際網路之後，網路新聞逐漸普遍，從事網際新聞者，無論呈現型態為電子報或個人播報，都以記者自稱。從新聞傳播事業發展趨勢來看，當傳播新聞的活動演變成一種獨特的、具有強烈公共性，且體系化的事業，並被定位為專業領域之一後，新聞記者已具有專業者的角色地位。如同前面所述，凡參與新聞事業報導及表達意見的專業人員，

無論他們為採訪、播報、編輯、編譯、校對、撰述、主筆、通訊員、特派員，或任何其他相似的工作職務，既與採集訊息、撰述新聞、處理新聞、播報新聞相關，或從事資料補充及評論分析的人，都為新聞記者，且須忠實履行其為專業人員的職責。（同上，43）從上述可知，只要是從事跟傳播事業相關工作，且工作性質為蒐集訊息、撰寫新聞、播報新聞相關的人員，都可以稱為記者。而周慶祥等在《新聞採訪與寫作》中對記者也有定義：廣義的新聞記者泛指所有從事新聞工作的人都可稱為新聞記者。例如：社長、總編輯等，雖然不直接從事採訪工作，只作新聞的監督與管控，仍可稱為記者。狹義的記者則指負責外勤採訪工作的人。（周慶祥等，2003：27）從兩種說法來看，我對周慶祥等人的看法比較贊同，因為王洪鈞的對記者的定義仍稍嫌狹窄，必須一定要跟新聞有關才稱得上是記者。而周慶祥等人的定義雖然較廣，但仍離不開新聞的範疇。我認為記者的定義可以更寬廣，除了上述所說的新聞工作者外，可再加進一些訪談記錄者、觀察者、參與者。如動物保育員、靈媒、獸醫、植物學家、礦物學家等。為何他們也算是「記者」？因為人們可以從記者身上獲取關於人、事、時、地、物等訊息，但其他方面的資訊卻少之又少，無從去得知大量有關人類之外的知識，而這也無形中讓人類的視野顯得狹隘、拘謹，不夠開放去接納其他的看法。上述那些角色，雖然他們的「溝通」對象不是「人類」，但他們所作的記錄、觀察、訪問等，可以讓人類獲得其他物種、生命、甚至無生命的訊息，進而去接受原本認知上比較「特殊」的想法或說法，拓展眼界，讓人類在這地球上，甚至宇宙中能與其他物和諧共處，對世間一切保有敬畏謙卑的心。

　　綜合上述來說，對於採訪比較適當的定義是人類蒐集世間萬物（包含認知上的生命、無生命、有機體、靈體等）的資訊，進而作觀察、記錄、檢視、歸納成一個較有系統的文字記載、錄音、影像檔等可供後人運用與接納的媒體，這樣的工作，就可以稱為採訪。

　　至於記者的定義，則為負責上述採訪工作的人物，不僅是新聞記者，包括與自然界可以互通訊息的人，也都可以稱為記者；而記者也

不一定需要處理新聞、編撰新聞、播報新聞，他們只要作資訊記錄、統計、整理，讓資料可以普遍流通，這樣子的角色就可定義為記者。

二、關於採訪對象及其特性

關於採訪對象，石麗東在《當代新聞報導》一書中有提到，採訪以目的物分，大致分三類：（一）就「事」的採訪而言，如突發性的新聞，像是颱風、車禍、公司倒閉等天災人禍，採訪前注意過去相關資料的查詢，並和現在所獲取的訊息去作比對分析，看看有什麼差異，而這樣的差異就是新聞的重點。（二）就「人」的採訪來說，此一類訪問多屬特寫，記者先決定角度，在採訪後，運用寫作技巧整理出文字記錄，成為新聞，這也是新聞來源的大宗。（三）就「問題」或「趨勢」的採訪來說，記者的採訪是針對社會現狀、趨勢或改變去作分析與討論，當然這些內容還是要由專家、學者或相關人事發表。但重心不在「人」而在「問題」上面，人只是討論問題的管道，而非目的物。（石麗東，1999：88）所以石麗東所認為的採訪對象不外是天災人禍等事件、特定人物、特定事件或現象等。而王洪鈞在《新聞報導學》對於新聞的來源分成三大類：（一）公共事務，包括政府機關、社團組織、或為公共政策、公共行政或關係公共安全與福祉，不論是國界之內或國際之間，都可稱為公共事務。（二）個別事件也是新聞的來源之一，例如交通災禍、司法案件、犯罪行為、演藝人員的緋聞等都是，一般說來大家所熟悉的公眾人物，較能引起人們的興趣。（三）新聞來源也包含了自然事故，凡是天地間自然發生或出現任何現象或事故，如地震、颱風、氣候變遷、自然現象以及野生動物的變化都屬於這個範疇。（王洪鈞，2000：83）王洪鈞雖然沒明確提及採訪對象，但從上述的新聞來源，就可看出端倪。綜合來說，他所指稱的採訪對象，不外是人類社會中與「人」有關的事物，再加上自然現象以及少部分涉及動物的行為變化等。而錢震等在《新聞新論》一書中，對於新聞對象有較明確的定義：新聞對象是人，為了便於找尋他或她們，往往必須事

先查知他或她們相關的事、物或地點。例如，他或她們喜歡做什麼事？常去的地方？喜歡的東西？這些都有助於增進對受訪者的認識，更方便對他們的採訪工作。（錢震等，2003：160）而其他專書或期刊文章雖然沒有提到採訪對象，但也有簡略提到新聞要素。如周慶祥等在《新聞採訪寫作》一書中提到組成新聞要素脫離不了 5W1H：Who（何人）、What（何事）、Where（何地）、When（何時）、Why（為何）、How（如何），但一則新聞裡不必包含所有的特質，有時只需一項凸出的新聞要素，就足以吸引大眾閱讀。（周慶祥等，2003：10～11）所以周慶祥等的說法，大概也脫離不了與人相關的事件。而陳東園等在《新聞編輯與採訪》一書中對於新聞的內容也有這樣的看法：新聞內容包括參與的（一）主角人物：它可以是人、事物現象、物件、動物等，通常是整件新聞發展的靈魂之一。（二）事物現象發展的流程始末：由背景、過程、結果。（三）時間：包括事物現象發生的準確日期、時間以及這個時間點所包含的特殊意義。（四）地點：包括事物現象發生所在的場域，以及這些場域在新聞裡所透露出的意義。（五）物件：與新聞事物現象相關的物證，可以用來讓新聞更真實、更有依據。（陳東園等，2007：4）由陳東園等的說法來看，對於採訪對象的定義，設定較為寬廣，畢竟除了人和事件之外，也包含了動物。而徐慰真在《人間趣味新聞料理》一書中對於人情趣味新聞來源有下列的說法：人情趣味沒有一定的來源，因為範圍太廣，所有人都可以是對象，包括來源場域例如：法院、監獄、學校、遊樂場、動物園、水族館、集會、演講、醫院、戰區、博物館、美術館、飛機場、碼頭等。（徐慰真，2001：69～70）所以在採訪對象的界定上，仍是以人為主要目標。

就上述來談，大多數專書對採訪對象的定義，直截了當的就限定為「人」。那相關期刊文獻？也差不多是如此。舉例來說，幾份期刊的篇名如：〈人物採訪技巧〉（董紅言，2005）、〈如何做好人物採訪〉（林耀斌，2009），這些文獻顧名思義，多以「人」為採訪主軸。沒有提到「人物」的篇名，如〈淺談新聞記者的採訪技巧〉裡，趙彥紅提到，就採訪對象而言，有的人比較健談，而且思路清晰，如果記者提出問

題，對方就能迅速且恰當的進行回答；相反的，有些採訪對象比較拘謹，不善言辭，對記者所問的問題只能作較簡短的回應，或悶不吭聲。（趙彥紅，2009）由此看來，這裡所設定的採訪對象為「人」。另外，張徵也提到採訪前必須先對採訪對象有五個方面的了解：（一）大致經歷；（二）主要成就；（三）性格愛好；（四）當時情緒；（五）親友關係。（張徵，2009）雖然沒有說得很精準，但由以上五點來看，的確還是以人為對象。

再者，其他論述也沒有更廣闊的見解，乍看之下採訪對象的範圍很大，把動物加了進去，但即使算在採訪對象的範疇內，實際採訪動物的新聞有多少？其實說穿了，採訪對象在這些文獻的定義，大概就是跟「人」有關的事件，沒有什麼特別的。不過這對於認識人類以外的世界，是毫無建設性的，且看法和視野是相當狹隘、侷限的，畢竟光在我們生活的地球上，生命的存在就不只是人和動物而已，還有植物、礦物、以及其他未知的世界，拓展出去，也包含我們探索不到的宇宙等。

關於採訪對象的特性來說，人是有強烈互動的生命體，所以與人交流，除了注意交談的狀況外，肢體語言的部分也很重要，甚至得切入受訪者的內心情感，才有可能讓整個採訪工作順利進行。所以對「人」的採訪工作是很複雜的，需要長時間的訓練與經驗才能夠養成。但對人採訪的相關專書期刊論述非常多，關於其他生物、無生命的採訪資料卻非常少，不然就是缺乏。所以對於採訪對象的特性，先作部分的論述，其他的將在後面的章節作比較深入的探討。

除了人以外，互動性較高就屬動物了，那動物跟人類語言不一樣，怎麼能溝通？答案是有的。人類有語言，動物也有，而且動物的語言行為一直是人類所感興趣的課題。像是最近因為世界盃足球賽爆紅的章魚保羅就是一例，水族館的工作人員為保羅在進行「預測」前準備一個貼著主場及對手雙方的國旗在透明玻璃箱，箱中會事先放入食物（如貝類），誘使牠作出選擇。當牠獲取食物後，翻開的那個箱子就是「預設結果」，而章魚保羅在本次 2010 世界盃足球賽，預測成功率為

百分之百，這也是人類和動物互動的例子之一。在《神祕生物未解之謎》一書裡，提到語言非人類獨享，他舉了幾個例子：五歲的黑猩猩不但能了解語言，還能加以創造運用，牠可以利用改造過的英語透過電腦處理後，達到與人溝通的目的，這驚人的發現，打破過去認為語言為人類獨有的觀念，而進行實驗的心理學家說，這隻黑猩猩的能力早已超過人們的預料。（通鑑文化編輯部，2008：197～198）由此看來，某些動物的溝通能力，已經超過人類的原本的想像與認知，牠們是可以和人類互動的。另一個例子說到，美國有一隻精通數學的狗，兩位數學家用電腦才能解出的題目，牠僅用四分鐘就解出答案，這隻狗的主人只訓練牠算數，在短短的一個月內能數到百萬位，而且還學會了平方根和立方根。令人更覺得不可思議的是，牠能和人聊天，當有人以開玩笑的方式問牠對貓的看法，牠回答說：「貓都是大笨蛋。」（同上，198）除了動物的語言之外，動物的情感也是我們必須去了解的課題，畢竟「人」的採訪中，我們必須關照受訪者的情感與內心世界，才能更快的與受訪者進行交流。而動物有情感的部分，一直都有資料可以證實。舉例來說，一則發生在臺灣的新聞：「雲林有位老農夫梁阿公，因為跟老牛朝夕相處了二十三年，但因為梁阿公已經七十五歲了，實在沒辦法照顧牛，只好忍痛將牠送到位於臺南柳營鄉老牛的安養之家，只是這人牛一分別後，牛牛不吃東西，阿公也很思念，今天梁阿公特地搭火車，從雲林到臺南看牛牛，牛牛真的很有靈性，看到阿公來了，猛點頭很開心，也終於願意吃草了。」（潘潔瑩等，2010）動物具有靈性的案例，還有四川大地震時，有人觀察到熊貓變得非常驚慌，彷彿知道大難臨頭，而當地數十萬隻的蟾蜍也跟著大遷徙（王銘義，2008）；日本神戶大地震前數日，當地人留意到許多狗狂吠，狗咬人的事件也急遽增加，有人認為災難來臨前，動物會變得很緊張（楊明暐，2008）；木柵動物園的大象林旺，曾經在動物祭裡擔任陪祭官，跟著主祭者四肢下跪，讓人嘖嘖稱奇；南亞海嘯造成斯里蘭卡2萬多居民喪生，但災難現場卻找不到任何一具動物屍體，或許動物有第六感，可以預知將要發生的災難。（羅際鴻，2003）從上述的案例可知，動物的

情感與能力有時連講究證據的生物學家和科學家也難以置信，而思考和語言真的是人類獨有？在這瞬息萬變的大千世界，沒有什麼事情是不可能的，只要用心觀察，或許我們可以留意到不同的變化。動物既然能與人互動，就代表我們能把牠列為採訪對象，並且能根據以往對牠們的研究，了解牠們的行為舉止與心理狀態會呈現什麼樣的反應？採訪者要如何去作回饋？採訪者在前述已作定義，是以比較廣的層面來討論，所以包括動物保育員、觀察員、訓練師、獸醫、以及跟動物相關的從業人員，都可算是採訪者。

綜合上述，動物與人類的互動，是可以進行採訪工作的有力依據，因為從與動物溝通所得到的回饋來看，我們能得到相當分量的訊息，所以動物與人的互動是比人與人的稍「弱」，我在此把動物的回饋特性稱為「動物的弱互動」。

除了動物以外，還有其他的採訪對象，就植物的特性來討論，植物是否有語言？是否能溝通？是否能像人一樣，對外界的刺激產生反應？這些一直是人類學者一直想了解的問題。畢竟人類認為的植物，只是一個生命體，沒有情感，也不會思考的。但近幾年來，許多科學家用實驗證明，植物不僅有感情，還會有情緒、有記憶，還因此有一門新興學科──植物心理學。但植物真的有情緒嗎？在《神祕生物未解之謎》裡提到，美國中央情報局的電子專家 Cleve Backster，突發奇想把測謊器綁到一棵天南星科的植物葉片上，想測試水從根部上升的速度，結果他發現，當水從根部緩緩上升時，測謊器上顯示的是向下、複雜的鋸齒狀曲線，這是人在高興時具有的反應，於是他大膽推測植物也有情緒。因為植物知道澆水對自己有好處，所以會有高興的情緒回饋，也讓 Cleve Backster 想進一步研究。他也試著假裝用火柴燒葉子，尚未靠近植物，測謊器上就有劇烈的變化，呈現恐懼的心理狀態；後來他又多次假裝測試，但未真正燒灼植物，植物似乎也發現這樣的動作並不會真的對自己產生危險，於是也不再出現劇烈的反應，記錄器呈現較平穩的狀態。（通鑑文化編輯部，2008：206～207）由上述的例子可以知道，植物是有情緒的，只是我們必須運用精密的儀器或從

很細微的地方去觀察，才會感受到植物的回饋，所以沒有覺察到植物的反應，並不代表植物是沒有情緒的。

　　但光靠 Cleve Backster 一人的實驗，就可以支持植物是有情緒，可溝通交流的生命嗎？當然不是。另一本《神秘自然生態大解碼》裡也提到 Cleve Backster 的實驗雖震驚了植物界，引起了騷動，但質疑者眾，其中一位化學博士麥克弗格，他為了尋找反駁和批評的證據，也作了很多相關的實驗，但一連串實驗結果出爐後，他反而成了 Cleve Backster 的支持者。除了支持 Cleve Backster 對於用火烘烤、撕葉片的實驗外，還推測出植物可能可以猜測到人類想破壞它的心理。很多的實驗者都像麥克弗格一樣，轉而支持，但也有些實驗失敗的研究者，還是反對。因為他們認為 Cleve Backster 的實驗不能「重複檢證」，但 Cleve Backster 認為，研究者本身和研究對象都會影響研究結果。(蔡天起，2007：12～13) 上述的例子對植物有「感情」這件事提供有力的佐證，也證明植物是有情緒上的反應的。那又怎麼能證明說植物和人是可以溝通的？一名俄羅斯學者也用實驗證實植物確實有感情，他在受試者身上施以催眠術，再將他的手放在植物前，把人和植物用電腦相連，實驗數據顯示，人和植物都會顯示出同樣的情緒反應：受試者高興時，植物便會豎起葉子、舞動花瓣；受試者因寒冷發抖時，植物也會產生顫抖；受試者沮喪時，植物則會垂下葉子。另一名美國化學師沃格爾作了一個實驗，他從樹上摘下三片樹葉放到玻璃罐裡，每天早飯前，他都集中精神冥想，注視著罐子裡的其中兩片葉子，鼓勵它們繼續活下去，而對中間一片不理不睬。一週後，中間那片葉子已經枯黃，另外兩片葉子嫩綠依舊。更令沃格爾驚奇的是，原先摘自樹上而留下的傷痕似乎已經癒合。沃格爾曾說：「人可以做到與植物的生命溝通交流情感。植物是活生生的物體，有意識的存在這世界上。如果用人的標準來衡量，它們是瞎子、聾子、啞巴，但我毫不懷疑它們在感受人類情緒時，有極度敏感的工具。它們釋放出有益於人類的能動力量，人們是可以去感受到的，它們也把這種力量送給某人的特定能量場域，人也會反過來把能量傳達給植物。」(蔡天起，2007：

15～17）前面兩個例子，都可以確認人是可以跟植物交流情感的，植物會感受到人的反應，也會有同樣的回饋，人類如果仔細觀察，也可以察覺感受到植物的變化。

不僅是幾本專書有探討植物，一些網路資料也有類似的資訊，如美國加利福尼亞大學戴維斯分校昆蟲學家理查德・卡爾班和來自日本京都大學的鹽尻香織研究發現，植物透過向空氣中釋放某種化學信息與周圍「同伴」交流，內容包括提醒「同伴」害蟲入侵的警告，或是「討論」周圍出現的蜜蜂等傳粉昆蟲等。（新華網，2009）另一個例子，是一個叫做米切爾的英國科學家做了一個小實驗。他把微型話筒放在植物莖部，傾聽是否發出聲音。經過長期監聽，他沒有找到證據來說植物確實存在語言。不過，米切爾堅持認為，遇到特殊情況，植物會和人一樣，發出不同的聲音。植物生長的電信號一度被認為是它的語言。1980 年，美國科學家金斯勒和他的同事，在一個乾旱的峽谷裡安裝上感應裝置，用於監聽植物生長時是否發出聲音。結果，他們發現當植物進行光合作用，將養分轉換成生長原料時，就會發出一種特別的信號。由於科技水準的限制，他們不知道這種信號是否能用聲音的方式表達出來。「就像電報的密碼，只要翻譯出這些信號所代表的意涵，我們就能了解植物的生存狀況。」金斯勒在日記裡寫道。金斯勒的研究成果在很長一段時間內都無法有重大的進展。直到 2002 年，英國科學家羅德和日本科學家岩尾憲三合作，設計出獨樹一格的「植物活性翻譯機」。這部機器由放大器、合成器和錄音器組成。透過翻譯機，人們聽到了一些奇怪的聲音：如果植物在黑暗中突然受到強光的照射，能發出類似「哎呀」之類的驚訝的聲音；如果變天颳風，它們就會輕輕地呻吟，聲音低沉且混亂，似乎正在忍受某種痛苦。（人民報，2010）這麼多真實的案例可以證明植物是有情感的、有反應的。雖然仍有質疑的聲音，而且我們很難判斷植物是否有反應，畢竟我們缺乏科學儀器去證實，只能從一些細微的觀察去了解植物，並思考這些回饋可能指涉的含意。因此，在植物與人的互動部分，在此定義為「植物的想像反應」。

　　另外，在相關文獻中幾乎沒有相關資料的礦物，礦物泛指除動植物以外的物體，如石頭、礦石、泥土等。那礦物怎麼能採訪？礦物是無生命，怎麼會有反應？但在「萬物有靈」的觀念下，認為天下萬物都有靈魂或自然精神，並且可以控制或間接影響其他自然現象，一棵樹、一朵花甚至一塊石頭都跟人類一樣，具有同樣的價值與權利。周慶華也在《語用符號學》中，把世界現存的文化分成三大系統，而東方被定位為「氣化觀型文化」，而在這個系統底下，講究一切萬物都是精氣化身，所以靈體存在各個物體上，就連一粒沙子也算。（周慶華，2006a：46～48）所以石頭也是有靈性可以溝通的，它們可能也會對於人類傳達的訊息有不同的反應。雖然很難去觀察檢視那細微且不明顯回饋是有難度的，但不能因為無法用科學解釋或觀測到，便下定論說礦物對人類以及其他生命體是不會有任何反應的。這樣的論述是不夠客觀的，畢竟很多事實是人類經驗到但無法用科學解釋的。游謙曾針對臺灣民眾對「石頭崇拜」的觀點來看宗教，根據他所做的田野調查中，發現民間信仰並非只是民眾關心他們所拜的神明靈不靈驗、祈求的事有沒有被應允，或是如果神明靈驗才被崇拜，不靈驗就被忽視。民間信徒崇拜石頭的動機是基於石頭的「聖顯」。（游謙，2004）他們因為感受到文化賦予他們聖顯的意義，而認為這些石頭的形成都是有意義的巧合。例如：「在鶯歌鎮建德里有一座廟宇取名為『碧龍宮』，但是附近的人都俗稱它做『龜公廟』。『碧龍宮』之所以會被叫『龜公廟』，乃是因為該廟供奉的主神是一塊形似龜殼的岩石，因此信徒們都暱稱這塊石頭神為『石龜公』。傳說石龜公迭顯靈驗，能醫治百病，而且有求必應，因而獲得鶯歌信眾之信仰，最後並集資建廟，名曰『碧龍宮』，又尊稱石龜公為八卦祖師或先知真君等等名字。這塊石頭在最早的時候是當地建德里居民曾明煌於開墾荒地時挖出的，因為形狀似龜，認為獲得此一奇石，乃是緣分所致，因此就建棚奉祀之，並命名為龜公。曾明煌曾經是一位嚴重的氣喘病患者，每次發作時都痛苦難忍，有一天他實在痛得受不了的時候，就去乞求龜公的救治。說也奇怪，他的氣喘病竟不藥而癒了，這個消息立刻傳遍全鎮，信徒們於是

為祂蓋廟名為『碧龍宮』，並雕刻一尊金身來祭拜祂。」（同上，引宋龍飛語）游謙在研究中也提到其他例子：「大約在兩百年以前，臺中縣（現為臺中市）大里鄉草湖有一位林姓農夫在耕田的時候在祂的田中發現了一粒人形的石頭，農夫覺得這粒石頭是石頭公，在他的田裡出現是要來保佑他家的，於是就很慎重的把這石頭迎回家，放在廳頭上祭祀。後來因為石頭公不斷的顯靈，附近鄰居也被吸引來拜石頭公。到最後，整個草湖地區的人都知道石頭公的神澤廣被，就提議要為石頭公建廟，成為公共祭祀，所以草湖石頭公廟就這樣被蓋起來了。」（同上）所以在上述兩則案例中，游謙雖然提及崇拜石頭的觀念無關於石頭是不是顯神威，可能只是一種有意義的巧合，那不管是不是石頭真能回應人類的祈求或崇敬，但這種巧合未嘗不能視為一種石頭與人的溝通。

臺北縣（現為新北市）鼻頭國小有一個高達二層樓的百獸圖騰，相傳以順時針方向，手摸海龜，許願繞一圈，可以心想事成，結果學校的主任老師受到感應，有人求子，有人考上校長，年年都有人來還願。（劉英純，2008）臺北縣（現為新北市）竹圍國小的自強分校內，有一顆百年的「媽祖石」，據說只要有人想移動它或支解它，都會遭到不測，所以沒有人敢搬動這塊石頭。（劉英純，2001）從這兩個例子看來，萬物有靈的說法在礦物是成立的，因此採訪礦物是可行的。但我們必須用超乎感應的方式去感受礦物的回饋，在此我定義為「礦物的超感應。」

另外，較神秘的課題，就屬靈異學範疇了，周慶華在《靈異學》一書中對於靈異學有下列的解釋：靈異是指非肉體的「靈」和它所顯現的超尋常行為「異」的並稱；而靈則有神靈、人靈、鬼靈和物靈等類別。至於「如何的異」部分就看所在的脈絡而定，總不出「靈現異象」、「感靈駭異」和「神靈怪異」等範圍。倘若以這些為討論的對象，所構成的帶有異質性色彩的學問就叫做靈異學。（周慶華，2006b：23）就採訪對象來說，相關文獻幾乎不涉及靈異學的區塊，因為靈異屬於人的經驗和感受，無法用科學的方式檢證，所以靈異學一直被科學所

訴病。但很多例子說明，我們所認知的世界，遠超過我們的想像，而這部分是需要被開發的。盧勝彥在《靈機神算漫談》一書中提到，凡認為「靈學」是迷信者，那是表現他對靈是無知的。（盧勝彥，2005：5）科學雖然發達，但學海無涯，學問的廣博超出我們可以經驗的範圍，即使科學再發達，也有無法證明解釋的時候。那「靈」又是什麼？盧勝彥解釋說，靈是在人一出生的時候，就存留在肉體的「氣」。而這股氣存在的位置相當多，不論是山林、大海、房子、花草樹木，石頭沙礫、甚至是一滴小水珠等，都是靈可能存在的地方。（盧勝彥，2005：90～91）靈是一股氣的觀點，也間接呼應周慶華所定義三大文化系統中的氣化觀型文化。靈的觀念有了，那要如何去採訪？如何進行？如何去感應祂們的回饋？這裡可能就需要透過一些媒介，例如靈媒、通靈者、乩童等，才能與所謂的靈進行溝通，至於人所得到的回應，也是靈透過媒介傳達給人的，除非自己有類似體質，否則很難去直接經驗靈所傳達的訊息。那真有這樣的案例？舉個最有名的例子，亞洲鐵人楊傳廣，就是一個標準的通靈者：楊傳廣原本是個運動員，運動場退休後，擔任教練，期間遭遇一連串驚奇的事情後，就有了與神靈溝通的能力。雖然外界一度議論紛紛，認為楊傳廣是為了生活家計才擔任通靈者，但楊傳廣本人說：「神告訴我許多事，更要我幫助別人。」他也曾經問神明，為何只挑中他？他轉述神明的回答：「因為你有相當的名氣，為了宣揚教化，勸善度人，找像你這樣具有名氣的人更容易讓人信服，而相信冥冥之中真有鬼神存在。」（張開基，2000：71～85）由這個例子來看，並不能以科學來論斷對錯，就個人經驗的部分來說，這是有可能的。章魚保羅在世足賽的準確預測，除了讓我們了解到人與動物之間的互動外，從靈異學的角度來看，章魚保羅的預言，也未嘗不是一種人類經驗範圍外的神祕事件。當然，如果單純以數學來談，1/256 的機率，只能算是巧合。但這樣的巧合已經是確定的事實，無助於開創新局。很多生物的特殊本能，是人類難以想像的，像是人類感受不到的電場，鯊魚可是用這種感應來獵食；而候鳥更能透過人類感受不到的磁場，不用導航設備精準飛行；某些鳥類，甚至還能看到人

眼看不到的紫外線；著名的法醫楊日松，對於所謂靈異現象，都抱持
寧可信其有的態度，畢竟這些異像就連講求證據的法醫也無從解釋。
（蔣永佑等，2007）再者，造成臺灣重大傷害的「八八風災」，這超過
預期的雨量與破壞力，完全凌駕在人類的認知上。然而，這只是單純
的天氣變化？抑或是上天給的警訊或意涵？我們很難確認，因此這部
分的超自然感應，在此定義為「其他可能的神祕傾向」。

　　我要在舊的架構、資料上發掘新意，讓後人有更不一樣的體悟，
這樣的信念支持我在本研究上的論述與信心，有助於研究的進行，雖
然部分仍有爭議，需要更多的證據和研究來證實，才能更明確的令反
對者心服口服。但就上述眾多例子來談，反對者也無法舉證哪個環節
是錯誤的。而且狹義的認定對人類去經驗範圍外的人事物，是沒有任
何幫助的，無助於理解這些知識。我們可以從上述文獻看出，一般採
訪學的深度和廣度均不足，因為他們的處理面向較少，而且採訪對象
只限於人、跟人有關的，忽略了對「非人」的觀照。所以基於站在制
高點上，拓展人類視野，省思自我，與大自然和諧共處，並和傳統採
訪人類有所區別的前提下，我認為本研究的研究對象必須包含動植
物、礦物、其他可能的神祕傾向。

三、採訪技巧

　　一般採訪學的書與期刊，對於採訪技巧的著墨非常多，大致脫離
不了以下幾個大面向：採訪前的準備、採訪的進行、採訪技巧。分述
如下：

（一）採訪前的準備

　　張徵（2009）提到，採訪前的準備包括記者對採訪活動和報導文
體的策畫和設計，也包括對具體提問、觀察的準備和採訪活動的物質
準備。王爽（2009）也說採訪出發前，要做好充分的資料準備，跟受
訪者進行聯繫，同時對於報導主題以及該地區的相關概況要有所了

解，免得採訪起來一問三不知，記者證、錄音筆及其他必需品也要準備好。林耀斌（2009）提到採訪前的準備非常重要，因為記者經常進行採訪，接觸相當多的人物，所以必須對採訪對象有所了解。可以利用網路、書籍，甚至身邊友人等，了解採訪對象的經歷、性格、談話方式、喜好，甚至是作息時間。對採訪對象瞭若指掌後，才能進行下個步驟。明鳴、姜維（2009）說到採訪前必須提前側面了解採訪對象的工作、愛好、近期有關活動，掌握的資料愈全面、愈詳細、愈廣泛，記者就愈具有主動權，就比較不容易在採訪中說出一些遺人笑柄的外行話。宋群（2009）提到主持人要先了解採訪內容涉及各方面的情況，大自國家政策，小至新聞背景、發生的來龍去脈等，進行深入細緻的了解，千萬不要放過任何蛛絲馬跡，並且要善於分析、掌握受訪者的心理。陳東園等在《新聞採訪與編輯》提到，記者採訪的成功與否，有相當程度是要靠事前的準備。一般來說記者的準備工夫包括：1.心理的準備：記者的心理方面應建立自尊心與自信心，不論採訪對象的地位高低，職業貴賤，我們都應以充沛的信心表現出記者可敬可愛的風度。2.人事的準備：一般而言，新聞事件的發生，起初只是一些小事件，全面明朗化的新聞事件並不常見，這些新聞必須倚靠記者平時布置好的新聞網，以便廣泛的獲取新聞訊息。所以記者在建立新聞網時，不能輕易放棄和任何人做朋友機會，廣結善緣，消息來源自然多。3.問題的準備：在採訪路線上，不論對象是機關團體或個人，都應該先下一番工夫，了解相關的組織、背景、人事、業務、沿革等，先將對象作周密的思考、透徹的分析和準確的判斷，並且有計畫的展開行動。4.工具的準備：記者在採訪前必須先檢查自己的攝影器材、電池、紙筆等，不要因為一時的疏忽而因小失大，耽誤的採訪工作。（陳東園等，2007：101～102）從上面所引的文獻來說，採訪準備不外是熟悉採訪對象的資料以及準備相關的器材兩點，如果沒有事先了解受訪者，在進行中恐怕會難以提問，或者無法論及核心，這樣的採訪就凸顯不出價值，可能還會導致受訪者的嫌惡，面臨沒有下次採訪機會的

窘境。器材的部分就不需要有太多論述，俗話說：「工欲善其事，必先利其器。」這句話已經可以涵蓋整個採訪工作了。

（二）採訪的進行與技巧

　　陳東園等人提到，訪問本身如今是一種新聞藝術形式，約可分為下列五種形式：1.新聞訪問：「記者訪問」就是採訪事實，所有有關新聞報導的訪問都是新聞訪問。也可以說，只要有人的地方，只要有事件發生的地方都是新聞採訪的範圍。2.意見訪問：「意見訪問」是屬於比較有深度的採訪，對記者來說，這是更需要投注心力去深入了解與認識；對大眾而言，這樣的新聞也具有較高的價值。3.人物特寫訪問：「人物特寫採訪」是偏於軟性的寫作，對象以人為主，態度上必須更加謹慎、誠懇，所以對於採訪前的資料蒐集與準備，更是馬虎不得。記者應嘗試去發覺受訪者的人格品行、內涵修養、對事物的看法等，讓讀者對受訪者能有更深入的認識。4.團體或組織訪問：「團體或組織訪問」，顧名思義，這種訪問是綜合多數人的事件與意見的採訪，可能是一連串的時間性訪問，但可能在不同的空間進行，因此訪問時可能需要不同的方式。5.記者會：「記者會」是最常見的例行訪問，記者採訪報導記者會，應注意幾點：(1)保證記錄與會議的內容一致，準確無誤。還要學會熟練使用錄音機或速寫。(2)注意會議上主要人物的特點，說話人的手勢和個人背景等。(3)注意周圍的情況，如聽眾的反應、出席人數和會場內外的狀況。採訪技巧的部分有下列原則：(1)態度要誠懇，並且尊重對方。(2)行為要端莊內斂，不要有太多無謂的動作，如聳肩、翹腳等。(3)語言指的是說話的修養和技巧，記者要注意用中肯的語調先表明來意與採訪重點。(4)發問不要離譜，使對方無法回答；也不能不著邊際，要抓住重點討論；不要提封閉式的問題，盡量提開放的問題，讓受訪者能暢所欲言。(5)禮節的部分記者必須留意不論受訪者的地位高低都要保持尊重和禮貌，且一定要放低身段，才能圓滿的完成採訪工作。(6)機智：記者採訪時會面臨許多各式各樣、千奇百怪的人事物。再者，有時遭遇突發狀況時，都需要臨場反應去克

服應變。而且要去解讀出事物表象的絃外之音，以獲得新聞更深層的意義與價值。(陳東園等，2007：100～106)陳強(2008)也提到採訪的五個基本要求：1.耳聽──善於傾聽：記者活動的區域有限，而很多新聞線索是聽來的，所以善於傾聽是採訪的必要條件之一。2.口巧──善於提問：記者要儘量從尋求採訪雙方的共同點開始，透過共同的愛好、習慣、話題等拉近與受訪者的距離，以便讓採訪順利進行下去。其次再提對方喜歡的問題，也就是說跟受訪者專業相關的問題。3.目明──善於觀察：記者要像孩子那樣具有好奇心，用這種態度去觀察事物，比較容易獲得第一手資料，發現較多有用的細節。4.腦活──善於思考：思考是記者採訪新聞不可或缺的一個重要的環節，也是選取採訪對象、觀察新聞事實、確定採訪內容以及尋找採訪角度的指揮棒。5.腿勤──善於跑路：這裡的跑路指的是跑新聞，善於跑新聞的記者，較容易獲得大量的訊息材料，也會有較多不一樣的發現。由此可知，採訪的流程和技巧，大略就如上述文獻所提。但這些採訪仍都偏限在人的採訪，而非人採訪的向度則未提及，這是相當可惜的。所以本研究在採訪術的延展，會在後面的章節作論述。

第二節　非人採訪

一、非人採訪與語文教學

　　何三本在《九年一貫語文教育理論與實務》中對「語文」的說法是指一特定學科。語文指語言的意思，兼包口頭語言和書面文字、文章、文學。(何三本，2002：3～4)所以採訪也是語文形式的一種表現，涵蓋的面向也非常的廣，包含聽、說、讀、寫、作等語文教學相關能力。王萬清在《國語科教學理論與實際》中所述，國語科的教學包含以文章的形式和內容學習為主的讀書教學，以字詞的形音義學習為主的寫字教學，以文字表達思想、情感、事實的作文教學。(王萬清，

1997）但現階段語文教學包含的不只是讀書、說話、寫字、作文教學
而已，必須擴及更廣、更深的語文材料和方法，因此採訪是很好的語
文教學方式。非人採訪涉及向度比人的採訪更廣，而且可以讓小朋友
有不同於人的體驗，這是採訪人學習不到的，也是一般採訪較不足的
地方。

二、非人採訪的時間安排

　　關於人的採訪結果，通常稱為「新聞」，而新聞的「新」，就代表
即時性、時效性。在王洪鈞《新聞報導學》中，對「新聞」的涵義有
提到：新聞必為即時而正確的報導，或者是對一個足以引起讀者興趣
的觀念及事情，在不違背正確原則的情況下所作的最新報導，都是新
聞。（王洪鈞，2000：5）石麗東在《當代新聞報導》對「新聞」也有
以下的敘述：新聞就是媒體攜帶的新消息，新有別於舊，新聞的發生
及意味現狀的改變。（石麗東，1999：8）陳東園等在《新聞編輯與採
訪》一書中提到新聞內容必須具有達到一定強度的即時性，才具有意
義。（陳東園等，2007：4）周慶祥等在《新聞採訪與寫作》中對新聞
一詞也有定義：最新、最近的消息是新聞，任何不起眼的消息都可能
是新聞，只要它具有報導的價值，即使是一件單純的失竊案，只因為
它符合「新」、「近」兩個條件，就有價值。（周慶祥等，2003：8）當
然，也有些新聞不具時效性，但具有話題性，容易引人興趣的，例如
近期景氣回溫，新臺幣兌換美元匯率一直走升，外資也繼續流入臺股
市場。有些對名人政要的訪問，屬於人情趣味新聞特寫，這種也比較
不具即時性。除此之外，大多數的新聞，都會要求時效，否則冷飯再
拿出來熱炒，恐怕引起不了大眾的興趣。

　　關於非人的採訪，有時不需要那麼講究時效，我們可以針對不同
的對象，安排不同的時間來作採訪。例如：今天要採訪校園裡的一隻
流浪狗，我們就可能會利用一小段時間，拿著原本設定對動物的提問
單，對著流浪狗作採訪。又或者要對著校園裡的某一群螞蟻作採訪，

我們一樣選擇一段時間，例如：早上第二節下課的二十分鐘去完成這項工作。像這樣的採訪時間安排，在這裡稱為「單一時段的截取式採訪」。為什麼要採用這樣的方式？校園裡的流浪狗、螞蟻、小鳥、蟬等動物，都是有可能在下一秒鐘就離開或消失的，如果沒有採取這種較即時性的採訪方式，是很難完成採訪工作的。因此，不僅是動物用這樣的時間向度，連人的採訪也大多是採取這類的方式。所以這種方式是比較具有時效性的。

　　至於植物和礦物的採訪，也能採取上述的「單一時段的截取式採訪」。不過如果不是很迫切的需要成果，也可以採取類似專題報導方式的採訪。例如：前面所提美國中央情報局人員 Cleve Backster 對植物所作的一連串實驗，大多是採取固定時段，類似這樣的時間安排，稱為「連續時段的專題報導式採訪」。這部分在人或事的採訪裡，也算常見：人物特寫報導，可能會固定一段時間去作採訪，看看人物在生活上有什麼樣的改變。而事件的敘述與追蹤，也會用類似這樣的方式作採訪，例如八八風災發生的一兩個月內，各大新聞媒體幾乎是每天播報災情演變及救難進度，算是長時間關注這樣的事件；一直到滿一周年，電視臺也相繼製作了八八風災重建系列專題報導來提醒人民注意、了解。植物和礦物可以採取這樣的採訪時間向度是因為植物和礦物的機動性不高，除非受到人為或其他動物因素的影響，否則早上還存在的，不會下午就消失，我們可以較不受時間限制完成採訪工作。

　　另一種較少人使用的採訪時間向度為「間歇時段的類拼貼式採訪」。所謂間歇時段是不固定時間，也就是說我們沒有規定在某一段時間作什麼樣的採訪。想到就去作，或者是有時間就去作，基本上是自由度很高的採訪方式。這樣的採訪可以運用在植物、礦物，或者是靈體及其他我們未知的神祕物。用在植物和礦物，我們可以比較不同時間的採訪成果有何相似或相異處。用在其他神秘事件時，我們也只能採取這樣的方法。例如：記錄民間信仰的書籍《驚異的「陰間之旅」》裡頭提到的「觀落陰」（鮑黎明，1998），就是間歇時段的採訪之一，因為採訪過程中，沒辦法保證隨時或者固定一段時間去都能成功採訪

到，只能碰運氣嘗試，有時會沒結果，無功而返。天時、地利、人和時，就能很順利的達成目的。又例如：近期討論十分熱烈的 UFO（不明飛行物體）事件，就算是一種間歇時段的採訪，因為 UFO 出現的時間並不固定，雖說我們可以作成專題報導式的採訪，但如果真的出現在眼前，就只能作這種拼貼式的採訪去追蹤了。

由上述來看，關於人的採訪時間向度，涵蓋面並不是那麼廣，大概只涉及「單一時段的截取式採訪」以及「連續時段的專題報導式採訪」；但非人採訪的部分，除了前面兩種以外，還增加了「間歇時段的類拼貼式採訪」，考慮的時間安排與內容向度都比採訪人還來的廣博。相較之下，一般採訪較為狹隘，這也比較不利於學習者了解這世界的多樣化。這也是我討論非人採訪的利基之一。

三、非人採訪的技巧

非人採訪在技巧上涵蓋所有一般採訪有的技巧。陳東園等在《新聞編輯與採訪》中提到採訪的基本原則，須注意的有：（一）態度：誠懇尊重受訪者。（二）行為：不要有不經意的動作如抖腳、聳肩等影響受訪者情緒，也不要一味的用紙筆或全程錄音，製造過多的壓力。（三）語言：使用中肯、符合受訪者水準的語調來訪問。（四）發問：「不能問離譜無法回答的問題」、「問題的核心必須確實」、「訪問時不能只問封閉式問題」、「問題非陳腔濫調，要讓受訪者或讀者覺得新鮮」。（五）禮節：對不同地位的人都要保持著禮貌與尊重，放低身段，不要有階級的觀念。（六）機智：「面對形形色色的人物，必須運用機智，爭取訪問的有利情勢」、「遇到一些新聞線索，立即判斷是否具有新聞價值」、「不要光看表面現象，而要去洞察新聞背後的東西」。（陳東園等，2007：105～106）上述這些該注意的技巧，大多可以同時運用在人和非人的採訪上。而王洪鈞在《新聞報導學》提到如何進行採訪時，要注意的是：（一）創造氣氛：其實指的就是「暖場」，許多受訪者在訪問進行中的時候，如果預知記者所提問題

是具有相當敏感性的話，往往都會抱著戒慎恐懼的心態受訪，採訪氛圍就會顯得比較緊繃、拘泥、僵硬等較不自然的狀況。這時記者必須設法解除受訪者疑慮，讓採訪能更順利進行。（二）提出問題：訪問的技巧要靈活，有時必須向受訪者表達自己的一些認知與看法，甚至只是一些贊成的表情，使受訪者得到回饋，這樣受訪者可能會比較願意接近記者，記者也比較容易獲取訊息。（三）口腦並用：訪問不單是聆聽或記錄的單向傳播，而是雙向的溝通。因此，記者必須充分掌握受訪者的反應，並及時提出問題，這需要敏感且冷靜迅速的思考能力。（四）心記與筆記：心記最大的優點是可以訓練自己的記憶能力，不需要任何工具，因此也比較不會造成受訪者的心理壓力；筆記是輔佐心記的不足，但要注意引述的正確性。（五）電話訪問：電話訪問雖然不如直接採訪，但有時間壓力下，才能照顧到廣大的採訪的地區。（六）集體訪問：像記者招待會或其他應邀出訪的活動，都是屬於集體訪問的範圍，記者必須堅守所代表的媒體立場和政策，而不受其他家媒體所影響。（王洪鈞，2000：103～105）上述除了電話訪問和集體訪問，運用在非人採訪較不適用外，其他也都可以納為非人採訪的向度之一。

　　其他如周瓊（2009）提到的傾聽技巧；張維娜（2008）提到的「尊重採訪對象」、「營造和諧氣氛」、「掌握提問技巧」；宋群（2009）也提到「要根據現場的氣氛環境，揣摩觀眾的心理」、「根據不同的採訪內容、採訪環境、採訪對象，靈活採用不同的提問方式」；王爽（2009）也提到要有「不屈不撓、謙虛認真」、「要短時間迅速進入被採訪圈，儘可能找到彼此的共同點引起話題」；盧笛（2008）也提到要儘可能的多了解受訪者的專業、背景、喜好，尋求雙方的認同感。如果受訪者一直處於情緒低落或疲憊狀態，記者就要另外安排時間，選對時機採訪，並且尊重受訪者，以平等的心態來面對。齊金喜（2008）提及記者要把握好對象的心理，且一定要誠心誠意，並能專心傾聽。相關的文獻不勝枚舉，但都僅限於探討人物的採訪技巧，並沒有擴及非人採訪的部分；只是這些技巧運用在非人採訪，大多也是可行的。

　　非人採訪的部分，由於採訪對象的特性跟「人」大不相同，如果只用採訪人的方式去採訪，肯定是不足的。雖然採訪人也必須去營造良好的氣氛、揣測人的心理，但考慮的面向，相較於非人採訪仍顯狹隘。例如：進行非人採訪時，我們可以營造美感環境，讓受訪者可以更舒服、更愉悅。例如：採訪一隻狗時，我們可以把牠帶到比較安靜的地方，並且提供比較舒適的環境，有食物、水、柔軟的毛巾、音樂及其他裝飾等，讓牠可以在穩定的狀態下接受採訪。除了穩定受訪者的情緒，也可以讓採訪者了解什麼樣是美的布置、美的環境、美的採訪經驗。而美感為什麼重要？郭波（2006）提到，一個人的創新能力是他的知識、意志和實踐有機結合的能力，創新能力來源於對創新事物的認識，就是對創新事物的美感，也說美感是學生的創新動力。所以美感對於激發學生創意，是很重要的一環。非人採訪術，除了訓練基本語文能力，更可讓學生體會美感，這也是一般採訪術所不及的。除此之外，美感經驗也可以透過語文教學獲得，因為語文是一門內容豐富多樣的學科，其他學科大多能和語文相結合。李金霞（2008）表示，教師應運用多種手段經營藝術境界，使學生不僅身歷其境，而且要心入其境，產生對美的體驗。並且培養語言魅力，關注情感的共鳴，讓學生主動體驗美感。所以於非人採訪中，教師可以以身作則先營造一個美的榜樣，讓學生揣摩、想像、思考，並且藉著非人採訪創作出一個唯美的經驗。從採訪過程中，學生也有機會從動物的行為獲得一些審美的想法。例如，周啟光（2009）提到，動物也是具有審美觀的，他舉了一個例子：「山東文藝出版社 1986 年出版的《從動物快感到人的美感》提供的一個事例：『一隻黑猩猩花了 15 分鐘的時間坐著默默看著日落，牠望著天邊變化的色彩，直到天黑才離去。』我欣賞日出跟黑猩猩欣賞日落，沒有什麼區別。這就是我『動物性』的感受。」由此可知，我們不但可以營造唯美的經驗，更可以從動物身上了解審美行為的表現，讓他們有更不一樣的語文學習歷程。

　　另外，非人採訪運用於植物時，除了跟面對動物一樣，儘可能營造具美感的環境外，還要面對植物的反應去作回饋。例如：我們採訪

一朵花，提問之後，由於植物不是具有強烈互動的生物，必須持續觀察，等它有回應後：搖晃、改變位置，我們才能進行下一個問題，這樣的方式叫做「緩提問」。這部分跟一般採訪較不一樣，一般採訪較具有時間性，記者也不會問一個問題，等了一、二十分鐘。

　　還有植物、礦物由於反應較慢，甚至有時只能觀察到很細微的變化，我們卻必須作記錄，寫新聞的話，那怎麼辦？這時我們就根據它們的回饋，去設想這樣的情境下，它們的回饋有什麼含意？並把回饋記錄下來。這種揣測、探索受訪者行為所代表的內心想法，稱為「投射思緒」。

　　至於其他未知的神祕傾向，這些無法預知的事件，我們也只能憑藉一些機緣，雖說是可遇不可求，但還是有機會讓我們學習。這樣的同為「驚奇遇合」，是一般採訪不會涉及的。

　　一般採訪課程，大多只在大學以上的高等教育才會修習得到。在初等教育的部分，這些課程付之闕如。在國小語文教學的領域裡，缺少這部分的訓練是相當可惜的。雖然老師不是所謂的專業人才，但學生學會基本技巧，老師也可以參考一些書籍來傳授較更高層次的課程，教學相長，相信彼此都會很有收穫。

　　非人採訪課程納入語文教學，是非常適合的。如前面所述，非人採訪處理的面向相當的廣，學生從中除了學習基本能力外，也能從採訪過程中了解動物、植物、礦物等的生活與生存環境，並將這些資訊內化省思，再把這樣的歷程呈現出來，並且互相觀摩學習，這是一般採訪無法完全涵蓋的，也是我作非人採訪教學的堅定信念。

第三章　非人採訪的理論基礎

第一節　萬物有靈觀念的體現

一、體現

　　體現的定義是具體展現某種理論或闡揚其中的精髓。（教育部，2011）而這一節我要談的是萬物有靈觀念的體現。根據定義來說，體現就是要把一個概念或一個理論建構之後，整理出最簡潔精要、最能被人接受、吸收的部分，把它闡述、推廣、發揚光大，讓其他人能對這個理論有更多、更廣的認識，這樣會更有利於研究發展與學術傳達。

　　體現的方式與媒介相當多樣：不論是透過文學、科學、藝術、資訊多媒體等型態，或是單純用口語表達、肢體表演，都是「體現」的方式。在本研究裡，以萬物有靈的觀念出發，將它融入非人採訪術裡，希冀能藉著概念的闡述與推廣，讓它同在體現範圍，讓非人採訪的理論基礎更為堅定、紮實，讓本研究能更完善、更周全、更詳盡、更具說服力。

二、萬物有靈的觀念與實例

　　羅佳（2009）提到萬物有靈論，是承認生物、無生物的一切都有生命、意識、感情，都有生存的心的傾向稱為萬物有靈論。文化人類學把自然擬人化，視為有靈魂的原始宗教或未開發社會的信仰。心理學則指外界和自己尚未分化的，七歲以前的幼兒以自我為中心思考模

式的表現。Jean Piaget 認為幼兒是對外界賦予自己內在現象的性質，
起初相信一切事物都有意識或生命。後來就只限於會動的，更成長後
就只承認動物和植物才有生命。所以從文化人類學的角度來看萬物有
靈，則是始於原始社會中人類面對世界的看法。當人類用疑惑、探索
的眼光去看全世界時，對於很多無法理解的現象，如生老病死、風雨
雷電、日月星辰流轉等，都被解釋為「神靈現象」，也認為大自然的一
切，包括自然現象、生物和無生物，都是有生命、有意識的「活的生
物」。在人類周圍的世界中存有許許多多部分或全部主宰物質世界的超
自然力量。神靈的力量是無窮大的，人類是無法駕馭的，於是對這些
所謂「神靈現象」產生了一種害怕、恐懼的心理。既然無法理解、控
制、改變祂，也看不見、摸不著，又無法預測，於是人類就設法與其
修好，存著敬畏的心；藉助於對神的崇拜，不只可以實現心中的願望，
更可避免神靈的降禍，於是一些自然界的現象或自然物都變為先民崇
拜的對象。例如：孔子說：「敬鬼神，而遠之。」就是傳統中國人對萬
物有靈觀念的態度表現之一。周慶華在《語用符號學》一書提及三大
文化系統，傳統中國文化被定位為「氣化觀型文化」，在此文化系統中，
萬物都是天地精氣的化生。（周慶華，2006a：46～48）而他更在《靈
異學》一書中更加強了這部分的說法：

> 天地間有陰陽二氣（它是從混沌中判分而出現的）；而陰陽二氣
> 又有駁雜的部分（就是一般的氣）和精純的部分。當中精純的
> 部分，就是所謂的神靈（陽精為神，陰精為靈）：「陽之精氣曰
> 神，陰之精氣曰靈。神靈者，品物之本也」。這神靈交感（陽精
> 和陰精遇合），則可以化生萬物：「二氣感應以相與……天地感
> 而萬物化生」。而人的肉體自然也在這一化生的範疇裡：「凡人
> 物者，陰陽之化也」、「天地合氣，命之曰人」、「氣凝為人」（周
> 慶華，2006b：163～164）。

　　這樣的說法對萬物有靈的觀念有相當的肯定。但此概念不僅是氣
化觀型文化下的東方人才有，部分的創造觀型文化、緣起觀型文化中

的人們也具有。例如：東西方都有巫術，而且都源自於萬物有靈的觀念，但西方巫術到後期，基督教和天主教傳入後，巫術的界定便縮小了，侷限在天使、魔鬼、耶穌、人類、鬼魂的範圍，而非最早萬物有靈的觀念。緣起觀型文化中的佛教，部分流派強調「六道輪迴」的觀念，倘若不具有萬物有靈的觀念，生物或人死後無靈，又如何會輪迴？所以萬物有靈觀念從人類出現在這個世界上，就已經慢慢形成了。

　　從上述可知，不論是在生活中、文學中、信仰上、器物上，都可能有萬物有靈觀念體現的例子。從現實生活來看，石器時代的祖先開始從事採集、漁獵、農耕等簡單的生活，就與大自然密不可分，他們學會利用一些大自然蘊含的豐富資源：陽光、水、植物、礦物、動物等，當然也認識了一些自然現象：風火雷電、水旱災，以及毒蛇猛獸等動物所造成的威脅與生存利害關係。在這樣的狀況下，人們為了要和自然和諧共處，便開始思考如何去面對，於是慢慢形成萬物有靈的觀念。觀念形成以後，人們將生活中的事物、發展過程、細節等，例如：對自然現象以及野獸的恐懼、忍受飢餓的痛苦、獲取獵物的喜悅以及豐收的情感等，利用一些不同的形式傳達了出來：壁畫、圖騰、符號、器具等，像是西班牙的阿爾塔米拉洞穴，大約七、八十平方公尺的洞穴裡，佈滿了動物繪畫──野牛、野馬、野山羊和鹿，還有一些舊石器時代人類的手掌圖形和一些至今未能翻譯的符號。這些岩畫大多為彩色，主要的色調是暗紅和黑色，夾雜些許黃色和紫色，色彩可說是相當豐富艷麗，動物的形象也描繪得相當逼真。當這樣的壁畫被發現後，一些專家相繼來這裡考察，但某些人卻聲稱，這些壁畫並非為史前人類所作。因為他們認為史前時代的人類不可能有如此高超的繪畫技巧：一頭站立的野牛，比例真實，肌肉飽滿，尾巴像在左右甩動，臉上表現出狂野不羈的表情。另一匹野馬，身形體態高大挺拔，線條曲線圓滑流暢。但隨著研究的不斷進行，並且運用許多方法驗證，這個發現終於得到確認：阿爾塔米拉洞窟壁畫的確是大約一萬三千多年前的舊石器時代晚期人類留下的遺跡，是舊石器時代晚期人類發展史上最具代表性的藝術珍寶。1985 年，阿爾塔米拉洞窟壁畫被

列入聯合國教科文組織的人類遺產名錄。（世界遺產，2010；維基百科，
2010）

　　在中國的內蒙古陰山，也發現了從新石器時代到距今二千年左右
的岩畫，內容有山羊、狐狸、駱駝、狼、狗、、蛇、牛、鹿、馬、虎
等動物，也有狩獵圖、放牧圖、人像、文字符號、人類與其他動物的
足跡等，圖畫清晰，高度寫實，繪畫技巧以敲打磨製為主，大多分布
在紅色和黑色岩石上。孫長初（2006）提到，史前原始社會先民對自
然物的萬物有靈觀念，對某些特定動物的圖騰崇拜而初步形成天地人
神的概念。因此，這些作品都展現了人類對自然萬物的描繪與依賴，
也可說是萬物有靈觀念的萌芽時期。

　　英國考古學家 Edward B. Tylor 進一步將萬物有靈觀念與宗教思想
作連結，並認為萬物有靈為世界許多宗教的發源驅動。所以德國古典
哲學家費爾巴哈在《宗教的本質》中曾提到：「自然是宗教最初的原始
對象，是一切宗教、民族的歷史充分證明。」而法國學者杜畢伊也認
為：「自然崇拜，是最原始的。」可見自然崇拜，是原始社會中信仰的
起源，也是萬物有靈觀念的表現。（維基百科，2010）像是原住民中的
魯凱族和排灣族，從他們的傳統服飾和一些器物中，都可以發現一些
自然崇拜的跡象。例如：魯凱族和排灣族以百合花為族群精神的標誌，
百合花甚至於代表了部落社會的秩序與倫理。而其他方面如服飾、花
紋、頭飾非常相像，也都崇拜百步蛇。除此之外，他們還有紋身的傳
統習俗，紋身起源與原始的宗教信仰有關，與圖騰崇拜的關係也很密
切。圖騰崇拜者以紋身的方法把所崇拜的圖騰形象刻劃於肉體之上，
希望其靈魂常附於自身，而受到圖騰的庇佑；而紋身像百步蛇的圖騰
最為凸出，其他一切如陶製的器皿和木製的器具，也都有百步蛇的圖
騰。所以從生活中可以看出原住民對自然信仰的崇拜，當然也體現了
萬物有靈觀念的最佳佐證。

　　在文學上，也存在萬物有靈觀的概念。例如：莊子對「道」的
描述：

東郭子問於莊子曰：「所謂道，惡乎在？」莊子曰：「無所不在。」
東郭子曰：「期而後可。」莊子曰：「在螻蟻。」曰：「何其下邪？」
曰：「在稊稗。」曰：「何其愈下邪？」曰：「在瓦甓。」曰：「何
其愈甚邪？」曰：「在屎溺。」（水渭松，2007：339～340）

　　由此可知，人能透過動物、植物、礦物甚至無生物等自然事物中，
發現莊子所謂的「道」，而莊子提到的「道」體現了他對宇宙的觀點：
「物我一體」，「道」存在於「萬物」中，也就是說萬物都具有靈性的
存在。在此信仰下，萬物彼此可融為一體，精氣互相流轉。這些都是
基於萬物有靈觀念所開展出來的。劉秋固（1998）提到莊子的寓言中，
許多動植物，連自然物都能和人對話，如「莊周與鮒魚」、「金踴躍曰」、
「櫟社樹之見夢曰」等故事，都是萬物有靈的體現。他藉用這些人與
動、植物對話的寓言來隱喻他的哲理，是相當具有特色的哲學家。而
人在這樣平衡協調的自然環境中生存，就只是屬於天地萬物間的一部
分，在地位上沒有高貴、卑賤的分別；也因此在同一位階上，可以彼
此相互流轉變化，這樣就是萬物有靈的最佳體現。

　　其他像是阿美族神話中，臺東市「鯉魚山」原來稱為「鰲魚山」。
日治時期因日本人偏愛鯉魚，改稱「鯉魚山」，並設神社。「鰲魚」與
臺東還有另一層淵源。阿美族神話中，指大洪水時期，大鰲魚受困卑
南溪口，被阿美族人祭祀救魚，鰲魚感念化身為山丘，守護臺東免受
水患，這也是「鯉魚山」的傳說故事。另外，馬曉坤（2006）在其論
述裡提到，宋元小說話本中的民俗信仰中，主要表達了幾個內容：靈
魂信仰、善惡有報和因果觀念、萬物有靈觀念。靈魂信仰的部分，也
是因為萬物有靈，人類當然有靈魂，在文學中也常把人的靈魂神格化，
例如：《三國演義》第一百一十六回中，有下列這段敘述：

是夜，鐘會在帳中伏几而寢，忽然一陣清風過處，只見一人，
綸巾羽扇，身衣鶴氅，素履皂條，面如冠玉，脣若抹硃，眉清
目朗，身長八尺，飄飄然有神仙之概。其人步入帳中，會起身

迎之曰:「公何人也?」其人曰:「今早重承見顧。吾有片言相
告:雖漢祚已衰,天命難違,然兩川生靈,橫罹兵革,誠可憐
憫。汝入境之後,萬勿妄殺生靈。」言訖,拂袖而去。會欲挽
留之,忽然驚醒,乃是一夢。會知是武侯之靈,不勝驚異。(羅
貫中,1994:1027)

在《三國演義》裡,類似靈魂信仰的敘述不勝枚舉。另外,在另
一部小說《西遊記》裡,把猴子、豬、蜘蛛、牛等動物和沙和尚(妖
怪)以及龍這種未知生物放進小說裡,並且將其神格化、鬼格化,這
是中國傳統氣化觀下,萬物有靈體現的證據。

善惡有報和因果觀念,跟萬物有靈也有關係。因為有這樣的觀念,
加上所謂輪迴轉世的說法,才會有賞善罰惡、天堂地獄、因果報應的
說法,這也是從萬物有靈觀念出發的。

宋元話本中有一類精奇神怪小說,裡面不論是山精、水靈、蛇妖、
狐魅都可以化為人形,宋元以後的《警世通言》、《聊齋誌異》等小說,
也都有類似的敘述。一般來說,中國傳統間信仰裡,都相信萬物有靈,
對祂們保持一定的敬畏之心,互不干擾,並且深信善惡有報、萬物都
有靈性,所以基於這樣的信念,人更會因此謹言慎行,這樣才能活得
心安理得,問心無愧。

像這樣的文學作品,多不勝數。因此,在文學上,可以很容易地
找到萬物有靈觀念體現的作品。

在信仰上來說,西方人有基督、天主教等,前面有提到,這些是
屬於比較狹隘的萬物有靈觀念,畢竟他們把動物、植物、礦物排除在
外。而印度佛教,基於六道輪迴(天道、人間道、阿修羅道、畜生道、
餓鬼道、地獄道)的轉生觀念,比西方人對萬物有靈的觀念來的寬廣。
至於東方人,以漢民族來說,生活中處處都能看到萬物有靈的體現。
例如:中秋、清明、過年等節日時,傳統中國人會祭拜鬼神、祖先;
臺灣常見的祭拜對象「石頭公」、「樹王公」、「地基主」、「虎爺」等;
以及原住民的祖靈信仰。周菁葆(2007)提到,相信萬物有靈是許多

原住民原始宗教產生的思想基礎，各個不同族群除相信宇宙由天神、月亮神、風神、雷神、雨神、地神、水神、火神、山神、海神、河神等自然神靈主宰外，還相信人體以及各器官都是靈魂所控制，人的睡眠、作夢、出生、死亡、吉、凶、禍、福都是靈魂作用的結果。由於相信祖靈在萬物之靈中對人具有最直接的關愛及庇佑，所以原住民各族群的原始宗教祭典，包括祭祀自然靈以及人靈等活動，都以祭祀祖靈作為主軸，以祖靈為主要的祭典和祈願對象。這些都是萬物有靈觀念在民間信仰的體現。

在一些器物上，例如卑南文化精緻的玉器最能顯現族人審美觀與工藝技術。包括玉與類似玉的材質製成的頭飾、頸飾、耳飾、胸飾、臂飾、腕飾，以及一些非實用性的武器、工具，各式各樣，種類繁多，風格別具。造形上，以玦形耳環最富於變化。其中人獸形玉玦最具代表性。而他們的石棺內更有既豐富又精美的陪葬玉器、陶器，可見當時人已有靈魂觀念，並且相信過世後還有另一個世界。所以在石器時代的人類，已經慢慢有萬物有靈的觀念了，他們也把它體現於生活中。因此，萬物有靈的觀念是普遍存在這世界上且高度可信的。

此外，非人採訪的理論基礎，除了是萬物有靈觀念的體現外，我們還必須了解，人和世間萬物是可以互相感應、互相回饋的。向立綱（2008：30）對這種情況的解釋是：靈界給了某些人感應的能力，但何時可以啟動，是由靈界或主神決定的，當祂們覺得你還未準備好時，這種能力便只是處於備而不用的狀態。張開基（2000，71-85）所舉的例子：亞洲鐵人楊傳廣，退休後回到臺東，變成神的代言人；臺灣的唯一巫婆泰雅族的沙巴・奇巴姨，透過與祖靈、鬼神的溝通，解決了很多族人的疑難雜症。盧勝彥（2008：114～117）敘述他自己登山的遭遇，在山中迷路的他，所幸有山神的指引，才得以順利下山。這些都是能以萬物溝通的實例，也間接證明了萬物有靈的觀念。至於一部分感應不到的人，並不是他沒有這種能力，而是沒有被啟發，那這些人在進行非人採訪時，雖說無法感應到太多的回饋，但還是可以針對採訪對象的細微反應，去作想像連結，推敲反應所代表的涵義。所以

非人採訪的理論基礎,是從萬物有靈的觀點為根本,不論採訪者是否能真實感應到較明顯的回饋,都能去想像推測採訪對象的變化意義,這樣非人採訪才得以順利進行。

第二節　從人擴及非人的經驗廣化的需求

一、對象為人的採訪經驗

以人為對象的採訪內容,通常是人們最感興趣的,所以新聞所報導的對象,大多以人為主。大多的文獻資料,也都以採訪人的經驗為出發點去討論,畢竟這些經驗是最多人參與、學習、觀摩、仿效的。而從人的採訪中,我們必須了解的經驗就是新聞和媒體的價值以及採訪人的目的。什麼樣的新聞與媒體具有價值?就從「沒有價值」來談。張琪(2010)提到新聞價值減少原因在於:(一)含有廣告的意味者;(二)揭發人的隱私者;(三)有害社會風俗者。

現在的電視節目充斥著廣告,就連新聞也不例外,很多想藉著報章雜誌媒體的新聞而達到宣傳的目的的人事物,現在都會透過新聞管道來傳播。因為新聞是社會大眾普遍收看的節目之一,也因為它的普及,再加上功利主義盛行,媒體逐漸的以營利為導向,慢慢失去應有的公平與中立性,不但容易出現看法偏頗、觀點差異甚大的報導,也出現一些「不夠」誠實的新聞。例如:有些媒體以前是政黨投資或經營,在報導上總會權衡輕重,以較溫和、柔軟、避重就輕的態度去面對外來的批評或負面的消息;但現在這些媒體卻是以比較嚴厲、強硬,並用放大鏡去檢視那些事件。這些報導往往會影響閱聽民眾的思考、概念、想法,甚至鼓動民心與群眾行為,是非常不可取的。另外,近年來觀光事業發達,許多相關的媒體報導也紛紛出爐,像是美食報導、名店報導等不勝枚舉,甚至有些編排成書出售,而民眾看了報導或媒體雜誌,便趨之若鶩。起先報導較嚴謹時,會經過篩選,挑出比較「真

實」的部分作採訪，但到後來，報導便開始浮濫，隱瞞事實真相，一味迎合店家或小眾市場的利益。雖然這些採訪者為數不多，但這些害群之馬往往讓民眾不禁質疑這些媒體的客觀性和公正性，是不是有營利之嫌。因此，雖然新聞和廣告都是社會常見的傳播活動，但本質卻不一樣，新聞是傳遞訊息、分享事實，目的是告知群眾；廣告傳播的是思想概念，以滿足民眾需求為訴求，並會檢視是否影響民眾的行為或態度。所以，在這樣的情況下，除了加強對採訪者的訓練外，也要加深他們的社會責任與道德觀念，對於威脅利誘的衝擊有所應對，提升分辨是非對錯與權衡取捨的能力。

　　近年來由於所謂新聞自由和社會責任，二者在天平上逐漸失衡，新聞「過度的」自由，已經逾越了自由的界線，現在許多報導，盡是一些窺人隱私的事：像是家庭秘密、藝人緋聞，媒體以利益為導向在現今社會中十分明顯，各家競爭激烈，有些採訪者為了搶得第一手消息，便不擇手段，忘了自己的應有的道德觀念與社會公義，甚至對於一些採訪對象：像是災民、遭遇不幸的人，或者是有難言之隱、不願表示意見的人進行採訪時，為了讓報導更聳動、更引人注目，所以完全不會同理受訪者的心理需求與人格尊嚴，而是以揭他人的瘡疤、挖他人的傷口、披露他人的不幸遭遇。有的媒體還捏造假新聞，例如：

　　　　日前大陸北京電視臺記者所作的紙包子新聞，當時可是引起國際轟動。

　　　　北京電視臺記者：您這包子裡面，包那個吃了特硬的是什麼東西？

　　　　演員：那是那個廢紙箱子，在大鍋裡熬的，熬了包在包子裡。

　　　　記者：這個東西蒸熟能吃得出來嗎？

　　　　演員：一般不容易吃出來。

　　　　這還得了，連包子都是廢紙做出來的黑心貨，那可真是讓人開了眼界，所以這則新聞，不只震撼大陸也讓國際媒體爭相報導，甚至引來了公安部門介入，還組成專案組全力追查，在

經過一個禮拜的明查暗訪後才發現，原來這所謂的紙包子，竟然是北京電視臺記者虛構的，從包子攤販到製作流程，全都是記者自己想出來的鬼點子，這些賣包子的人全都是記者安排的演員，他們逼真演出加上以偷拍手法，讓觀眾誤以為真，這一切全都是為了衝高新聞的收視率。

　　其實一直以來，大陸的黑心食品充斥街頭，也讓相關的新聞成了收視率的保證，從便宜的黑心鴨蛋、黑心燒烤到黑心燕窩，全都引起大陸民眾一連串的討論，也因此讓大陸電視臺的記者，都在挖掘黑心食品新聞，在強大競爭壓力之下，才會產生紙包子新聞，北京電視臺為此還公開道歉，至於造假的記者則是被警方拘捕。（張書維等，2007）

　　從上面這個案例可以看出，媒體的價值觀每況愈下，只在乎搶不搶得到新聞，甚至因此捏造內容聳動的假新聞來混淆大眾視聽、營造恐慌、製造話題，企圖讓自己因為這樣的「獨家報導」而聲名遠播，身價大漲，殊不知這樣作法的後續效應會帶來多大的影響。其他媒體倘若紛紛起而效尤，那所謂的公信力，將會蕩然無存。

　　還有部分媒體追逐名人明星，大量炒作他們的私生活，像是對豪門、奢侈品、色情、暴力、離婚、官司等議題滔滔不絕，不思考這樣的報導對社會大眾的價值觀與文明穩定發展產生什麼不良的影響，對於國家未來的主人翁有多大的危害。這些媒體在社會版、娛樂新聞多加以著墨，並且透過網路媒體，二十四小時傳送這樣的消息，樂此不疲，只關注少數人的利益，缺少對普羅大眾與社會各階層的關懷。這樣的採訪者，表面看來只是對不同新聞取向的喜好程度，並迎合群眾胃口。但實際上，不但不具所謂人文素養，不關注社會輿論，只把媒體工作視為個人發展與生存的手段，失去了媒體工作者的品味與格調。

　　一個好的採訪者，在報導中應該展現他對人群的真誠關懷與情感流露：對自然、對人、對事、對物的同理、尊敬以及對社會公義的堅

持，不一味的迎合某些人的利益。畢竟新聞本身就具有宣傳、教化等功能，媒體責任不只是傳遞訊息，還有引導社會進步、改善人心的使命。好的採訪者，推崇自然、人道與人文關懷，以民眾的角度去表達對國家政策的建議以及人群社會的關注，並恪遵職業道德，隨時觀照自我，避免受到威脅利誘而改變新聞本質，把握正確的新聞價值，這樣才符合社會期待與要求，才會對國家進步、社會穩定有實質的貢獻。

　　從新聞「有」價值來看，陳東園等有以下的看法：新聞必須具有：（一）即時性；（二）衝擊性；（三）顯赫性；（四）親近性；（五）衝突性；（六）異常性；（七）話題性；（八）正義性。（陳東園等，2007：13～19）

　　即時性是新聞很重要的環節，即時性指的是立刻、馬上，在新聞裡就是非常新的消息。現今科技發達，電子媒體充斥，交通工具便利，讓以往可能要耗費好幾個小時的報導，現在只要透過「衛星連線」，就能同步收看到現場情況，這是媒體進步的重大突破，也是新聞的可貴處。再加上整合了其他如網路、廣播等，滿足了人類社會對於世界資訊的需求。

　　衝擊性在此指的是一件新聞報導可能帶給人類社會影響的範圍和程度。新聞影響的層面愈廣、範圍愈大，表示事件的衝擊性愈高。例如，戰爭、流行疾病、氣候變遷、油價以及水災、火災、風災等災難。像是近來流行的 H1N1 新型流感，媒體在這部分就大肆報導。其他如全球暖化議題、油價及原物料不斷上漲、八八風災等，也不遑多讓，這些新聞都會引起大多數人類的關注，而且人類會去思考討論解決或改善的方法，這也是人類社會進步的動力之一。

　　顯赫性是指受訪者的身分地位以及影響力所凸顯出新聞的價值。像是總統的新聞一定比平民老百姓來的讓人更感興趣，更有吸引力。

　　親近性是指報導能體現對社會大眾的關懷，不論在生活中、情感上、地區性的事件。就我自己而言，由於本身是臺南人，所以對於發生在臺南的新聞會比較有興趣，也比較想去了解，對於其他區域，只會關注那些所謂的「頭條新聞」。這部分也反應在報紙上面，像是在高

雄、屏東發行的報紙，在地方新聞的版面上，就會傳達這個區域的消息，而不會有雲林、彰化、甚至是臺北的消息，這也是親近性的實例。

衝突性是新聞中極為重要情節之一。例如：戰爭、兩國對峙、種族歧視等有關對立、抗戰的情節，這也是人類文明發展史的基礎。像是兩韓對峙的新聞，兩國的媒體互相指責對方不是，也互相用言語挑釁，並大肆渲染，讓國內民眾情緒高漲，引發更敵視的情緒，但實際上也只停留在口水戰，並未實際宣戰。因此，新聞無形中提供了一個戰場，但也是一個緩和衝突的平臺，或許這就是人類文明發展的產物之一。

異常性是指一件新聞會呈現的概念，和當時的社會中的廣泛思想與預期心理相互衝突。例如：為了五十元而爭吵，導致多年好友反目成仇，最後演變兇殺案；為了一筆債務而走上絕路的一家人；為了爭取一點生存的機會而努力活下去的病患與他的家屬。這些類型的新聞，都具有所謂的異常性。從上述來看，異常性的新聞不少是負面消息，但從另一個角度來看，也具有正面意義。媒體對於「異象」的追逐，有時也是新聞貢獻與價值的所在，針對一些現象、事件、變化去發掘出未來可能衍生的議題：暖化、外勞、自殺、治安等，讓人們得以見微知著，提早作準備與因應，減少災害的發生與降低影響的程度，讓人類社會能穩定成長。

話題性是一連串長期的事件累積所引發的效應，它可能會代表一個新的名詞意義或時代潮流，像是前幾年流行的「奈米科技」以及近來的「雲端科技與產業」，這樣的題材會引起傳播媒體好一陣子的關注。社會問題也是，不論是治安、老人關懷、勞工問題等，始終是媒體圍繞的焦點；但更有道義的媒體，不是單純揭露弊端、發現問題，而是要設法引導讓大眾集思廣益去面對問題、解決問題。

正義性是採訪者基於自身所認定的「公理正義」的概念去報導一則新聞，這是採訪者的職業道德所驅使，而非涉及利益層面。

採訪人的目的，在於得到新知、仿效以及參與公共事務等。得到新知一直是採訪行為最主要的成因。最初人類獲知訊息的管道太少，

如果只是透過周邊的人群作交流，是不足的。因此，人類社會在發展的過程中，從早期的「街坊鄰居」、「三姑六婆」、「報馬仔」到現在的報章雜誌、電視新聞、網路媒體等，隨著時代變遷，人們需要更大量的資訊，促使流通的媒介有更長足的進步，也是文明成長的表現。

另一個採訪人的目的，是「仿效」。「仿效」在此的定義除了是模仿、跟隨、學習、效法外，也有追逐潮流、尊崇思維的意義。人類的學習，本來就是從仿效而來。而採訪的結果，就是大眾仿效的對象。舉例來說：一些重大天災舉辦的募款活動，都是由一些有名氣的藝人、社會人士、政治家、企業等發起，他們先拋磚引玉，民眾們感受到了，便紛紛效法，例如八八風災、九二一大地震等。除此之外，某些公眾人物的言行舉止，也都會產生影響力，像是立委開會時大打出手、藝人拜金思想等都是。所以以仿效的觀點來談，有正面的，也有負面的。因此，採訪者作採訪時，必須考慮新聞造成的「仿效」效應有多大，再去斟酌字句與新聞畫面後，真實的呈現採訪成果。

採訪的另一目的是可以讓更多人參與公共事務。人類本來就是群聚、社會性的動物，所以公共事務是全體參與的。而非單獨、個人、或少數人掌握的。但現實社會中，群眾要參與公共事務，還是要透過媒體，像是集會遊行、抗爭活動等，透過報導，可以把他們的訴求放大，讓主事者可以聽見基層的聲音與意見。

由上述可知，透過採訪人，我們可以體會、學習、了解新聞和媒體的價值以及採訪人的目的，這些都是來自於「人」的經驗，對於文明社會是很重要課題。

二、對象為非人的採訪經驗

採訪非人的目的，一樣是從得到新知，參與公共事務、仿效等三方面來談。採訪非人可以擴展採訪人以外的經驗，像是文獻中所提到動物、植物、礦物、和未知生物的反應，都能成為人類文明成長的經驗。

人能參與公共事務，而非人也能？正確來說，應該是人類反向參
與非人的公共事務。例如最近的一則報導：

> 為了蓋游泳池、停車場和住宅，人類毫不留情拿老樹開刀，
> 急煞作家張曉風等人要向總統陳情，別開發南港 202 兵工廠；
> 板橋江翠國中砍樹蓋游泳池，退休老師組成護樹隊，不惜以肉
> 身阻擋怪手，成功留下綠色樹海。許多中產階級也在連署向林
> 務局陳情，不要為了蓋自然教育中心，而把三峽滿月圓峽谷內
> 四十八棵五十歲以上樹齡的柳杉砍掉。
>
> 「老樹的存在表示這地方人與自然之間尚有連結，」靜宜
> 大學生態系副教授楊國禎提到。一棵老樹代表一個完整的生物
> 島嶼，包含昆蟲鳥類、寄生蟲及各種菌類，是工業化被迫遷徙
> 動物僅存的棲息地。藉由住家道路旁的一棵老樹，你可以立刻
> 潛入充滿活力的自然奧祕裡，而非困在冰冷無趣的人造環境
> 中。老樹不僅累積了記憶和情感，也讓人能夠居處在合宜的環
> 境中，身心安適。
>
> 以心理學而言，人類的內心深處，始終藏著與大自然合一
> 的渴望，森林是人類止痛療傷的最好場域。新興起的生態心理
> 學（ecopsychology）指出，生態健全與心理健康是一體兩面，
> 沒有平衡的生態環境，人類必受傷害。最新的心理學趨勢，已
> 開始從自然環境中找到療癒力量，譬如冒險治療和植物治療
> 等。（林貞岑，2009）

近年受到全球暖化的影響，人類開始思考大自然反撲的原因以及
如何和自然和諧共處，像是濫墾、濫伐、濫建導致山崩、水災、土石
流，這些成因，都是我們率先破壞大自然、忽略自然的力量所引起的。
而上述的例子，不論是一片綠地、一棵老樹，對人來說都是很重要的。
從中也可發現，人們開始關照植物的生存、植物的情感，這就是人類
反向參與非人公共事務的例證。

　　至於仿效的部分，在非人採訪裡屬於「類仿效」，人類不會完全模仿非人的動作技能。例如：人類不會學猴子在樹上爬樹、互相整理毛髮，但人類可能會羨慕猴子的自由、無憂無慮；人類也不會學植物和礦物立著不動，但可以學習它們所表達的精神象徵與意涵。這也是非人採訪中所能獲取的經驗之一。

　　從人的採訪，擴及到非人採訪，有著許多相同與不同的經驗，這使我們不會僅侷限在已知、常見、熟悉的世界，而是藉由非人採訪，去開展、廣化我們有別於人的生命體驗，探尋未知的知識，讓人的生活可以更美好、更進步、更友善，就因為有這樣的需求作為前提，所以讓本研究的理論基礎更為紮實。

第三節　應用在教學活動的高效能期待

一、非人採訪與經驗拓展

　　語文是一切學科的入門基礎，沒有語文，其他學科就無法開展，任何學科都跟語文有直接或間接的關聯性，而採訪也是屬於語文表現形式的一種。非人採訪則是基於一般採訪的前提下作延伸與語文經驗的廣化。所謂的語文經驗，周慶華（2007a：107）提到，將語文經驗作個分類，那麼它大體上就不出人所能具備的「知識」經驗、「規範」經驗、「審美」經驗等三大範疇。

　　周慶華（2007a：107～108）又提到如果以「教學方法」為論域限定的前提下，知識經驗是從純理性的基礎來論斷的，它假定語文經驗是人類的一種理性的架構，所以必須合理化；它的目的乃在於求「真」。於是從這觀點出發，找出語文成品所以依據的是什麼以及更經由此一事物的邏輯架構或者它的動作去尋找它的意義。

　　知識經驗的部分，非人採訪是以萬物有靈的觀念為基底去作發揮，而知識經驗的部分強調以理性基礎出發，且合理化的。前面的章

節敘述了許多在三大文化系統（周慶華，2006a：46～48）下，不論是創造觀型文化、氣化觀型文化、緣起觀型文化中，表現形式不論在生活中、文學中、信仰上等，都有此觀念體現的例子，也是萬物有靈觀念合理化的理論基礎，藉由這樣的基礎，才得以繼續延展我的論述。而非人採訪的過程與成果，就是語文成品的一種。周慶華對語文成品的解釋是：

> 語文成品，基本上是一種對話性的結構，這個結構有兩層次可以考察：首先是作者在跟事物（以語言形式存在或新創語言使它存在）接觸時，已經涉及作者和事物的對話（也就是理解事物、質疑事物、批判事物）；其次是作者在寫作時，選擇適當的語言表達觀感的事物。由上述可知，語文成品的生產就是透過描述、詮釋和評價及其衍生或分化的再現、重組、添補和新創等手段或隱或顯的跟接受者對話，進而直接或間接參與了「推移變遷」或「改造修飾」世界的行列（接受者認同接受該成品，該成品就會成為推動世界變遷的一股力量）。而該成品的這種對話性結構，在語言學或文藝學上總稱為「文體」。（周慶華，2007a：108～109）

所以以非人採訪的成果為文體的話，就是用這樣的採訪術和萬物進行對話，並將整個過程記錄下來，再用讀者可以接受的說法或語言忠實呈現結果。而對話的時候，除了應用「語言」直接詢問、回答、告知、解釋之外，也應用了其他「語言」來與他們接觸，例如：肢體、動作、表情、語調等類語言。透過這些，可以讓我們對「非人」有更深入的了解與認識。有了記錄之後，接下來就是進行寫作，讓整個流程的描述和詮釋可以讓讀者更容易接受、理解，並希冀這樣的成果能讓讀者拓廣自身的語文經驗，對這世界有更為不同的看法與思維。

規範經驗的部分，周慶華有以下的看法：

這種語文經驗，是從倫理、道德和宗教出發，找出語文成品有助於教化的成分或因素，而印證語文是「約束社會成員思想、維繫社會存在的一種形而上的形式」的社會學觀念。因為「人類係營社會的動物；在構成一個社會的組織和維繫一個社會的存在，必須建立起許許多多的共同約束。這些約束有有形的、有無形的；例如典章、制度、法律、政治為有形的約束，而倫理、道德、甚至宗教為無形的約束。」「規範取向的語文教學方法」所著力的對象就是相應於倫理、道德和宗教而說的。它屬於形而上的形式，也就是高一層次的形式架構。（周慶華，2007a：201～202）

由此可知，非人採訪在規範經驗的部分，把它拉到較高層次的架構上來談，也分為倫理、道德、宗教等層面。

倫理的部分牽涉到採訪者和受訪者彼此的關係。採訪人時，以人為主體的話，就會探討如何營造良好的人際關係。而人際關係和文化系統有關。如果採訪的是東方人，因為氣化觀型文化底下，講求人與人之間的和諧關係，所以即使採訪者和受訪者原本是彼此不熟悉的，如果能透過另一層關係（朋友、遠親），或許可以在採訪前便拉近彼此的距離，讓採訪更成功。而採訪的如果是西方人，就不需要考慮這些，畢竟在創造觀型文化底下，每個人都是獨立的個體，只需對神或上帝負責，且相互平等。所以採訪時就直接與受訪者聯繫即可，不需要再作其他關係的連結。

採訪非人時，是以人和非人互為主體，而不是完全以非人為主體，因為有時動物、植物、礦物或未知的神祕生物沒有明顯回應時，採訪者仍必須就觀察到的變化去作感應、想像與連結。舉例來說：如果要採訪一隻豬，而採訪者原先與豬並無較深層的關係（飼主和寵物），又想要順利採訪的話，採訪者可能就得拿出一些「獎勵」或「回饋」的方式，拉近彼此關係，再作採訪，如果採訪順利，得到豬的很多回饋，就可以將此記錄寫成一篇報導，這個情況下就是以受訪者（非人）為

主體。相反的，如果這隻豬不願意配合或者是採訪者沒有觀察到較特別的變化及回應，採訪者就得以自己的角度，將觀察到的資料，描述成採訪的過程記錄，雖然描述的是豬的採訪，但在這部分是以採訪者（人）為主體。

　　道德的部分，中西方所秉持的道德觀是不一樣的。周慶華（2007a：214）提到，氣化觀型文化傳統中，以天道主義的道德觀和自然主義的道德觀為主脈；創造觀型文化系統中，則統攝了社會學家的道德觀和功利主義的道德觀。東方有貧富貴賤等現象，所以假設採訪對象是東方人，遇到不甚配合的狀況時，採訪者多半會選擇隱忍，耐著性子把整個採訪流程走完；但西方講究「互不侵犯」、「人生而平等」，所以受訪者較不會出現鄙視、輕蔑、不尊重採訪者的態度；相對的，採訪者也不會同樣對待受訪者。如果真的不想採訪或接受採訪，他們一開始便會拒絕。這部分套用在非人身上也一樣，假設採訪的是一隻螞蟻或一隻覓食中的毛毛蟲，採訪過程中，它們可能會自顧自地做自己的事，對於採訪者置之不理，但既然已經決定採訪，就必須做到完善周全，所以還是必須有耐心、有毅力的把這個採訪完成。

　　宗教部分，就氣化觀型文化來談，東方人崇尚自然、人文關懷，所以在非人採訪的部分，是有比較大的利基。因為東方人會從採訪結果所傳達的訊息去反思自我。例如：採訪一棵樹，這棵樹可能擔心自己會被砍伐，而這樣的訊息傳達出來，東方人就會去思考這樣的問題。相對的，創造觀型文化底下的人，一方面可能對萬物有靈觀念不甚認同；另一方面基於每個生命也都是獨立個體的情況下，對於採訪的結果，可能就不是那麼在意，只是選擇尊重。

　　審美經驗方面，周慶華（2007a：247～248）對於語文成品在審美方面有以下的觀點：語文成品本格只有文學作品具有這種審美成分，而文學作品的美固然也限於「形式」部分，但它跟其他藝術品（非語文成品本格的類語文成品）的美卻稍有不同；其他藝術品的美可能顯現在比例、均衡、光影、明暗、色彩、旋律等形式法則上，而承載或身為文學作品美的形式卻不得不關連「意義」（內容）。如上述所言，

非人採訪既然是語文成品的一種形式，那麼它同樣的也具有審美的作用，而審美的需求是人的天性，透過它，人可以滿足情緒、宣洩壓力、激勵自我。而美感類型大致分為九類：「優美」、「崇高」、「悲壯」、「滑稽」、「怪誕」、「諧擬」、「拼貼」、「多向」、「互動」。（周慶華，2007a：252）以非人採訪舉例來說，如果採訪一棵長得枝繁葉茂的大樹或是一塊經過天然雕刻砌成的大理石，就會使人情緒興奮高漲，產生「崇高」的美感；如果訪問一朵美麗的鬱金香或是一隻毛色油亮濃密、體型小巧完美的小狗，就會使人產生完整、和諧的感覺，這是「優美」。又如下列這則新聞：

> 過境綠頭鴨愛上臺灣紅番鴨！這段小綠（綠頭鴨）追小紅（紅番鴨）的異國鴨戀曲，在花蓮縣東海岸後湖水月濕地上演，令人莞爾。
>
> 政大畢業的溫建文觀察濕地生態，發現過境度冬的「小綠」，飛至濕地後留下來成為新住民，半年前，邂逅羽翼豐滿的「小紅」，熱烈追求。頭一兩個月，「小綠」頻遭「小紅」拒絕。溫建文說，「小紅」另有公番鴨追求，但只要靠近「小紅」調情，高大威猛的「小綠」即刻展翅、發出叫聲，情敵紛紛敗陣，也擄獲「小紅」芳心。
>
> 「小綠」為取得岳母（母番鴨）認同，在「小紅」與岳母覓食時，安靜地在一旁守候。母女用餐結束，「小綠」昂首前進，領著女友「小紅」和岳母散步，在陰下乘涼或池中戲水，怡然自得的模樣，十分有趣。
>
> 見證異國鴨戀曲的佛光大學文化資產與創意系助理教授屬以壯說，候鳥跨國遷移，又與不同種配對，是大自然奇妙之處，值得人類對大自然尊重與學習。（田俊雄，2010）

上述這則新聞給人清新、和諧、圓滿的感受，這也屬於「優美」的美感。另外，採訪一座被土石流破壞的山，會產生憐憫、同情的情緒，這是「悲壯」。

對象為人的採訪，雖然也會同樣具有知識經驗、規範經驗、審美經驗，但如果可以拓展到非人，那麼我們的經驗範圍將會更為寬廣，滿足人類的原始的求知慾望，這也是本研究對於經驗拓展的高度期待。

二、非人採訪在語文教學的運用

採訪在語文教學上，是非常好的訓練活動，非人採訪也不例外，在語文基本能力：聽、說、讀、寫、作方面，都能有良好的作用。而教學活動進行大致分成三個階段：準備活動、發展活動、綜合活動。

準備活動的部分，進行非人採訪前，教師必須讓學生閱讀大量相關的材料，例如：萬物有靈觀念的實例、環保議題案例、動植物及礦物習性報導等。資料來源可以請學生利用網路查詢、報章雜誌、影片等，讓他們了解採訪對象的習性、生長特性、樣貌等，他們有一定程度的了解，好讓後面的採訪能順利進行。

發展活動的部分，教師除了提出實例，引導學生討論，並請他們發表之外，還需指導他們採訪技巧與注意事項，且實際上臺練習採訪技巧，相互學習，教師在過程中給予回饋指導；也可以讓學生看一些相關新聞影片後進行觀摩的活動，讓他們學會聆聽、熟悉技巧、養成專注的態度。

綜合活動的部分，在準備工作完成後，教師進行分組，並決定組別、採訪對象及工作分配，然後根據所了解對象特性的資料，擬定相關問題，針對動物、植物、礦物都能有所差異，給教師瀏覽過後，再將題目單定案。接下來安排採訪時間，運用前述的三個時間向度：單一時間、連續時段、間歇時段，來設定採訪的向度。

實際進行採訪時，請學生利用紙筆、錄音、錄影或照片，把採訪結果一一記錄下來，並在採訪過後寫出文字稿加以整理。整理完這些資訊，要求學生加入自己的省思，上臺口頭報告，並把報告內容用多媒體方式呈現。報告完成後，繳交書面報告與心得感想。這樣採訪流程才算告一段落。

　　綜合前面所述，整個教學活動都涵蓋了語文基本能力，聽的部分是聆聽，聆聽教師所講述的內容、同學的報告、受訪者的回應等；說的部分是口說：口頭報告自己的想法、心得，以及採訪到的內容，並能針對採訪對象的回饋作出回應及再提問；讀的部分是閱讀，閱讀教師給的、自己蒐集的、別人查詢到的資訊，加以統整後，編成自己的資料庫，以利應付不同採訪對象及可能出現的問題；寫的部分是寫字，作的部分是作文，把蒐集到的資料與採訪到的內容加以整理後，寫成一篇篇報導，除了字跡工整清晰之外，這部分還需要對作文的架構十分熟練，並掌握 5W1H 的原則，詳細敘述事實，呈現最完整的訊息。

　　整個非人採訪流程，可說是語文訓練的最佳教學活動，涵蓋層面不論廣度、深度，都有一定水準。透過本研究，期望非人採訪能對語文教學的範疇增添一股活水，讓語文教學活動能更有趣、更受喜愛、更有效率。

三、應用在教學活動的高效能期待

　　在這個非人採訪的教學活動過程中，除了語文基本能力的訓練，更重要的是思辨、應變及反省覺察能力的提升。

　　學生在閱讀大量材料時，就必須先思考如何將材料分類整理，並在同類型的資料中找出共同處，必詳加記錄重點，方便爾後彙整。學生在口頭報告及採訪時，除了必須先縝密思考欲提出的問題之外，採訪過程中遭遇臨時狀況：如對象無故離開、不想回答時，要怎麼很快的去與採訪對象溝通，作應對進退，這是很重要的。當然，記錄與寫作過程中，也必須思考如何把採訪對象的反應真實的呈現出來；如果採訪對象沒有特殊的反應，也應該要把掌握的線索加進自己的想像，並詳細敘述，而不是草率了事。

　　最重要的是，反省和覺察能力的提升，這也是本研究中最希望看到的成長。因為近來氣候變遷劇烈，天災人禍不斷，人必須覺察細微的變化，反省其中的原因，並且思考可能的改善或解決方案。透過非

人採訪，教師必須時時叮嚀學生要了解對象、注意學習與採訪的態度，並多練習採訪技巧，重要的是多給予肯定和鼓勵，希望學生能敞開心胸去接受大自然奧妙的洗禮，透過這樣的體驗，內化至內心，昇華成自己的思維與情感，進而提升自我道德與良知，改善自己對生活周遭的看法與行為，讓這個社會、生存環境、這個世界更美好、能更友善、更單純、更乾淨、更適合萬物居住。這就是本研究應用在教學活動中可以有的高效能期待，也是非人採訪（必要落實）的最末一個理論基礎。

第四章　非人採訪的對象特性

第一節　動物的弱互動

一、動物行為的研究

　　對動物行為的相關研究，成果不少。趙榮台曾研究動物行為的奧秘，他指出最早研究動物行為的是俄國的巴夫洛夫（Ivan Pavlov）。巴氏發現狗經過訓練之後，能對一個原本不會產生反應的刺激產生行為反應。例如狗看到食物，會流口水，但是聽到鈴聲，卻不會流口水。但是如果每次餵狗吃東西前都搖鈴，久而久之，當狗聽到鈴聲時，即使不給牠食物，都會分泌唾液，顯然狗已將鈴聲與食物產生聯繫。巴夫洛夫用狗來作實驗，是因為狗對人類而言，是相當常見的動物，且體型較大，與人類較親近，互動較多，動作較明顯，容易觀察。所以剛開始研究動物行為時，大多是觀察體型稍大，動作容易察覺的動物，直到後期科技較為進步時，才使用較精密的儀器記錄。（趙榮台，2002）

　　趙榮台還舉了三個獲得諾貝爾醫學獎的研究者為例子。（趙榮台，2002）1973 年諾貝爾醫學獎得主羅潤之（Konrad Lorenze），他發現動物有烙印（imprinting）的行為。所謂「烙印」，指的是動物出生後的第一次學習，它會永遠留在腦海中，不會忘記。有些雁鴨從蛋殼孵出來時，會把它看到的第一個能動的東西當成媽媽；小鴨在發育的過程中，發展出對「媽媽」特徵的偏好，透過追隨的行為表現出這種偏好。還有一些雁鴨則烙印第一次聽到的聲音，把它當成媽媽的聲音。所以人有學習、記憶的行為，動物也有，只是有時候沒有辦法透過語言表

達出來。但不能因為動物不會用口語描述，就認為牠們不會思考、不會記憶、不會學習，而是要有更包容的態度公平的對待牠們。

另一名諾貝爾獎得主是奧地利的馮孚立（Karl von Frisch），他研究的是「蜜蜂舞蹈」。他發現每一隻採完花蜜的蜜蜂，回到蜂窩後都會跳舞，蜂窩內其他的蜜蜂則跟這隻蜜蜂跳舞。蜜蜂能跳兩種舞，其中一種舞蹈的動線呈 8 字型，在 8 字型的中間處，舞蹈的蜜蜂循直線一面走一面擺動屁股，所以馮孚立便稱這種舞蹈為「擺尾舞」（waggle dance）。蜜蜂跳這種舞有什麼作用？在長期的觀察之後，馮孚立發現，蜜蜂擺尾走動時的這條線與地心引力這條垂直線所形成的夾角，竟然正等於蜜源植物到蜂窩這條直線和太陽到蜂窩這條線所形成的夾角。也就是說，剛剛採完花蜜的蜜蜂藉著舞蹈把有關蜜源方向的訊息告訴跟著牠舞蹈的蜜蜂。此外，舞蹈還會傳遞蜜源與蜂窩距離的訊息，蜜源距離愈遠，蜜蜂擺尾的時間愈長，而且在擺尾時發出的嗡嗡聲愈久。還沒有外出採蜜的蜜蜂確定蜜源的方向和距離後，就能省去摸索的時間和精力，很快地找到蜜源，這真是一個有效率的溝通方式。不過，一開始很多人都難以相信蜜蜂具有這麼奇妙的溝通能力，而在生物界爭論了十來年後，才證明馮孚立的發現是正確的。其後的科學家也發現，不同品系的蜜蜂跳舞的方式也不相同，這有點像各地的方言，彼此間無法溝通。這個研究讓很多生物學家相當驚訝：我們雖然無法理解蜜蜂的「語言」，但透過觀察蜜蜂的飛行，發現了蜜蜂溝通的方式與秘密，就如同人與人之間，即使語言不同，卻還能用肢體動作、眼神或聲音來達到交流的目的。所以動物和人之間，看似無法溝通，但只要有耐心，還是能從動物一些細微的舉動觀察出端倪，並推測牠可能想表達的事情或心意。

第三位諾貝爾獎得主是荷蘭的丁伯亨（Niko Tinbergen），他做過許多鳥類的研究。他發現海鷗雛鳥一生下來之後就展現啄的行為。雛鳥啄了母鳥喙上的紅點，鳥媽媽就會從胃裡吐些食物出來餵雛鳥吃。經過多次實驗，證明是母鳥喙上的紅點引發「啄」的行為。丁伯亨把引發雛鳥「啄」的紅點稱為信號刺激（sign stimulus）。丁伯亨也發現

雛鳥飢餓時會把嘴張得很大，露出口腔內不停顫動的鮮艷舌頭，母鳥一看到這個菱形的血盆大口，便會飛出巢去尋找食物，再把找到的食物丟進菱形的口中，直到雛鳥閉嘴為止。換句話說，雛鳥張大的菱形嘴巴是母鳥餵食行為的信號刺激。人類也有類似海鷗的行為。例如尚未學習說話的嬰幼兒，通常會以「哭聲」來與大人溝通，而「哭聲」代表的意義有很多種：肚子餓、需要更換尿布、想要大人抱、打嗝、脹氣、累了、不舒服等。雖然「哭聲」有很多情況，但大人聽到哭聲，就像是一種刺激，會趕緊去關心，不論是什麼問題，都會嘗試著一一解決，讓他「安靜」下來。這也證實了，人類能和語言不同的嬰幼兒溝通，主要是觀察他們的反應，然後去推測可能的結果，再來作印證，並從印證中學習成長。我們與動物互動，也可以從旁觀察動物細微的舉動，並思考可能的情況，達到與動物溝通交流的目的。

二、動物與人的互動

前面章節提過，就採訪對象的特性來說，人是具有強烈意識與主觀行為的生命體。因此，建立在人與人之間的溝通交流，是屬於「強烈的互動」。然而，相較於人類的強烈互動，人與動物間的對話、相處，互動的情況就沒有像人與人那樣複雜頻繁，所以我稱為「動物的弱互動」。

日常生活中，人與動物間的互動，其實很常見。舉例來說，例如人們常跟寵物對話，也常對牠們下指令。觀察寵物對我們的回饋，不難發現，動物有情緒的反應：狗開心的時候會迅速搖晃尾巴、貓生氣的時候會弓起身子。人們可以從動物的反應得知牠們對事物的好惡，即使牠們沒有過多的反應，例如生病時，我們還是可以從「互動」變弱來發現一些端倪。

至於動物是否能聽懂我們的話，我在前面章節已有討論。人類有語言，動物也有，即使語言不相通，但我們還是可以透過肢體表達來傳遞訊息，也可以透過動物的行為來判斷牠們的回饋。

　　在非人採訪的教學進行前，我針對學生能力作了「異質性」的分組，同小組中，有能言善道的；有沉默寡言的；有活潑鬼點子較多的；也有思考較不靈敏的學生。希望能由能力較高的，帶領能力較低的一起學習。接著我進行了「前測問卷」的施測。主要目的是了解他們對「非人」的認識：

　　問題一：「請問你認為的『非人』是指什麼？」這個問題有 92%的學生提到動物。

　　問題二：「請問你認為的「非人」有自己的意識、語言、行為或社會關係嗎？請舉例說明。」這個問題有 92%的學生提到自己對動物的認識或與動物的互動。

　　問題三：「請問你認為的『非人』可以跟我們溝通嗎？為什麼？請試著舉一些例子稍微說明。」這個問題 100%的學生提到動物與人溝通的情況。

　　所以和動物互動，學生們並不陌生，也多能相信人與動物是能互相了解、互相溝通交流的。在前測問卷中，多數學生「非人」的了解，多是指「除了人以外的生物」或「除了人以外的所有東西」。學生們也普遍認為「非人」是存有自己的意識、有群體社會關係、有語言行為等。而對於「非人」是否能與我們溝通，學生們都認為「非人」能與人類溝通，所舉的例子大多是與家中寵物的相處情況，只有少數有提到觀察植物的結果，以及與其他「非人」的互動。在此顯而易見的是，除了人以外，學生「非人」，就屬對動物的認識最多、了解最深，與動物的互動也是最為頻繁的。

　　施測完畢，再進行一些實際案例的探討。例如前面章節所提及能準確預測的「章魚保羅」、善解人意的「黑猩猩」、能算數的「狗」，以及很有靈性的牛。學生們的生活經驗中，最常相處的動物就屬貓狗之類的寵物了；其次是鳥類、雞、鴨、鵝等家禽及觀賞魚。而這對於「非人」採訪是否有正面的幫助？答案是肯定的，因為對動物不陌生，所以採訪時在設定問題時，是很迅速的。但校園中的動物，對學生來說，平時的互動並不多，如：蜘蛛、螞蟻、蜥蜴、鳥類、毛毛蟲、蝴蝶、

蜜蜂、青蛙、蟾蜍等，不過學生設定問題，大多以牠們的習性和行為來提問。例如：蜘蛛會結網，所以學生們會問牠「平常做些什麼」；螞蟻會搬運物品，所以問題有「你可以搬運多重的物品」、「會搬那些東西」；蜥蜴會變色，學生們便問「什麼情況下，你會偽裝擬態」；鳥類會群體行動、築巢、整理羽毛，學生們會問「你最常和誰在一起」、「你的巢在哪裡」、「你平常會做什麼修身養性」；毛毛蟲會啃食葉子，所以學生們問「你平常睡在哪」、「有人跟你搶食物嗎」、「享用大餐時，有人陪你嗎」之類的問題；蝴蝶、蜜蜂會採花蜜、到處飛舞，問題就有「你平常會喜歡做什麼」、「你最喜歡的食物是什麼」；青蛙、蟾蜍會跳躍，看到人類會閃躲，問題就有「你會做什麼運動來消耗熱量」、「你最害怕的是什麼」等。

　　討論問題開始，先就動物習性作問題假設，並先設想動物可能的反應，思考可能的回答，並且作樹狀圖的模擬，針對各項回答作「再提問」。樹狀圖模擬採訪可能遭遇的情況，讓學生能依據動物可能的反應去作回饋。

　　我預先告知學生要進行不同受訪者可能的回應的樹狀圖，先請他們思考可能的情況，以小組為單位發表，整理如下圖：

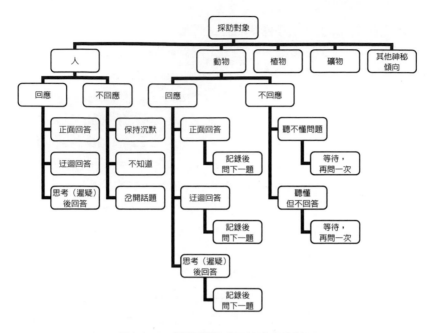

圖 4-1-1　採訪動物時可能遭遇的狀況

三、以人為採訪對象與互動

　　學生們對於採訪人並不陌生，從新聞報導、談話性節目、娛樂節目都可發現採訪人的案例，所以當描繪出樹狀圖時，學生發表相當踴躍。當人為受訪者時，分成兩種情況：一種是回應；一種是不回應。回應又分三種：正面回答；迂迴回答；思考後回答。正面回答最常見，以下面這則新聞當例子：

　　　　民進黨總統初選民調結果，行政院前院長蘇貞昌以 1.35%
　　的些微差距敗給民進黨主席蔡英文，痛失總統提名資格。蘇貞
　　昌獲知初選結果之後與蔡英文通電話，表達祝賀之意，隨後舉
　　行記者會發表感言。

　　蘇貞昌先感謝支持他的民眾，對於選舉結果，他謙卑接受，同時也向蔡英文表達誠摯的祝賀之意。蘇貞昌說，2012 總統大選是一場艱難選戰，他呼籲支持他的朋友，一起支持蔡英文，替民進黨加油打氣，實現第三次政黨輪替。蘇貞昌說：「（原音）2012 的總統大選是一場艱難的選戰，民進黨有許多要檢討改進之處，但是我誠摯呼籲支持我的朋友、關心臺灣社會的國人同胞，大家一起來支持蔡英文主席，給民進黨加油、打氣，讓臺灣能再有第三次政黨輪替。」外界高度關注蘇貞昌的下一步，幕僚指出，蘇貞昌會先休息一陣子，之後再向外界報告未來規畫。

　　而另一位參選人民進黨前主席許信良表示，蔡英文純潔無暇、學有專精，處理國際事務談判經驗豐富，由她代表民進黨參選 2012，是非常適當的人選。他說：「（原音）我覺得由她出線，代表民進黨參選 2012 總統，應該是非常適當的人選；而且按照今天民調結果看來，如果今天投票，她是很有可能贏得 2012 總統選舉的。」（王韋婷，2011）

　　以新聞中蘇貞昌及許信良等人的回答，這就屬於對選舉結果的正面回答。一般來說，這部分在政治新聞中相當常見。探究其原因，學生多認為政治人物因為屬於公眾人物，對媒體的質詢應該要有公開透明的回答，讓人民適時地獲得政策資訊，避免猜疑導致政府形象的損傷。

　　迂迴回答的部分也不少，例如以下這則新聞：

　　　　朱芯儀接連傳出看婦產科、小腹凸出等懷孕徵兆，她大方表態，男友衛斯理是她的真命天子，「不排斥先有後婚」。面對媒體連五問，是否懷孕？她竟不願斬釘截鐵否認，只說：「有好消息會告訴大家！」不乾脆的態度，令人猜疑。

　　　　她在《犀利》結局以懷孕收場，她暴紅，又沒多接戲，被懷疑戲外也有了，她說法不改：「我天生就是小腹微凸啦，永遠

　　像懷孕 3 個月，有沒有懷孕？10 個月以後就知道啦！」（朱方
　　蟬，2011）

　　迂迴回答其實就是不正面回答的「正面回答」，像上面這則新聞的
主角，雖然沒有正面回答，但事實上可以從回答中判斷可能的答案。
學生認為這種情況多發生在記者所提問題較為敏感、涉及個人隱私，
或事情仍有不確定性，尚未釐清前不給予正面回答。通常受訪者會以
「暗示」的談話來表達自己的想法或事實，所以讀者或觀眾仍能從回
答中嗅出端倪，臆測真正的答覆。

　　思考後回答也很常見，例如：

　　　　英國王儲查爾斯王子（Prince Charles）首度透露，他的妻
　　子卡蜜拉（Camilla）可能受封為后。他這席話再度引發卡蜜拉
　　地位爭議。
　　　　英國媒體摘要報導，在被問及如果他繼承伊麗莎白二世女
　　王的王位，目前是康瓦爾女公爵（Duchess of Cornwall）的卡蜜
　　拉是否可能封后，他猶豫了一下。他告訴 NBC：「再說吧，不
　　過，是有可能。」（陳淑娟，2010）

　　猶豫或遲疑後才回答，通常遭遇的狀況是什麼？學生發表有幾種
可能：可能是因為不知道怎麼回答、可能是問題不了解、可能是一下子
沒有反應過來、可能是這個問題需要思考才能較正確的回答、可能是
沒有確定的答案等。基本上，學生推測都很正確，也都有一定的可能。

　　以人為採訪對象，不回應的情況可能有哪些？學生發表了不說話
（保持沉默）、不知道（不清楚、不回應）、岔開話題。下面是「不說
話」的例子：

　　　　劉先生一共養了六隻貓，一下子卻被毒死了五隻。不甘心，
　　調出監視器來看。沒想到，狠下毒手的，竟然就是他的鄰居。
　　很明顯可以看到監視器畫面，一名男子手拿一袋物品，裡頭就
　　是毒飼料。

半夜在巷子裡，沿路撒毒飼料企圖要毒死小貓。果然隔天一早，車子移開後的這個小黑點，就是已經被毒死的小貓。我們循線找到下毒藥的鄰居家，但問什麼都不願回答，關上門沉默以對。但現在劉先生已經報警，打算提出告訴。鄰居毒死小貓行為，不只可能會吃上刑法毀損罪，更觸犯動保法，還可被罰 5 萬到 25 萬。（連珮貝，2011）

這則新聞中劉先生的鄰居，就是以沉默來回應記者的發問；而採訪過程中，觸及較令受訪者私密、困擾、厭倦、不耐的問題時，往往受訪者會選擇沉默以對。而報導內容，因為記者採訪不到較真確消息，只能就部分資訊作資料整理，所以新聞呈現上較不客觀，多為一方的片面之詞。

受訪者以「不知道」來作回應，通常是不清楚現在的狀況、事情的真相、或者是問題太敏感，不願意回答。因為定義的範圍較廣，且有別於「保持沉默」，因此將它獨立出來。例如：

上午 9 點多，桃園地檢署主任檢察官，帶了 10 多名新北市調查幹員，一進入醫院，就同步搜索麻醉、乳房外科和院長室。

到底是採購什麼器材出了事？是聯合採購、還是單獨採購？劉慕賢：「設備？我們每年都有採購。」記者：「這次大概針對哪些設備？」劉慕賢：「不曉得，因為現在在調查，所以我們不方便，真的不方便說啦。」

檢察官大動作，醫院表明，搜索結束，院長邵國寧和 2 位醫師就被帶走，到現在沒有聯絡，他們沒辦法得知更進一步的結果。當初邵曉鈴出車禍時，弟弟邵國寧曾經勞心費力，提供許多醫療辦法，現在捲入弊案，醫院表明，他們只是證人，北上協助調查，其他無可奉告。（呂振成，2011）

　　此則新聞中，劉慕賢的回答透露出其實他是了解事情狀況，但只是不方便說，所以回答「不曉得」，但這並不表示受訪者真的不清楚這些事。

　　岔開話題通常是受訪者認為問題較尖銳，或避談這個問題的時候，會作的回應，常會有答非所問或迅速帶過的狀況發生，在此就不再贅述。

　　以「人」為採訪對象，學生們並不陌生，他們也發現人與人的互動很頻繁、也很強烈。人的外貌、眼神、臉部表情、手勢、姿態動作、言語都呈現不同的意義。例如採訪時記者眼睛一定會看著受訪者，而攝影機通常是對著受訪者或記者，很容易觀察得到，有時眼神中會透露出一些訊息，像是不耐煩的話，受訪者眼睛可能會閉上或看向他處；有時眼睛閉上，也可能代表受訪者自視甚高，就看觀眾如何解讀。

　　臉部表情則是呈現受訪者情緒的最佳資訊，當受訪者觸及令自己厭煩、反感、憤怒的問題時，常會出現不開心的表情。但通常為了顧及形象，受訪者只會短暫表達情緒，轉換表情回答下個問題；如果問題是很令人愉悅的，那受訪者自然會高興地接受訪問。

　　手勢也常被解讀，例如在受訪者手托著下巴，可能表示不耐煩；手靠近下巴或摸著下巴，可能表示正在思考。食指搖動可能表示受訪者對自己有高度自信，具有強烈的優越感。手臂交叉表示「防禦」、張開手臂表示「歡迎」、突然伸出手臂表示「攻擊」等。

　　人的姿態動作也不少。點頭可能表示贊同、鼓勵；歪著頭可能表示困惑；搖頭表示不接受、不認同；頭部抬高表示有優越感；低著頭可能是沮喪、失落或屈服。受訪者身體向前傾斜，可能表示認同，願意說更多；身體往後靠，或轉移話題，可能就表示不願意再談下去。受訪者正面面對採訪者，表示誠懇、尊重；如果側面或傾斜面對採訪者，可能表示他們不想受訪、不願正面回答或對於某些事情地陳述並非事實。

　　採訪者也可以從言語上去了解受訪者的想法。例如受訪者回答「我不記得了」、「不清楚」、「我知道的我已經說完了」、「是，是，是……」、「不，不，不……」、「沒有，沒有，沒有……」這些敷衍性質的答覆可能表示受訪者已經厭煩，才會勉強地回答，有時受訪者也會以重複回答、轉移話題、憤怒來表示自己不願受訪的情緒，我們都可透過這些訊息去察覺。

　　以「人」為採訪對象，可以從很多面向去觀察、發現、臆測「人」可能的想法或思維，較容易獲得想要的訊息，因為人是屬於「強」互動的生命，動作大而明顯，表情豐富多樣，語言大多能互通，一言一行都會透露出端倪，是比較容易了解的採訪對象。

四、以「動物」為採訪對象與互動

　　以「非人」為採訪對象，學生是沒有經驗過的。由最容易覺察訊息的「動物」進入「非人」採訪的殿堂，是最適合不過的了。學生們依據他們對動物的了解來提問，思考方向很正確。畢竟我們在採訪過程中，必須先了解採訪對象的基本資料、性格、喜好，甚至常出現的地點、常做的事情與行為舉止，這樣在採訪過程中，會順利許多。假使缺乏對受訪者的資料，採訪過程中如果遭遇一些狀況：例如我們不明白受訪者搔頭、摸手、抖腳等小動作代表什麼，再加上語言不同，只能比手畫腳，那就無從去臆測可能的意涵。如果知道動物的習性，便能從動物的一些反應中去推敲可能的回答：小狗會搖尾巴，可能回答「是」、「開心」、「喜歡」、「不是」等。回答「是」，下個問題可以接著問為什麼？回答「不是」，可以問為什麼不是，是因為某種原因嗎？再從中去討論可能的結果與答案。

　　舉例來說：學生對毛毛蟲提問：「你希望變成蝴蝶嗎？」毛毛蟲點頭時，代表「是」。那下個問題，就可以接著問：「你喜歡變成蝴蝶，是因為在天空飛翔比較自由嗎？」如果毛毛蟲不動，學生又可換個問題：「你喜歡變成蝴蝶，是因為蝴蝶比較美麗嗎？」如果學生不清楚毛

毛蟲有「點頭」的習性，便很難從中去設定問題。雖然仍舊可以從其他動作去作推測，但在採訪過程中，就容易因為對受訪者的不了解導致猜測錯誤或被誤導，動作不同，所代表的意義也不同。

由此可知，從日常生活中，學生除了與動物間的相處，對動物有初步的了解之外，從學校的課程、閱讀的書籍、同儕的分享中，或多或少也能知道動物的知識。而要進行採訪，學生不僅對動物的習性要有一定的了解，並且要相互腦力激盪，預先設想動物可能的反應，再針對動物的動作進行答案模擬，模擬答案後，作「再提問」的動作，讓問題和問題之間具有關聯性，討論層面更加寬廣。

但相較於「人」為採訪對象，由「動物」擔任受訪者，比較難去獲得訊息。人有表情、姿態、語言、動作可以表達內心的想法；再加上明顯容易觀察，遇到有經驗的採訪者，採訪這件事可說是輕而易舉。但採訪動物就沒那麼簡單，因為互動較弱且不夠明確，再加上人對大部分動物的行為了解不夠深入，以致於很多動物所表現出來的動作，我們無法一一判斷是何種意義，必須去作猜測，再做實驗印證。動物與人的互動相較於人與人間的互動，是稍弱的，可以由以下幾點說明：

（一）語言

人與人互動，可以用文字、語言的方式溝通，即使語言不同，也可透過翻譯或者其他方式了解。動物沒有文字，但並不表示牠們沒有語言，牠們只是沒有發出聲音，或太小聲以致於人類無法辨識；抑或是牠們說話了，但使用的語言人類無法理解。學生在採訪過程中，對於語言這部分，他們認為動物可能會說話，也有屬於牠們的語言：貓、狗、鳥類都會發出聲音，就可能是在說話，但人類聽不懂，也沒有了解動物語言的翻譯人員來協助，所以沒有辦法從語言去判斷動物想傳達的，必須透過其他方式來了解、猜想動物的答案。人類不了解動物「說」的話，而動物有沒有辦法了解人類的語言？這部分只能透過觀察動物來判斷。因此，在語言使用的方面，相較於人與人的互動，動物與人的互動是弱的多了。

（二）表情

以「人」的觀點來看，人類的表情豐富，天生就具有喜、怒、哀、樂等情緒表現。所以以人為採訪對象，我們可以從表情獲知訊息。但動物除與人類血緣相近的靈長目之外，其他的表情較少，有時甚至觀察不到。舉例來說，大型動物的表情，我們是比較容易看出來的：狗生氣時會咬牙切齒、貓生氣時耳朵會豎起來。然而，較小型的動物如螞蟻、鳥類等，我們很難辨識牠們的表情究竟是屬於何種情緒、何種訊息的展現。依據生理構造來說，許多小型動物的顏面神經、肌肉不如人類發達，所以可呈現的臉部表情較人類少，但並不表示動物就沒有「表情」，只是人類無法迅速的判斷而已。而小型昆蟲的表情，人類更難觀察，只能依據其他線索去判斷。所以在表情部分，動物的回饋相較於人類，是比較欠缺的。

（三）肢體動作

人類的肢體動作多樣，追趕跑跳等大動作，以及細緻的小動作，由於身體神經密布，小肌肉發達，人類的肢體語言不輸給口語，往往也是透露訊息的依據。例如雲門舞集，舞者透過肢體表達及音樂，展現故事情節與意境，不須言語觀眾就能體會。以動物來說，靈長目肢體動作的細緻度與明確度依舊是名列前茅，其他動物就比較沒那麼明顯，尤其是微小的昆蟲類。但是以動物與人的互動來看，肢體動作算是我們解讀動物回饋的最主要方式，畢竟在語言、表情無法觀察的情況下，唯有肢體動作，才能讓人有所想像，作為判斷答案的依據。

（四）解讀訊息的角度

以「人」為採訪對象，記者可以針對受訪者的回答，站在受訪者的角度去作報導，也可以根據採訪到的內容，加進自己或報社的看法。所以同一件消息，不同的報社、記者所呈現的內容會因立場而有差異。

以「動物」為採訪對象,則必須把觀察到的現象作仔細的記錄,再針對這些記錄作討論,小組成員互相交流看法,推測出幾種可能的答案。而這些結果,只有少數較明確的動物行為能有確定的意義界定,其餘大多是從「人」的角度出發去研判。所以以「人」或「動物」為採訪對象,因互動強弱不同,解讀訊息的角度也是不同的。

以動物為受訪者,互動較沒「人」那麼強烈,因此學生作採訪時,必須非常仔細觀察動物的反應。我也以人為對照,畫了樹狀圖,請學生思考可能的情況。動物有回應的,也大致分為三種:正面回答、迂迴回答、思考後再回答。正面回答跟人類一樣,問了就馬上有反應。舉例來說,學生採訪時問了「蜘蛛」喜不喜歡學校的環境,蜘蛛馬上往上爬;問牠喜不喜歡這裡的學生,牠很快地往下爬,這就算是正面回答學生的提問。迂迴回答的部分,學生有問「螞蟻」一天搬運多少的食物,而螞蟻在地上走了一個「8」字,因此學生判斷應該是 8 克重量的食物,螞蟻用走的方式來回答問題,讓採訪者觀察並思考,這部分屬於迂迴回答。思考後回答的部分,學生有問了「斑鳩」平常作哪些是修身養性,一開始斑鳩沒有什麼動作,過了幾秒後,開始整理羽毛,學生於是推測整理羽毛是可能的答案,這部分就屬於思考後回應。

不回應的情況大致分成兩種:聽不懂問題、聽懂但不願回答。聽不懂問題的情況,學生大多沒觀察到反應,這時學生就會嘗試再問一次,如果問了很多次,還是沒反應,學生就依據「沒反應」的狀態去推測可能的答案。聽懂但不願回答,可能就像人一樣,當問題觸及較為敏感的話題時,有時動物即使了解問題,但也不願回應。學生有提到採訪蜘蛛時問的問題:「你是否常被欺負?」蜘蛛動也不動,經過反覆提問後,還是沒有動靜,於是學生就問了下個問題:「你生活過得好嗎?」蜘蛛馬上有了反應。學生便判斷可能問題牠聽懂,但因為涉及隱私,所以蜘蛛不想答覆。

上述人類與動物互動的差異,可以明顯的了解,動物的互動是比人還弱的,但不至於毫無動靜。以生物學家的角度來看,動物行為是

可以進行研究的。以採訪的角度看來，因為動物有較其他生命明顯的動作，以動物為對象進行採訪，是可行的；只要以尊重、仔細的態度去做，即使互動再弱，還是可以從中獲得相當的資訊。

五、以「動物」為採訪對象所能設定的訪問目的與方向

以「動物」為採訪對象，主要是想了解動物的生活、語言、行為，以及與其他人與「非人」的互動。人類目前對於許多動物有相當程度的認識，原因在於動物是人類最常接觸、反應最為明顯的生命，也較容易與人類交流互動。基於知己知彼的好奇心態，為了更深入了解這些忠實的夥伴，人們作了一連串的研究、記錄，讓長時間的觀察變成實際的數據，進而解讀與歸納出動物行為的動機、目的，提升人類對動物的認知。這部分有利於人類與動物的互動流暢。而非人採訪中，所設定的動物以學生的認知而言，大多是生活中常見的、熟悉的，例如：鳥、螞蟻、蜘蛛、青蛙、狗等。但對動物的回饋所代表的涵義，卻不一定清楚。原因在於學生不是專業的研究人員，而且平時所能獲取的資訊有限，除了電視、報章雜誌所閱讀到的資料之外，並不會特別去尋找動物行為相關的訊息。但不清楚動物行為所表達的意義，不影響非人採訪的進行。以我所帶班級為例，在進行「動物」採訪前，我先與學生討論採訪動物是想知道有關動物的那些事情，學生的回答是想了解牠們的行為、好惡、語言表達、生活狀況以及人類和牠們的關係。因此，基於上述的幾個方向，我和學生歸納出採訪主目的及幾個次目的，主目的是學生希望了解「動物怎樣看待人」，因為動物和人類最親近，接觸最頻繁，在這樣的情況下，也容易產生誤解與摩擦，或者是認知上的差異。例如人類可能認為幫動物洗澡事件會令寵物很舒服的事，但對很多動物而言並不這樣認為。因此，設定這樣一個目的，期盼能從採訪中發掘更多動物看待人的方式或想法。依據這樣的概念，分述如下：

（一）動物面對採訪會有哪些特別的反應？

這部分是學生相當好奇的，自從進行課程之後，學生了解到動物其實對很多外在刺激會產生明顯的反應。因此，學生想從採訪知道動物對於這種從來沒有過的「刺激」，會有怎樣的反應與回饋。

（二）動物內心的想法與喜好

學生了解「非人」有自己的思考、想法，便想從採訪過程中，了解動物真正的內心世界：想說的話、想做的事、喜歡的、不喜歡的有哪些？加深對動物的認識，藉此增進人與動物的關係。

（三）動物與人類及其他非人的互動關係

學生想藉採訪動物，了解牠們的生活以及與人類和其他非人的相處狀況。學生希望知道動物過得好不好？需不需要什麼協助？當然，他們也希望知道動物喜不喜歡與人類相處？人類是不是會干擾牠們？牠們與其他非人相處的情況是如何？有沒有什麼問題？了解這些，我們便能反省與動物的關係是否有需要調整改善的，藉此讓人類與動物之間的相處能更圓滑、更和諧。

第二節　植物的想像反應

一、植物的行為研究

植物是地球不或缺的生命，沒有植物，人類與其他動物不可能永續生存，因為植物提供了熱量、空氣等生存條件，並增加了人類所需要的生活用品，如衣服、住宅等。那對於地球生命如此重要的植物，它們是否是有意識、有生命的存在著？人類應該用什麼態度去看待這些眼中所謂不會言語、不會有任何動作反應的植物？

　　湯京士（Peter Tompkins）在〈植物的秘密生命〉中提到，亞里斯多德相信植物有靈魂而無知覺。近代植物學鼻祖卡爾‧馮‧林奈（Carl von Linne，1707-1778）則宣稱植物不同於動物和人類，只在於植物不會移動，但這個想法被生物學家達爾文推翻。達爾文證明，植物的卷鬚有自主行動的能力，他說植物「只在對自身有利的情況去學會並發展這種能力。」二十世紀時，維也納的生物學家勞伍‧法朗塞（Raoul France）提出令當代自然哲學家吃驚的想法：植物能自由的、輕易的、優雅地挪動身體，不輸最靈巧熟練的動物或人；人類所以未能充分意識到此一事實，完全是因為植物移動的步伐比人類慢了許多。法朗塞說，植物的根好奇地鑽進土裡，植物的芽和細枝朝一定的圓周內伸展，葉片和花朵在經歷變化時抖動，卷鬚試探的伸出悠悠的長臂探索周遭環境，人類因為懶得去觀察這些，就說植物不會動而沒有知覺。他還說，植物沒有不會動的。一切生長過程都是一連串的動作；植物隨時的想著該如何轉彎、顫動，卷鬚可在 67 分鐘內畫一個完整的圓圈，找到歇腳處，20 秒內開始捲繞，1 小時內就纏得牢牢的，要把它扯下來都很難；植物有自己的意圖，會往它們想去的地方延伸，找到它們想要的。（Peter Tompkins，1998：2～4）

　　按照法朗賓的說法，植物能夠明確的回應周遭的變化，用某種方式與外界溝通。人類和其他動物也用自己的方式與外界溝通，所以這部分是相似的。但人類總以自我為中心，憑著主觀的想法，就一味認為植物是無感覺的生命，完全不接受、不相信也不了解事情與現象真實的情況。

　　饒夏在〈植物的心理〉一文中也提到，在心理學史上關於植物的兩個重要的論述：一個是「植物也有靈魂」，這個觀點提出者是古希臘哲學家亞里斯多德，他將靈魂區分為三種，最低層的「營養的靈魂」，就屬植物所有；另一個是「物活理論」，也就是所謂的「萬物有靈」的理論，認為世界萬物都有其生命和精神活動的能力。基於上述理念，饒夏把植物當作為「準動物」，從這個觀點，以心理學的角度來看待植物的感覺、記憶、情感、語言、智力。（饒夏，2007）

　　饒夏認為植物是能感受聲音的，他提到有一位科學家每天早晨都為一種叫做加納菇茅的植物演奏 25 分鐘的音樂，然後在顯微鏡底下觀察其葉部原生植流動的情況。結果發現音樂演奏時，原生植流動的很快，停止時就恢復原狀。他也對含羞草進行同樣的實驗，結果發現聽到音樂的含羞草長得較沒聽音樂的高 1.5 倍。美國科學家史密斯對著大豆播放歌曲，20 天後，每天聽音樂的大豆比沒聽音樂重四分之一。而且，植物不同，個性和喜好也不同，有些植物喜歡聽古典音樂，如黃瓜和南瓜喜歡聽簫的聲音；番茄喜歡聽浪漫曲；橡膠樹則特立獨行，喜歡噪音。（饒夏，2007）

　　另外，施風也在〈植物的動物行為〉中提到「跳舞草」這種植物，這種植物出現在亞洲，特別的是它「愛」聽音樂，只要拿著播放器播放悅耳動聽的音樂，它的葉片便會左右旋轉，上下擺動，隨著音樂「翩翩起舞」；但是聽到噪音時，它便會葉片收縮，停止擺動。（施風，2010）

　　因此，我們可以知道植物不是「聽不到」，而是我們沒去觀察到這些細微的反應，因為人類總以「萬物之靈」的姿態來看待其他生命，對於植物這種看似一動也不動的東西更是不屑一顧。可見沒仔細觀察，不等於植物沒知覺。植物除了會「聽」，也會有記憶。

　　還有，施風提到了一些會「看」的植物。他說藤蔓植物會找到最近的支架去做攀附的動作，似乎是有「眼睛」且「看」得到；向日葵的花總是向著太陽。（施風，2010）Peter Tompkins 也提到植物對方位、未來有知覺力：印度甘草對各種電磁都有敏銳的感知力，所以被用來測天氣；高山生長的花朵對季節也很敏感，知道春天何時來到。這各式各樣的植物運動，都說明了植物具有明顯的自我防衛與自我保護的意識，為了保護自己，植物會長出荊棘、分泌黏液、捲曲、顫動，來對付有敵意的昆蟲；有些植物無法吸收到氮，就會演化出各種奇形怪狀的構造，來捕食生物。（Peter Tompkins，1998：6）李梅在〈植物也有主動行為〉一文中提到，被達爾文譽為「世界上最奇妙的一種植物」的捕蠅草，屬於食蟲植物的一種，而豬籠草也是，它們都能運用本身

的構造巧妙的捕食昆蟲，這是它們長期適應大自然後，逐漸演化的結果。（李梅，1998）

　　前面章節提到巴克斯特對植物所做的一連串實驗，引發了世人的關注。其中，他為了測試職務是否具有記憶力，就請六個人蒙上眼睛抽籤，抽中籤的人必須不動聲色的把兩棵植物其中一棵從盆栽裡拔出來，在地上踐踏，其餘五個人和巴克斯特都不知道兇手是誰，也就是抽中籤的人要做到不為人知，另一棵則目睹整個經過。接著，巴克斯特為這棵幸免於難的植物接上測謊器，讓六個可能的兇手從這棵植物面前走過，其中五個人走過，植物都沒有任何反應，只有一個人，他一走近，記錄表上就出現劇烈的起伏，兇手的身分一目了然，這證明了植物能記憶並辨識曾經對植物產生毀壞的兇手。（Peter Tompkins，1998：8）

　　饒夏也提到法國克雷蒙大學學者設計了一個實驗，他們選了幾株剛發芽的三葉鬼針草，研究者用 4 根細細的長針，對右邊的葉子進行穿刺，使植物的對稱性受到破壞。過了 5 分鐘之後，又用手術刀將兩片子葉全部切除，再把失去子葉的植物放到良好的環境中繼續生長。五天後，那株植物左邊沒被針刺的部分發芽的很旺盛；右邊受過針刺，生長明顯緩慢。這個研究證實，植物的確具有一定的記憶力。（饒夏，2007）

　　根據這些案例，我們可以知道，植物對外界的刺激是有反應的，只是人類肉眼能觀察到的變化實在有限。巴克斯特等人的實驗，都透過了精密的儀器去做分析，有科學的佐證。我們能更精確的了解不是只有會動的生命才有反應，其他看似不變的，也有其奧秘。

　　另外，非人採訪的目的需要與「非人」溝通，那植物是否具備語言或能與人溝通的能力？饒夏提到：

　　　　植物學家利用一種高靈敏度的傳聲器收聽到植物的根發出的聲音，並將其音頻高低、聲音大小記錄下來。人們發現，植物缺水或缺乏養分時，根部就發出一種微弱的聲音來，表示要

喝水，要補充營養。人們掌握了植物的這些語言，就可以更好地培育植物。

　　一項研究表明，植物之間也有信息交流，儘管它們的語言與人類可能不同，但它們之間能夠互相聯絡警告一些迫近的威脅。這項新研究是日本京都大學的科學家進行的，研究發現發表在科學雜誌《自然》上。他們描述了利馬豆植株如何發出危險信號保護自己並警告鄰居們害蟲蛛蟎正在迫近。利馬豆植物不是通過文字和語言，而是通過散發出化學物質發出信息。這些植物對於蛛蟎的侵襲能夠提前做好防禦準備。京都大學的研究人員在報告中說。這些植物產生的化學物質使它們不容易受蛛蟎傷害，而且這些化學物質還可以吸引蛛蟎的天敵來對付這些害蟲。同時，這些化學物質還能激活相鄰植物的基因，刺激它們產生同樣的化學物質，達到驅蟲的作用。（饒夏，2007）

湯京士在書中也提到以下的例子：

日本鎌倉有一位橋本博士發明一種測謊器，用來觀察植物的成果非常精采，橋本博士將語音轉換為紙上記錄的過程反過來，把紙上記錄轉化為語音，讓植物說出話來。他第一次實驗用的是與美國加州常見的樹形仙人掌類似的小型仙人掌，結果失敗了。但他不願就此承認巴克斯特的實驗報告有假或他的儀器不良，便把原因歸於自己不擅於與植物溝通。便交由擅於調理花木的橋本太太，橋本太太叫仙人掌放心，說她是愛護它的，仙人掌立刻有了回應。經由橋本博士的電子設備轉換為聲音而擴大後，這反映為一種高音調的哼聲，像是遠處傳來高壓線的聲音。但這聲音比較像唱歌。節奏和音色有變化，聽起來很舒服。橋本夫婦與植物的關係已經親密到可以教植物數數字，作加法。他們若問二加二等於多少，植物回答的聲音轉換為紙上記錄，出現了四個連結的突起。（Peter Tompkins，1998：43～44）

　　巴克斯特也發現，植物對活的細胞在面前死亡是有反應的。巴氏運用鹹水鰓足蟲，分別在三株植物的面前，做殺死這些鰓足蟲的動作，結果發現三株植物都有強烈的反應。前來觀察的其他科學家也核對其全自動監控系統所提出的數據，發現鰓足蟲的死引起植物反應的情形十分連貫。（Peter Tompkins，1998：12）

　　因此，我們發現，植物與外界是可以溝通的；不論對象是動物、人類等，植物都能依據刺激的不同而有情緒、動作上的回饋，這部分必須透過較精密的儀器去觀察。而「非人」採訪中，必須對學生講述這些有趣的案例，讓學生有更多的信心去訪談；也讓學生了解不是人類才有溝通技巧，對於其他生命，我們也必須用更尊重的方式去看待它們；藉由誠摯的心意與植物交流，讓植物能感受到，而對我們的訪談有所回應。

二、植物與人的互動

　　植物是地球不可或缺的生命，人類、動物、礦物的存在都需要他，人類和動物以植物為食，攝取必需的養分；人類以植物當作建築材料，蓋房子遮風避雨，動物在植物身上，或從它們身上取得材料築巢；人類拿植物纖維做成衣服，遮蔽身體，以植物產生能量，提供動力；礦物也因為植物的力量崩解、風化，成為更細小的顆粒，以利其他生命生長……上述的例子都說明了植物的重要性。

　　既然植物如此重要，我們更要放下高傲的身段，以謙卑的態度去了解它，認識它，清楚的知道植物的想法，進而促進人類改變對植物的看法，調整對待植物的方式，讓人類與植物間能和平共存。

　　植物與人的互動，比起人與人、動物與人來的更弱，可以由以下幾點說明：

（一）語言

人與人互動，使用的語言即使不同，一樣能透過翻譯或其他方式，達到溝通的目的；動物與人互動，也可以透過聆聽動物的聲音，配合其行為來判斷動物想表達的究竟是什麼；人與植物互動，除了前述案例的科學家們用精密儀器監控以外，一般人很難去聽到或解讀「植物的語言」。因此，植物在大多數人眼裡是「不會說話的生命」，這也是非人採訪中需克服的問題。

（二）表情

人有密集的神經組織，發達的肌肉群。所以在採訪時，採訪者可以從受訪者的臉部表情中，判斷受訪者的心情、想法、思緒。但也因為臉部表情豐富，善於面對媒體者，可能會以同一表情、隱藏或假裝表情來刻意隱瞞，所以有時會有採訪者被受訪者的表情誤導，導致做出不正確的新聞報導。而動物也有許多不一樣的表情，較大型的動物，肌肉組織比較健全，相對來說表情要比小型動物來的多樣；且對於人類來說大型動物的表情是比較容易觀察的。動物的大腦組織與人相比，沒有那麼發達、周密。因此，動物較不會刻意隱藏自己的情緒，表現出來的大都是「真性情」，所以不用擔心在採訪過程中因為誤判表情而導致解讀錯誤的情況。植物的部分，因為缺乏神經、肌肉，僅有強壯厚實的細胞壁、角質撐起整個身子，所以在表情方面，是比人與動物少了許多。因此，在採訪過程中，植物的表情這部分，是需要採訪者針對植物的樣貌、姿態去想像的。

（三）肢體動作

人與多數動物有豐富的肢體動作，即使沒有用語言溝通，也能靠著靈活的關節與發達的神經，展現肢體動作傳遞訊息，使對方了解。植物缺乏這些，但少數植物靠著內部水分的流動以及生長激素的分泌，達到「動」的目的，這些動作是比較容易觀察到的。不過，相較

人與動物，植物的動作顯得單一多了。所以採訪過程中，我們從植物的肢體動作獲取訊息並不多，這也是採訪難度較高的原因。

（四）解讀訊息的角度

以人為受訪者，當然從人的角度去解讀採訪到的內容；以動物為受訪者，解讀訊息的角度可以從人及動物出發，為不同的採訪內容做不同的判讀，寫出不同的報導；而植物的部分，我們可以以植物或人的角度去觀察，但由於植物回饋的速度較慢、且動作較不明顯。因此，採訪過程中我們必須以現有的線索，站在人、動物或植物的立場做想像，想像植物產生的反應，究竟代表何種意義，進而完成採訪的內容。

由上述幾點分析可知，動物是屬於互動較弱的生命，而植物與動物相比，又比動物更弱。植物平時的運動，比較常見的，就屬搖晃、顫動、開啟或閉合等外部行為，至於內部變化，除了用精密科學儀器監測，我們很難得知植物對於外界的刺激是否會有內在的改變，也不容易知道植物真正的想法與思考。因此，做非人採訪前，我預先做了前測，看學生對於動物、植物、礦物是不是有特別的想法，結果發現，學生對於動物的意見最多，接下來才是植物、礦物。按照學生的想法，可以知道學生平時較忽略動物以外，其他生命的反應，對它們的事情更是漠不關心，平時也很少去觀察、了解它們，更遑論做深度的訪談。

非人採訪進行前，我進行了植物的案例探討，目的讓學生更熟悉很多科學家、植物學家眼中的植物是什麼樣子，受到外界刺激可能有什麼反應，讓學生清楚植物乍看之下對外界是無動於衷，但實際上可能「內心澎湃」，藉此增強學生採訪時的信心，面對植物文風不動時，更應該要耐著性子與它們溝通，有時會有意想不到的驚奇反應。

另外，我也事先告知學生應該注意的事項，除了保持禮貌、尊敬的態度之外，更要耐心的等待，畢竟植物的反應較緩慢，有時必須等上好一陣子才能察覺。也因為植物所給予的回饋可能會比動物與人來得少，採訪者必須非常仔細觀察，才能發現端倪，如果沒有變化，就必須藉由表面現象、特徵去想像、討論植物可能的反應與答覆，並詳

實地做出記錄，寫出可能的報導內容，完成採訪的工作。因此我與學生討論了植物可能的反應，並整理如下表，請學生去思考植物回應時，或沒回應時要採取的應對方式，並請他們多設想幾種可能性，盡量將答案「廣化」。如此一來，與學生分享時，更能凸顯小組想像力的豐富程度。

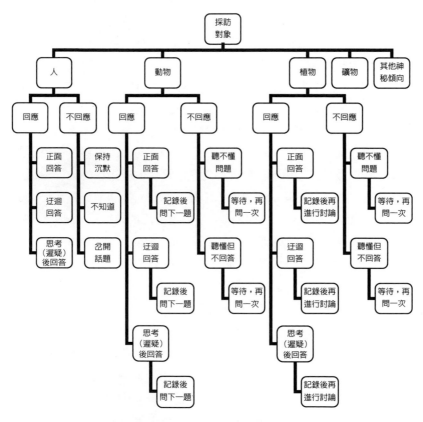

圖 4-2-1　採訪植物時可能遭遇的狀況

三、以「植物」為採訪對象及其可能的回饋與應對

　　相較於人與動物，植物的反應是比動物的弱互動還要更微弱，更不容易覺察到。所以在採訪植物的過程中，我先與學生討論植物可能的回饋，也因為植物反應較微小，甚至表面觀察不到反應。所以除了延長採訪時間，也請學生更有耐性完成採訪，並就可能的結果進行討論，討論植物反應可能表示的意義，並適度加入設身處地的想像，讓整個採訪內容更豐富。

　　我在此採訪課程先進行了樹狀圖的對照，並與學生討論樹狀圖的內容，在記錄的部分，植物和動物有些微的差異。我們一樣把回應分為三部分：正面回答、迂迴回答、遲疑後回答。正面回答的部分，植物動作雖不明顯，但還是觀察的到，例如捲曲、搖晃、開啟閉合、顏色改變等。所以採訪過程中，當植物立即出現這些反應時，就認定為正面回答。而正面回答後，學生先行記錄，待採訪結束後進行討論，理出植物的回答所代表可能的想法和意義。舉例來說，學生問植物：「你覺得自己最大的特色是什麼？」植物的回應是「些微搖晃」。學生們討論的結果是：植物表示它有與眾不同的顏色，而且長得既健康又強壯。會有這樣的記錄，學生表示是因為植物本身有晃動，加上它紅綠相間，長得很好，所以才以植物角度出發，想像它們想傳達的訊息。迂迴回答的部分，通常學生提問後，如果立即有反應，屬於正面回答；如果用其他方式意有所指，就屬迂迴回答。例如：學生問植物：「你在成長過程中有沒有遇到什麼天災？」這時植物沒有立即的反應，但不久後有枯葉掉下來，學生把這訊息記錄下來後，討論出植物可能經歷過風災。不過這部分，也是從植物的觀點出發，以植物的回應去做想像而得出的結論。另外，我們把受訪者回應需要一段時間，但可以明顯觀察出它想表達的，我們歸納為遲疑後回答。例如：學生問植物：「你在學校生活了幾年？」植物一開始沒反應，但過了半分鐘，植物開始晃動約 10 來下，學生便把這樣的反應解讀為這棵植物應該在學校生活

10 多年了。當然，我們無法確切的了解植物的想法，這樣的記錄仍是從植物角度去想像的答案。

不回應的部分，分成兩種：聽不懂問題、聽懂但不回答。聽不懂問題的話，通常採訪者會等待後再作提問，直到植物有反應為止。如果這時出現了反應，我就會把這樣的情況歸類為「回應」底下的「遲疑後回答」。但有時問了三四次，都沒有任何回饋，學生便會先行記錄，並進行下一個提問。這樣的情況，會與「聽懂但不回答」有所重疊。因此，如果有類似的情形，就依照學生自行討論出的結果為主，並不作明確的定義。例如：學生問「你覺得校園中的植物友善嗎？」而植物卻沒有任何表面的反應。因此，學生記錄後，便把這種情況歸類為植物「聽懂但不回答」，並推測植物內心的想法應該是「不知道，因為沒有跟其他植物相處過。」或是「不友善，因為曾經遭遇傷害，所以不願別人提起那段過往。」

綜合來說，植物的反應有別於人和動物，屬於微互動。因此，以植物為受訪者，採訪者在資訊取得較少的情況下，必須加入自己的想像作為輔助，讓整個採訪過程能順利進行。但「沒反應並不代表沒有任何想法」，學生依舊秉持這樣的信念參與課程。所以只要能觀察到細微反應，或者沒有回應，都能依據狀況去推測植物的想法。採訪者還是能從植物身上獲得相當的資訊。

四、以「植物」為採訪對象所能設定的訪問目的與方向

以植物為採訪對象，主要是想了解植物的生活與想法，以及植物與其他人與「非人」的互動。除了動物外，人類對植物的了解也不少，但就人類對植物的研究來看，大多數是研究植物的生態，以及植物與其他生命的關係。很少使用精密儀器去測量有關植物的數據，大多用肉眼進行表面的觀察。因此，除了前述所提巴克斯特等研究者之外，幾乎沒有人作了解植物想法的實驗，這部分資料最欠缺，卻也是學生們比較好奇的。學生認為動物和植物都與人類有密切關係，但動物實

驗非常多樣；植物的研究就顯得單調，也不涉及討論植物的思想。根據上述幾個方向，我和學生歸納出採訪主目的含幾個次目的。主目的是想了解植物面對摧殘時的反應，因為植物本身不具動物的移動能力，遇到災難或迫害時，只能逆來順受，無法逃離，容易遭受傷害，因此了解植物面對摧殘可能的反應，能讓人類了解如何去保護、愛護它們，不再製造更多對植物的破壞。由上述的主目的，設定以下的次目的：

（一）植物面對採訪可能會有的反應

前面所提部分植物對於外界刺激會有較大反應，但此次非人採訪課程所採訪的植物，並沒有那些「動作較明顯」的植物。所以學生對於採訪這些較「遲鈍」的植物，是比較感興趣的。因為他們想了解，植物是不是真的會有想法、會作回應，利用這些「不容易觀察」的植物，更能凸顯出學生的用心觀察與「反應」的珍貴。

（二）植物的好惡

學生想了解植物是否有想法，以及植物喜歡、不喜歡的事物，讓我們知道如何去對待它們、與它們對話，增進彼此的認識。

（三）植物與人類或其他非人的互動

學生想藉採植物，了解它們的生活以及與人類和其他非人的相處狀況。學生希望知道植物過得好不好？需不需要什麼協助？植物喜不喜歡與人類或動物相處？人類或動物是不是會干擾它們？它們與其他非人（如礦物）的相處的情況是如何？有沒有什麼可以提供給我們的訊息？知道這些，我們就能改變原本對待植物的方式，讓人與植物彼此平衡，互依互信。

綜合看來，採訪植物的過程中，所設定的採訪方向，因為基於好奇心，想獲取更多「非人」的資訊，所以採訪方向大致與動物相同，只有作觀察記錄時需要不同的應變。植物反應的記錄和討論出的回應

是有密切關係的。因此除了請學生仔細觀察之外，還需請他們在討論時發揮想像力，把自己當成植物，感受並推論植物的想法，畢竟植物在沒有精密儀器的測量下，我們無法聆聽它們的「語言」，為了順利完成，只能用想像轉換角色的方式進行採訪工作。

第三節　礦物的超感應

一、礦物的相關研究

礦物是什麼？國立自然科學博物館網站中下了定義：礦物（Mineral）是自然界中的化學元素，在一定的物理與化學條件下所形成的天然物體，它是構成岩石、礦石、土壤等固態地球的基本物質。依礦物學的定義，礦物需具備以下條件（國立自然科學博物館，2011）：

（一）礦物是天然產出的均質固體，係由單一元素或無機化合物所組成。

（二）礦物是由無機作用所生成。

（三）構成礦物的原子或離子都有一定的排列方式，也就是每種礦物都具有固定的結晶構造。

（四）礦物有一定的化學成分和物理性質。

因此，金戒指、銀項鍊，以及製造鉛筆筆心的主要材料石墨都算礦物；反觀在實驗室中用合成方法製造的人造寶石，松脂轉變而成的琥珀，貝殼或貝殼內的珍珠，人體內的結石，嚴格說來這些物質並不屬於礦物的範圍。（國立自然科學博物館，2011）

從上述中可得知，礦物泛指自然形成的天然物體，是構成岩石、礦石、土壤的物質。而礦物從宇宙出現時，就已經存在，它是孕育生命的物質，沒有礦物，也不會有動植物的生存，更不會有人類。但人類對於礦物的存在，除了少數貴重的金屬、寶石之外，總是不屑一顧。

像是路邊的小石子，我們幾乎不會主動發現它的蹤跡，即使它大到人類肉眼可以辨識。因此，對於人類來說，礦物是沒有存在感、容易被忽略的。即便如此，人類對於礦物並不是沒有任何情感的。

早在遠古時代，人類對於石頭就有崇拜的心理，唐萍曾提到：

> 在原始社會，岩石是人們製造生產工具和武器的重要原料。人們要找尋一塊適合的石料，往往費很大工夫，如果偶然發現一塊稍作加工即成石斧、石刀的石塊，就會把它當做神物或神賜的。這時人們一方面使用它，一方面把它當神來崇拜。中國羌族地區，白石崇拜目前還有存在。這種白石崇拜在喜絨藏族中也曾流行，在大金地區，也有屋頂供白石的。歐洲古代也有崇拜石斧的現象。天然的石洞，給人們居住方面帶來很多方便，人們發現它時的感激心情，容易轉化為宗教情緒，也是完全可以想像的。（唐萍，2009：33～34）

如唐萍所言，遠古時代人類對於自然物的敬畏與謙卑，是顯而易見的。因為早期人類對於自然物認識較少，對一切新的現象與情況都會感到好奇，也因本能反應，擔心對自己造成傷害，這樣的情況現在都還有跡可循。例如：打雷時，大多數動物與人的反應就是躲起來，躲到洞穴、屋子等其他能遮蔽的地方。究其原因，應該是早期人類可能曾經遭受雷的傷害，才有這樣的反應，並將這樣的訊息一代代的傳下來。

另外，陶思炎也提到有關靈石信仰與文化：

> 石敢當，又稱「泰山石敢當」、「泰山石」、「石將軍」、「泰山石敢當將軍」等，作為民間鎮宅、護路、守村、衛橋的辟兇法物，同靈石崇拜、泰山崇拜、鬼魂觀念、山神信仰等聯繫在一起。它以碑石、文字、符號、動物圖像和人形雕刻，展現其作為鎮物的功能追求，並往往以民俗藝術的形式隱藏著深層的宗教觀念。透過「石敢當」上的某些文化符號，我們不難找到山神信

仰存在的蹤跡，看到山神信仰在民俗生活中的持久應用。（陶思炎，2006：43～48）

　　陶思炎提到石敢當的靈石信仰文化，是自遠古時代所流傳下來的。而這些文化，起源於前面所提的「泛靈信仰」，也就是萬物有靈的概念。因此，不論是動物、植物，甚至是在人類眼裡毫無生命跡象可言的礦物，對人類來說，都有一份特殊的情感與意義。這些概念是此研究中很重要的一環。

　　目前關於礦物的研究，除了地質分析之外，與本研究相關的，就屬靈石信仰。姚偉鈞等曾提到：

　　　　石頭作為一種文化載體，伴隨著人類進程從遠古走到了現在，並走向未來，構成了源遠流長的石文化成為中國傳統文化的重要組成部分。中國的先民們從石器時代就開始與石頭結下了不解之緣，石頭背後隱藏著中華先民們原始的價值觀和審美觀。

　　　　說到石頭與中國文化的關係，就不能不追溯到中國上古時期的石頭崇拜和石頭信仰。中國人民有崇拜石頭的歷史，蒙昧初開之時，那些有著「萬物有靈」觀念的初民們，從石頭的永遠性、不動性和超越性出發，相信石頭之中包藏著神秘的威靈，相信這種威靈能夠為人類所借助，並能福佑人類。對石頭的崇拜，是原始信仰的形式之一。人類文明發端於對石頭運用，石頭在原始社會先民們的生產生活中起著舉足輕重的作用。因此，學術界認為「石崇拜」可能是最早產生的一種自然崇拜方式。

　　　　漫長的石器時代使人類的生存和石頭結下了不解之緣，石頭對人類來說具有了珍貴而近乎神聖的意義。（姚偉鈞等，2004：35）

蘇峰楠也曾對臺灣石頭崇拜作過研究：

世界各地皆可發現人們對於石頭的崇祀行為，亦引起許多學者進行研究。在臺灣，最為人所知的石頭崇拜，除了在原住民的巨石文化以及其神話故事中可見其蹤跡之外，便是閩南人祭祀「石頭公」的形式，然而並非所有漢人石頭崇拜皆為石頭公模式。苗栗地區住民多以客家人為主，其「石母」信仰則是另一種石頭崇拜的型態。

而客家人的「石母」信仰，與閩南人的「石頭公」信仰可說是截然不同的。大部分的石頭公信仰，其神格多屬於男性神的性質；而且雖然石頭的外表堅毅冷硬，但客家人卻賦予石頭一個「母親」的形象，石頭具有了母愛的象徵，更有照顧幼兒的神職，也因此廣受人們崇祀。（蘇峰楠，2011）

由上述可知，礦物是最初就存在地球上的物質，人類對於礦物，早在石器時代就已結緣，崇拜的心理也在此時產生；特別是一些長相「特別」的礦物，更是因為外貌吸引人注意，容易引起人們的想像，賦予石頭有神靈存在的觀念。即使礦物表現上看來不會有任何反應、動作，但仍能提供人類心靈上的慰藉。且這些信仰，多數都將礦物「人格化」、「神格化」，這些信仰也由單純的崇拜，演變出祭祀的行為。這些自然崇拜的行為，依然會藉著萬物有靈的概念，繼續流傳下去。

二、礦物與人的互動

除了上述石頭崇拜的案例，人類對於與礦物互動的相關研究，全付闕如。由此可推測，研究者可能認為礦物與人不會有什麼互動的情況；或者礦物與人的互動僅限於人單方面對礦物的崇拜，礦物對人的案例少之又少，因此不具研究討論的價值。

但不論有沒有礦物與人互動的實際案例，在採訪過程一樣要面對。相較於動物的弱互動、植物的想像反應（微互動），礦物對外界幾

乎不會有任何回饋，那如何去得知它們的反應？這部分不妨稱為礦物的「超感應」。「感應」一詞在教育部線上辭典的解釋中有下列幾種：

（一）互相感動相應。

（二）受外界事物的影響，而引起相應的情感和動作。

（三）人以精誠感動神明，神明自然會回應人。

（四）一種物理現象。分為：1.靜電、靜磁感應。因帶電或具磁性物體的靠近，而使未帶靜電、磁性的物體帶電、呈磁性的現象。2.電磁感應。指某些物體或電磁裝置，因受到電場或磁場的作用，而造成電磁狀態的變化。（教育部，2011）

而「超感應」一詞，就意義上來解讀，是超越一般感官的感應方式，較接近於上述第一、二種解釋。我們就觀察到的跡象來直覺的反應我們對礦物的感受，並思考可能的意涵；或者是藉由其他外界的變化，例如採訪礦物時周遭動植物的反應或變化，也可以用來當成是礦物透過動植物傳達訊息，以此來作為礦物的採訪內容。例如：學生採訪時，曾問石頭：「你在這裡多久了？」這時有一隻螞蟻走過，並走了像數字「3」的軌跡，這時學生就猜測是石頭想透過螞蟻回應，所以推測這顆石頭已經在這裡待了 3 年。由此可知，「超感應」必須仔細觀察外界的變化，再透過思考來得知訊息。那為什麼要把對礦物的回應視為「超感應」？這得先就礦物與人的互動來作說明：

（一）語言

相較於動植物，可以經由聲音、科學儀器，來發現動物與植物的語言，但在礦物身上，即使運用精密儀器，也無法解讀出它的語言。因此可以確定的是，礦物不具語言能力的。

（二）表情

礦物與植物一樣，缺乏動物所擁有的肌肉群，因此在表情這部分，也是人類無法解讀的。頂多只能從礦物的外貌、紋路、色澤變化去作觀察，並以發現的結果去想像、感應。

（三）肢體動作

相較於動物豐富的肢體動作以及植物單調的反應，礦物幾乎不會動。即便會動，大多屬外力介入，例如土石流、山崩等。因此，也不會有所謂的肢體動作產生，當然也無法從這部分去討論採訪結果。

（四）解讀訊息的角度

以人、動物、植物為受訪者，都在前面討論過。但以礦物為受訪者，是相當不一樣的，我們必須就僅有的資料與線索去感應，並加以思考，才能完成採訪工作。

由此可知，因為我們很難覺察到礦物的反應，所以採訪礦物是很艱鉅的任務。因此在進行採訪前，無妨先以上面的案例，與學生進行討論，讓學生明白礦物的類型以及可能的互動，並給予學生相當的心理建設。以我所從事的為例，從採訪過程中，學生已經有了動物與植物的採訪經驗，而對於礦物他們特別感興趣，這讓我感到十分驚訝，畢竟礦物相較於植物和動物來說，我們幾乎沒辦法從觀察中覺察到任何反應。但對學生而言，越是不可能的事，他們就越想挑戰。在課堂上，我一再叮嚀學生要對受訪者有敬畏的心態，且面對動物、植物、礦物等對象，要比面對人來的更有耐心，除了仔細觀察可能在外觀上的變化或是其他可能的動作，還要靜下心來感受礦物所傳達的，才有機會得到我們想要的成果。

三、以「礦物」為採訪對象及其可能的回饋與應對

同樣的，我事先運用此樹狀圖，請學生發表他們的看法，經過討論之後，學生了解礦物和動植物有相當大的差異，但針對礦物可能的反應所提的意見不多。由於礦物沒有很直接的回饋，因此我們可以把礦物的回饋設定為兩種：只要有觀察到礦物本身或周遭事物的變化，或者是有其他感應，就算有反應；相對的如果沒有任何特別的發

現或感受，就視為沒反應。但不論是否有反應，一樣請學生去設想可能的答案。

　　舉例來說，學生提問：「請問你和其他生命有什麼互動？」這時學生發現石頭上有一群螞蟻，便推測石頭常讓螞蟻在身上玩捉迷藏。而這時有一陣風吹過，學生也順便把「風」列入答案之一：石頭常和風聊天。這些是學生發現礦物周遭的事物有所改變，去感受這樣的變化之後，所推測出來的答案。有時學生也觀察到礦物表面的變化，例如：學生提問：「你存在了這麼久的時間，你對世界上生物的想法是什麼？」這時學生觀察到石頭有色澤上的變化，變得略白，於是學生就推測出下列答案：「不要問我這個問題」、「很不好，因為牠們跟我和不來」，這樣的變化讓學生較容易推測答案。如果都沒有任何反應，學生也需要推測是什麼原因導致沒有任何反應。像是學生提問：「與人類相處有哪些好處？有哪些壞處？」這時石頭並沒有任何反應，學生也沒發現周遭事物的變化，於是推測以下幾種可能：「沒有好處，也沒有壞處」、「我需要時間思考」、「聽不懂問題」、「不好的經驗太多了，所以我不想說」。根據討論，把礦物可能的回饋整理如下表：

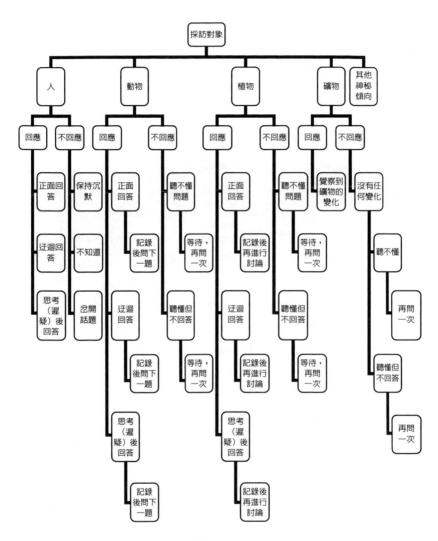

圖 4-3-1　採訪礦物時可能遭遇的狀況

　　綜合來說，採訪礦物有一定的難度在，但也不是不能克服，只要有一定的耐心與信心，並仔細觀察，即使沒有直接的反應，也能透過周遭事物的改變而思考出可能的答案。如果能觀察到較直接的反應，

便成了採訪礦物的過程中相當珍貴的一環。因此，不論是否有觀察到變化，只要堅持「萬物有靈」的概念去作採訪，仍有機會獲得令人驚奇的訊息與經驗，順利完成採訪工作。

四、以「礦物」為採訪對象所能設定的訪問目的與方向

以礦物為採訪對象，目的是為了發掘不起眼的事物，了解平常不會去注意到的礦物，是不是能與其他生命互動。人類與動物、植物的關係相當密切，研究者也不少，但最該去探索的，人類反而忽略這一切生命的起源——礦物。究其原因，可能是因為礦物長時間的存在、恆久，人類難以察覺它的改變，所以也較不感興趣。反觀學生，雖然知道沒有其他研究證實礦物可以與人互動，但他們反而更想進一步認識、探索礦物是否會有反應。因此，我請學生思考為什麼要採訪礦物？想了解礦物什麼？先設定好採訪目的，再來設計問題。我和學生討論出採訪主目的及幾個次目的。採訪主目的是了解礦物被冷落的感受，因為礦物對人類而言，除了貴重金屬之外，一般我們泛稱的礦物，是容易被遺忘、被冷落的一群。因為它不會移動、不會製造聲響、更不會有表情，幾乎引不起人類注意（除非它長相怪異），因此推斷礦物內心應有一些被冷落的感受，這是採訪礦物最想獲知的訊息。由此設定幾個次目的：

（一）礦物面對採訪可能會有的反應

學生想認識礦物與感受礦物可能藉由採訪傳遞給人類的訊息，雖然以礦物為受訪者對對採訪者而言是很艱困的挑戰，但他們對一動也不動的石頭卻不是預料中的興趣缺缺，而是比採訪動植物時展現更高的專注程度與耐心。這樣強烈的動機，促使他們完成採訪工作，這也給老師很大的鼓舞。畢竟一開始老師認為他們不會想了解有關礦物的事情，更不會有興趣參與這樣的課程。

（二）礦物對人的印象

這個採訪目的是比較特別的，學生除了想知道礦物的反應外，他們希望了解礦物對人類的印象，因為對於有價值的礦物而言，人類是貪婪的資源掠奪者，對於少數沒有價值的礦物，則是不屑一顧。但這是我們單方面的想法，不知道在礦物眼中的人類是什麼樣子。因此，學生想透過採訪，了解礦物的想法。

（三）礦物與人類或其他非人的生存關係

學生知道，礦物存在地球已久，且是萬物的根本。因此，學生想了解動物、植物、礦物以及人類彼此的生存關係，想知道礦物與何種生命的關係最為密切，促使人類對礦物有一定的尊重。

（四）了解礦物的生活環境

學生除了想知道礦物的想法之外，也想知道礦物對於它生活的環境，有沒有什麼意見？習不習慣現在的環境？如果它是其他地方遷移過來的，那現在的環境和過去的環境有何不同？哪個環境它比較喜歡？學生的目的是希望能透過採訪，協助改善「行動不便」的礦物對於生活環境不滿意的地方，希望它能過得舒服、過得快樂。因此，討論出這個採訪目的。

採訪礦物的目的，對照前面的動物和植物，多了一個項目出來。而這個項目也凸顯出學生從採訪中獲得的訊息，促使他們愈來愈想改變一些他們所認為人類做得比較不好的事，想改變動物、植物、礦物對人類的看法，也希望人類的影響，對於他們的生存傷害，能降到最低。這樣的情況，也符合當初我所設定的非人採訪目的之一——反思人類在這世界上的位階和影響力，以及如何與他人及萬物和諧共存的方式，達到「一心仁慈，可以太平」（詳見第一章第二節）的境界。

第四節　其他可能的神祕傾向

一、其他可能的採訪對象

除了前面所提的動物、植物與礦物之外，還有其他許多未知的可能。我們將世間萬物定位成「人」和「非人」，非人又包含「有實體的」與「無實體的」。「有實體的」包含動物、植物、礦物；「無實體的」指的是「靈魂」、「靈體」，也是一般靈異經驗常見的用語、說詞。

靈異之說，一直是科學時代下論戰的焦點。少數支持科學的，認為靈異經驗是個人感官或意識的接觸，但是無法檢證實際的經驗過程以及是否能經驗，更無法詳細記錄；但科學本身也需要許多的實驗來印證，才能由學說變成定律，而即便是理論經過一再的實驗形成的定律，也可能被後續的實驗推翻或修正。因此，科學本身的實在性也可能出問題。我們如果能依據科學方法，把靈異這門學問當成一種可學習的知識，或許就能為靈異與科學是否相輔相成或相互牴觸而找到適當的出路。而唯物論者，認為整個世界的流轉都隸屬於物質的存在、轉移與變化，且物質是可以量化並呈現真實的數據；而不論是動物、植物或人的意識、反應或知覺，都是因物質而起的作用或發展，就連大腦產生的思緒，也被解釋為物質傳遞所導致。因此，對於靈這種他們眼中不佔空間、沒有具體形象的「物質」，當然就予以否定。懷疑論者對於任何事情都抱持著「中立」的態度，正面的答案懷疑，反面的答案也懷疑；但這樣的狀況，無法帶給我們更真確的證明，容易處於無限循環的狀態（懷疑科學是否能證明靈異的存在→懷疑科學是否能證明靈異不存在）。而事實上，真的沒有「靈異」的存在嗎？周慶華在《靈異學》書中曾提到：

靈異之所以為靈異，是因為它有別於非靈異，而非靈異的世間
性也未必是純然自足的。就拿神話這種最早的靈異傳聞或反映
來對觀，它所開啟人類的智識功能自然是不必多說，光以它所
「衍生」出來的言說且累代都在散發魅力的就不知道凡幾。這
種隨機兼深微的影響力，豈容我們一句「無驗」或「無稽」而
輕易的加以漠視或否定？（周慶華，2006b：7）

　　由此看來，從古至今留傳下來的文獻、史書、經典、乃至於民間
小說傳奇中有關「靈異」的事，不能因為我們沒有經驗或沒有覺知，
就直接論斷這些是子虛烏有、憑空捏造的。但也無須因未知而過度恐
慌，反而適度的去了解、接納它，就會發現世界真的是無奇不有。

　　那「靈異」是什麼？「靈異」一詞在《教育部重編國語辭典修訂
本》中所指的意思是「神靈怪異的人或事《晉書》卷八十二〈干寶傳〉：
『寶以此遂撰集古今神祇靈異人物變化，名為搜神記。』」（教育部，
2011）「靈異」一詞合起來看，辭典的定義所涵蓋的範圍明顯狹隘了許
多。且看單就「靈」的部分所代表的意涵：

（一）事神的女巫。《楚辭·屈原·九歌》：「靈偃蹇兮姣服，芳
　　　菲菲兮滿堂。」王逸注：「靈，謂巫也。」

（二）鬼神。《詩經·商頌·殷武》：「赫赫厥聲，濯濯厥靈。」
　　　孔穎達正義：「其見尊敬如神靈也。」明·徐弘祖《徐霞
　　　客遊記·黔遊日記二》：「此山靈招我，不可失也。」

（三）魂魄。如：「靈魂」。南朝梁·江淹〈待罪江南思北歸賦〉：
　　　「願歸靈於上國，雖坎軻而不惜身。」清·林覺民〈與
　　　妻訣別書〉：「則吾之死，吾靈尚依依汝旁也，汝不必以
　　　無侶悲。」

（四）人的精神。南朝梁·劉勰《文心雕龍·情采》：「若乃綜
　　　述性靈，敷寫器象。」

（五）最精明能幹者。《書經·泰誓上》：「惟人，萬物之靈。」

（六）靈柩的簡稱。如：「停靈」、「守靈」。《兒女英雄傳》第十
　　　七回：「那口靈就拱在堂屋正中，姑娘跪在靈右，候著還
　　　禮。」

（七）神妙、奇異。文選・謝靈運〈登江中孤嶼詩〉：「表靈物
　　　莫賞，蘊真誰為傳。」

（八）應驗。《老殘遊記》第四回：「你老不信，試試我的話，
　　　看靈不靈？」（教育部，2011）

「異」的部分也不少：

（一）特別的、不平常的。如：「異士」、「異術」。《史記・仲尼
　　　弟子傳》：「孔子曰：『受業身通者七十有七人。』皆異能
　　　之士也。」《後漢書・臧洪傳》：「洪體貌魁梧，有異姿。」

（二）另外的、其他的。《呂氏春秋・士容論・上農》：「農不敢
　　　行，賈不敢為異事。」唐・王維〈九月九日憶山東兄弟〉：
　　　「獨在異鄉為異客，每逢佳節倍思親。」

（三）不同的。如：「異口同聲」。《書經・旅獒》：「王乃昭德之
　　　致於異姓之邦，無替厥服。」唐・盧照鄰〈南陽公集序〉：
　　　「異議蜂起，高談不息。」

（四）分開。《禮記・曲禮上》：「群居五人，則長者必異席。」
　　　《史記・商君傳》：「民有二男以上不分異者，倍其賦。」

（五）奇怪。《後漢書・徐防傳》：「防體貌矜嚴，占對可觀，顯
　　　宗異之。」晉・陶淵明〈桃花源記〉：「忽逢桃花林，夾
　　　岸數百步，中無雜樹，芳草鮮美，落英繽紛，漁人甚異
　　　之。」（教育部，2011）

　　把「靈異」二字分開來看，竟有如此多樣的指涉，而周慶華給靈
異下了一個簡明扼要的註解：

如果說靈異不是一個見仁見智虛擬而是用詞真憑實有的話，那
麼所謂的「靈現異象」、「感靈駭異」、「神靈怪異」等等，就是
靈異的「脈絡意涵」。（周慶華，2006b：7）

　　既然有了靈異的「脈絡意涵」，我們就要對靈異進一步探究，而周
慶華對靈異學問的探討已作了以下的說明：

靈異經驗不論是「靈現異象」的描述還是「感靈駭異」的體驗
或是「神靈怪異」的定位，都要進一步的說「靈」究竟是什麼
靈以及「異」到底是如何異，才有沿典「繼續暢論」的可能性。
（周慶華，2006b：7）

　　靈異經驗要有「靈」和「異」才算成立，那「靈」是什麼？一般
所指的靈是指靈魂，是依據「人」而言，人死後肉體腐爛，僅存的理
性物質，就是靈魂。蔡天起曾在《超自然神祕檔案》一書提到西方哲
學家畢達哥拉斯的說法：「人的靈魂分為三部分：智慧、理性、情感。
動物也有智慧和情感，但只有人類才具有理性。理性是永不寂滅的，
其他的一切均難免消逝。」（蔡天啟，2006：8）由此可知，即使是盛
行科學的西方社會，也有人以不同的角度來思考「靈魂」的存在。而
周慶華曾提到，靈魂是在人的方面，也有人稱作靈體。關於靈體是什
麼，還有以下的說法：

靈體在人／鬼方面，常被稱作靈魂／鬼魂；但都不及單稱「靈」
來的方便聯詞。也就是說，靈的「依位而變」而有神靈、人靈、
鬼靈和物靈來稱呼。……雖然如此，靈體的限制詞也不同（也
就是神／鬼一組、人／物一組），並不影響靈體本身的性質定
位。這在一般科學方面，也常要「越俎代庖」而有一番說詞；
但都僅及靈體的「物質」性而不易安插它的「精神」性。（周慶
華，2006b：10）

「異」的方面，除了教育部線上辭典所列舉的意義外，周慶華也有如下的說法：

> 至於「異」方面，則是特就人「見怪而怪」而說的（其他的靈也許無意為怪）；它只針對眾靈超出「平常」範圍而被人感覺到的來作限定，此外就不保證它的靈界的同一認可性。還有倘若有人歧出「見不怪而怪」或「見怪而不怪」的話，那麼不妨將它視為特例而隨意兼說，或者乾脆就予以「存而不論」。（周慶華， 2006b：162）

有了上述對於靈異的定義，為了更清楚的了解「靈異」的歸屬，就依周慶華所舉靈異的「脈絡意涵」來舉例說明。

> 一連幾天，都很好睡。毫無動靜，我每晚都唸經、唸佛、唸咒。一直到有一個晚上——我先看見床前有一團黑影，他渾身焦黑，只有一隻眼睛，怒目瞪著我。我一樣瞪著他。
>
> 接著，竟然出現了好幾條毒蛇，毒蛇遊走在床的四周，口中的舌頭，咭咭的吐著。
>
> 那獨眼的火焚鬼物，我不怕，但，生平我也怕那長長的東西，覺得十分可怖。
>
> 我再看上方，上方竟然獻出鬼火騰空，烈焰焚燃，鬼火烈焰的聲音非常恐怖，在火焰之中，有許多鬼的叫喊，可怖的笑聲及哭聲，甚至還有廝殺的聲音。我看見一半的身體，看到散於四周的骨髓、頭顱、斷手、斷腳，另外還有留下殘骸，及尚未完全焚盡的屍塊，小鬼們騎著骷髏仗，滿地亂跑。
>
> 我最初是驚懼。後來，反而是鎮定。因為這恐怖的景象實在太多了，我內心驚覺，這是那些東西的幻術，不足畏，所以反而不怕了，我把這些景象，當成一場電影看。（盧勝彥，2001：3～4）

在 1958 年土耳其的亞達那地方，發生了一件奇異的事件，一名約二歲的小男童伊士邁，有一天竟對其父表示：「我要回家去和我的子女團聚了。」頓時令全家人大吃一驚！不滿二歲的幼兒竟用一種極蒼老的聲音，沙啞地說：「我是阿比，史茲爾姆斯，五十歲那年被人擊破腦袋而死。」

伊士邁的父親梅菲默特和母親媲哈兩人，不禁想起在前年確實有名男子被數名果園工人擊斃，其妻兒聞聲趕到後亦慘遭毒手。數個月後，媲哈生下伊士邁，當時每個人均對初生嬰兒頭頂的一條黑色疤痕而深感詫異，難道伊士邁還是阿比轉世？

伊士邁對前世家中的情況，瞭若指掌，並且不時表現出對家人的思念。除此之外，阿比的一切習慣都可在伊士邁身上發現，連阿比生前認識的人，他都記得一清二楚。

當他三歲時，伊士邁的雙親終於帶他來到阿比的家鄉，伊士邁對這從未來過的崎嶇小道，竟能信步而行，他一直走到阿比的下堂婦家，呼喚「夏蒂絲」並擁抱他，他更把阿比的財產說得一清二楚，對於自己果園工人的名稱亦絲毫無差錯的說出……，這件事情震驚了全世界，印度拉查斯坦大學教授 H·N·巴奈爾吉博士親赴亞達那訪晤這位再世少年，證實了伊士邁確實是再生的阿比。（蔡天起，2006：20～21）

1969 年，墨西哥的一位心靈學家公布了一張病患死亡前一剎那的照片，引起了一陣騷動。照片中，在病患死亡的一瞬間，有一到白色的東西，從身體內衝向上面，這就是死者的靈魂素粒子剛要離開往生者的軀殼，這種初次出現的靈魂，在心靈科學上稱為靈魂的正體，失去了它，人體便無法再生存了。（同上，10）

上述三則例子分別代表「感靈駭異」、「靈現異象」和「神靈怪異」等靈異經驗。而這些靈異經驗，雖然有些是當事人口述，但仍有辦法根據他的說法作交叉比對，成為高度可信的實例。因此，不論是

何種脈絡意涵下的靈異經驗，不妨都以較廣泛的定義去作討論，但不必全盤皆收，也不必全盤否定，目的是希望對靈異有更多的認識與了解。

二、靈異的經驗

　　有了上述對靈異的闡述和討論，我們知道靈是存在的，但無實體呈現。因此把它列入「非人」的範疇。而這也是採訪的對象之一。但由於我們不是專業通靈人，有些突發狀況在可能無法應付的情況下，不得不選擇保護學生，放棄進行類似的採訪工作，僅就一些靈異經驗的案例作探討。學生如果有興趣，往後可以此為基礎，在專業人士的陪同下，進行這樣的採訪工作。如此一來，學生除了對有實體的非人有清楚的認識外，對於無實體的非人也有進一步的了解，無形中拓展了學生的經歷與視野，讓整個學習的對象與場域都為之開闊。

　　靈異的經驗，在本身具有通靈能力（或俗稱靈媒體質）的人，可以直接與靈界溝通。其他都要透過某些符號或儀式來傳達靈界的訊息。周慶華在《靈異學》裡討論到一些概念：

> 靈界和現實界的互動究竟又是透過什麼樣的符號媒介？這將是一個很值得探討的課題。但無妨先從兩本探討東方靈異現象和西方神祕學羅列的一些概念看起：前者所見的有天眼通、鬼壓床、陰陽眼、大悲咒、三魂七魄、神佛、附身、命格、靈語、靈異節目、靈魂、唸經迴向、啟靈、嬰靈、鬼片、求籤、擲杯、卜卦、觀世音菩薩、鬼靈、密法、靈動、八字、紫微斗數、好兄弟、姓名學、奇門遁甲、文昌位、舍利子、風水、勘輿、靈修、輪迴、太歲、養小鬼、通靈、測字、八卦、符籙、凹凸鏡、陰宅等等；後者所見的有占星學、手相、靈數學、塔羅牌、靈擺、出體、靈視、氣場、召喚術、降靈、儀式、魔法、符咒、水晶寶石療法、芳香療法、花精療法、色彩療法等等。以上這

些都是用來指稱相關的靈異（神祕）現象及其交通管道、甚至還有趨退行動等等。而它們的語言化和類語言化（後者是指該語言僅是描述性的，它另有實在物，如神籤、神杯、八卦、符籙、凹凸鏡、塔羅牌等等）所徵候的兩界一體化（都要借助符號傳播溝通）以及刻意採用另類符號「以為別異」的策略性等意涵，統統都展露在我們的眼前。（周慶華，2006b：226）

如上述所提，這些東西方對於靈異的概念，透露了不少所謂與靈界溝通的媒介——符號與儀式。而這些符號或儀式，周慶華又將它分類為「混和性的靈異符號」、「單一性的靈異符號」、「半混和式的靈異符號」。

對於「混和性的靈異符號」，周慶華有以下的解釋：「它是由『靈現異象』所顯現的『異象』、『感靈駭異』所透露的『感駭』和『神靈怪異』所意識貫串的『神怪』等所組成的。」（周慶華，2006b：233）依據這樣的定義，來看以下的例子：

　　漸漸的，有一個景象在他的眼前浮現出來……，當景象如同剛扭開的電視螢光幕一樣，逐漸由模糊轉為清晰之時，首先看到的竟然是殘缺不全的骷髏；更離奇的是，這具骷髏竟像活人一樣的能動能走，幸好，對他而言，神鬼之事早已司空見慣，並不覺得恐怖。

　　骷髏手中化出了一支銀質鑲玉的古式髮簪，一看就知道早已成了古董之物，但骷髏的神情顯得相當堅持，對這支銀簪的態度極為重視；接著，骷髏又指了指地上一個長方形的坑洞，稍稍注意一看，就知道那是一個撿過骨的墓穴，有塊陳舊的墓碑倒仆其中……。

　　這些離奇的景象消失了之後，他沉思了一下才緩緩的睜開眼睛，問焦急守候在一邊期待消息的兩位年輕人道：「你們的阿祖（曾祖母）是不是有一支銀製的髮簪？」兩位年輕人竟然面

面相視，茫然不知的答說：「這……這我們就不知道了，要問我阿媽（祖母）才曉得！」

「這支銀製的髮簪還鑲了塊綠色的玉，看起來相當名貴！」「你阿祖撿骨的時候，墓碑是不是沒有弄好，倒在坑洞裡？」兩位年輕人依舊茫茫然的不知所云。「問你們什麼都一問三不知，這事你要我怎麼幫你們辦嘛？」兩位年輕人一臉歉意的道：「莫法度啦！我阿祖的事情我們並不清楚，不過我可以回去問我阿媽。」這位看到景象的人也只好點點頭，帶他們回去問清楚再處理。

對他而言，因通靈而能看到神明化景奇蹟的能力並非天生的，背後卻有著一段傳奇的遭遇，但也因此結下了牢不可解的道緣，注定要發揮這樣的靈力來為各地前來求助的善信解疑解惑。（張開基，2000：153～154）

這類的靈異經驗，是以「感靈駭異」為出發點作陳述，這類符號比較貼近我們的生活經驗。「單一性的靈異符號」部分，周慶華的定義是「不摻雜動作表情而純粹是語言的表現。由於不確定這種靈異符號是經過『神啟』還是經過『人為』或是經過『神人協商』，所以暫時把它這樣定格而不再逸出去別為溯源。」（周慶華，2006b：236）看看以下的例子：

神說：「我們要照我們的形象、按著我們的樣式造人，使他們管理海裡的魚、空中的鳥、地上的牲畜和全地，並地上所爬一切昆蟲。」神就照著自己的形象造人，乃是照著祂的形象造男造女（香港聖經公會，1996：1）

佛見過去世，如是見未來，亦見現在式，一切行起滅：明智所了知，所應修以修，應斷悉已斷，是故名為佛。歷劫求選擇，純苦無暫樂，生者悉磨滅，遠離息塵垢，拔諸使刺本，等覺故名佛（求那跋陀羅譯，1974：28上）

　　　　道者，虛無之至真也。術者，變化之玄伎也。道無形，因
　　術以濟人；人有靈，因修而會道（白雲觀長春真人編纂，1995：
　　583）

　　至於「半混和式的靈異符號」，周慶華將它大略分為兩種：

（一）靈界所選創而為現實世界外發的視聽媒介。例如：咒語、
　　　　符籙、手印、卦相等等。由於這些靈異符號都有靈界存
　　　　在體直接間接在操控，並且僅限於視聽範圍。所以才將
　　　　它當作是半混和性的靈異符號。

（二）現實界為溝通靈界而選創的視聽媒介。例如：器物、祭
　　　　品、誦經、禮拜、呼求、術數、禱告、修持等等。也由
　　　　於這些靈異符號都是由現實中人直接操控，並且也僅限
　　　　於視聽範圍，所以才將它當作是半混和性的靈異符號。
　　　　（周慶華，2006b：237～238）

　　任何靈異符號，呈現出不同的意涵，可能是警告，例如發爐；可
能是命令或指示，例如卦象、籤詩或塔羅牌。我們都能從不同的表現
方式去推測與理解。但無論是何種情況，一般人要與靈界溝通，都需
要透過媒介（人或符號儀式）。這也是本研究中比較困難的部分。畢竟
除了能直接與靈溝通的通靈人以及其他專業人士外，我們無法透過其
他管道得知靈的反應（除非學生具有靈媒體質）。但由上述例子可知，
我們仍了解了與靈溝通的方式，至於日後是否繼續研究探索，就由學
生以此為基礎自行發揮吧！

三、靈異的採訪目的與回饋應對

　　前述提到，要採訪靈，必須透過媒介，除了通靈人外，其餘媒介
需要專業人士協助解讀。但因採訪靈牽涉太多因素，所以本節僅以案
例與學生討論，並擬議可能的回應情況。

　　我先讓學生認識靈的存在與可能，接著討論與靈溝通的媒介與案例。然後告知學生很多對於靈的探討與說法，讓他們用更寬廣的心胸去面對，並自行接納與判斷。我也請學生發表他們的親身經歷或曾經聽過的經驗，讓更多同學得知更多的說法，再請其他同學說說看對靈的想法。學生反應很熱烈，他們在聆聽老師與同學發表案例時是很專注的，雖然不能親身採訪讓他們感到很扼腕，但這樣的課程也開拓了他們的視野，為以後的非人採訪鋪了一段平坦的路，讓他們有更多學習的可能。

　　談完案例後，我先和學生討論為什麼要採訪靈？採訪靈的目的是什麼？我歸納學生所提到的主目的和幾個次目的。主目的是想了解靈遭到否定或被遺忘存在的想法。靈在科學的今日，遭到愈來愈多的否定，存在不被重視，因此在相信有靈的前提下，學生想了解人類這樣的對待方式，靈如何去面對？有什麼想法？會想證明自己是存在的嗎？以主目的設定的幾個次目的：

（一）想認識另一世界的模樣

　　學生對於了解另一個世界顯得興致勃勃。或許是因為這部分沒有人與他們談論過，也沒有人提供這樣的材料供他們思考。因此，對於了解另一世界的模樣是他們感到高度興趣的。

（二）想了解靈的日常生活

　　學生除了想知道另一個世界的模樣，也想知道靈會想些什麼？做些什麼？跟人有什麼一樣？那些不一樣？希望藉由了解祂們的想法，進而達到溝通的目的。

（三）想了解靈和人的關係

　　學生想了解靈界和人間的關係，究竟會互相干擾？還是保持距離、互不侵犯。抑或是為什麼會有互相影響的情況發生？如何可以避免或排解？應該如何去面對？這都是學生想藉由採訪來探究的。

（四）想了解採訪靈的過程會得到什麼樣的回饋

　　學生很好奇的是，究竟採訪時靈會有什麼反應？會有什麼變化？是透過通靈人還是其他媒介傳達訊息？還是以其他方式（如靈魂附體）讓採訪者本身直接感應？畢竟靈是無形的，學生對未知的世界總是多了份渴望求知的心。因此，討論這些採訪目的時，舉手發言的情況是相當熱烈的。

　　討論出採訪目的後，接著便討論受訪者可能的回饋與應對。採訪靈需要透過其他媒介，因此我們就討論出媒介有變化和無變化，以此來區隔。當媒介有變化時，例如通靈人有聽到訊息、看到畫面，或者身體有變化，抑或是靈體直接附身在通靈人身上，藉通靈人的器官發出聲音、對話等。如果媒介不是人，而是如卜卦、靈籤、碟子（碟仙）、塔羅牌、神轎等產生移動、排列、顯現的改變，這時藉由專業人士，也可以協助解讀出靈界所傳遞的訊息。這些都屬於有回應的範疇。如果媒介沒有任何變化，可能有幾種情況：靈體沒有傳遞訊息、靈體沒有附身、靈體不想表示任何意見、靈體沒有聽懂問題或是想溝通的靈根本不在現場等狀況。有時想跟靈體進行採訪交流，必須看機運。例如張開基在《臺灣首席靈媒與牽亡魂》一書提到：「召魂的先後是看亡魂的機運，並非按照『掛號單』的次序，所以排隊也沒有用。」（張開基，1995：29～30）因此，由於我們不具通靈能力，也非專業人士，無法分辨來的採訪對象是否為我們想採訪的，也較難分辨其中的真偽（有些所謂通靈人士其實是裝出來的）。因此，靈體採訪工作的進行，其實是有難度的。但這也不嘗為一種挑戰，一種開拓自己視野的機會，並藉此思考什麼是可能的？什麼是不可能的？依據所觀察的，判斷何者說法為真，更能為靈的採訪立下基礎。

　　下面這張圖是依據前面章節所提所有非人採訪可能遭遇狀況及相關應對方式整理出來的樹狀圖：

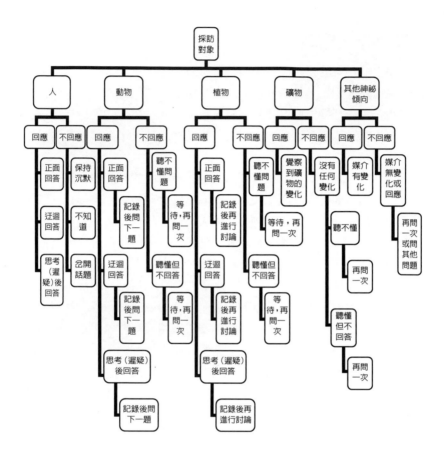

圖 4-4-1 採訪神祕傾向時可能遭遇的狀況

　　無論是「靈」、「異」或「靈異」，都不是我們用沒有親身經驗、沒有覺察、沒有科學印證等理由就予以否定，認為沒有這樣的世界、沒有靈魂存在、更不可能去進行所謂的採訪工作。我們反而應該用開放的心胸去接納、看待這樣一個可能性，並期待它能成為一門特別的學問，為世學開拓更寬廣的境界。

第五章　非人採訪的時間與向度

第一節　單一時段的截取式採訪

一、單一時段的時間類別

　　單一時段相較於連續時段而言，屬於較為短暫的時間類別。一般所認知的新聞，由於需要即時性，與快速流傳的特色。因此，普羅大眾在新聞頁面或報紙版面上所閱讀到的新聞多採用單一時段的採訪。而在非人採訪中，先將實施場域劃分為二：一是校內；一是校外。校內的單一時段具有下列幾種類別：

（一）下課時間

　　學生利用上課時間討論預定訪問的對象和問題後，於下課時間，進行採訪工作。下課時間非常短暫零碎，大約只有 10 至 20 分鐘，通常學生找到受訪者後，只剩 5 至 10 分鐘，大概只能問較簡單、較容易發揮的問題。

（二）1 節課

　　通常所設定的問題稍多時，就需要利用較長的時間。一般而言，1 節課長約 40 分鐘，足夠完成一個受訪者的採訪工作，但要進行流暢，得事先經過一番密集的模擬和討論，才能將時間控制在 40 分鐘。

（三）2 節課以上

採訪過程如果提了較多的問題，加上等待的時間，會需要 2 節課，也就是 80 分鐘。有時學生會根據提問後的回饋，直接在當下討論，並根據採訪對象的回應調整下一個問題，以達到他們設定的採訪目的。

（四）半天

半天的情況在單一時段的設定上，算是最長的時間，依據小學的時間設定，半天指的是 4 節課，含下課大約是 4 小時。通常是設定問題稍多或兩個以上的採訪對象時，由於模擬狀況、等待回應、討論調整問題、比較採訪所得內容所費的時間較多，因此有時會需要用到「半天」這個時間類別。

校外進行採訪時，在時間類別則分為底下幾種情況：

（一）半小時以內

半小時以內是對照校內的下課時間，這種情況的受訪者與採訪者的距離較近，且提的問題較少，且較淺顯易懂或較為封閉，或對象反應較明確迅速時，大概可以將採訪時間控制在半小時以內。

（二）1 小時

1 小時是對照校內的 1 節課，這種情況除問題稍多外，如果受訪者的回應速度較為緩慢，或不夠清楚以致於不利於辨識時，有時需要 1 小時左右的時間。

（三）2 小時以上

2 小時是對照校內的 2 節課，這種類別可能包含問題多且較為深入、受訪者與採訪者的距離稍遠、採訪時根據獲知的訊息作了較多的調整、討論時間較久等等，都會讓整個採訪時間拉長，才能順利完成採訪。

（四）半天

需要設定半天的時間進行採訪，通常包含了採訪者的「移動」與「找尋」受放者的時間、提問多且複雜、受訪者較不易觀察出變化或回饋、小組討論及交換意見時間較多、採訪時依據回應調整很多項目、採訪過程中的突發狀況、多位受訪者、休息時間等等，這些都會讓採訪時間加長到半天左右。

二、單一時段適用的採訪對象

本研究所指的採訪對象，以「非人」為主，根據前面定義，「非人」包括了動物、植物、礦物以及其他神秘傾向。以下就時間類別來區分：

（一）下課時間（半小時以內）所適用的採訪對象

基本上所有非人都可納入此採訪時間類別。但如果要更嚴格的細分，由於此時間類別較短暫，如果以同樣數量、類別、複雜度的問題來採訪不同的非人，要在如此短促的時間完成採訪，則以採訪動作較明白顯著、迅速確實的非人較有利，動物就是非常適合此時間類別的對象。

（二）1 節課（1 小時以內）所適用的採訪對象

這個時間類別也適合採訪所有非人，但仍以行為動作明顯、較容易辨識的非人為主，例如動物、植物，但如果進行狀況比預期流暢，礦物和其他神秘傾向也可以列入。

（三）2 節課（2 小時以內）所適用的採訪對象

這個時間類別因為比較長，所以適用的對象也是所有對象，而且也可以涵蓋反應不明確、太細微或難以辨識的非人。例如植物、礦物和其他神秘傾向，因為需要較長的時間等待回饋或需要更多時間討論流程，所以此時間類別會較為充足。

（四）「半天」所適用的採訪對象

　　半天這個時間類別適用所有非人，但通常運用在多個非人，或較深入複雜的提問，需要更仔細的構思問題與更詳盡的觀察後反覆提問，這些情況的進行需要更充裕的時間，所以所有非人都適用，尤其以礦物和其他神秘傾向更佳，除了不容易覺察到反應之外，前章所述關於靈的採訪，有時需要一定的機緣或長時間的等待，不是想採訪就能採訪得到的，因此設定這樣的時間類別較為適當。

　　理論上來說，所有時間類別都適合所有對象；但實際上我們要進行非人採訪前，仍要依據討論出的問題和模擬出來的狀況選定較適合的時間類別去執行，且可視需求作一些彈性調整，不需硬性規定一定得採取某種類別。下圖為時間類別與非人採訪對象的連結：

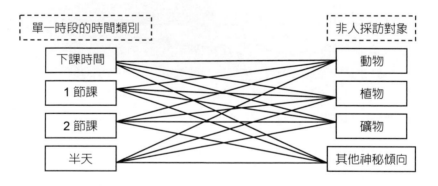

圖 5-1-1　單一時段時間類別與非人採訪對象連結圖

三、單一時段的時間類別與採訪對象、目的的關聯

　　有了前面所提單一時段的時間類別與採訪對象的連結，接下來就採訪目的去設計相關的採訪向度。前一章（詳見第三章各節）根據不同非人的特性，與學生討論出採訪各種非人的主目的與次目的。採訪

動物的主目的是想了解動物怎樣看待人；採訪植物的主目的是了解植物面對摧殘後的反應；採訪礦物的主目的是了解礦物被冷落的感受；採訪靈的主目的是了解靈遭受否定或被遺忘存在的想法。下圖是依據不同的採訪對象所設定的目的與時間類別的連結：

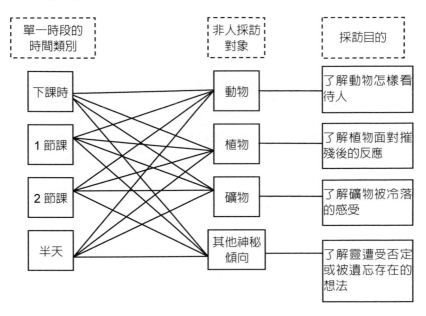

圖 5-1-2　單一時段時間類別與非人採訪對象及目的的連結關係圖

依據動物來說，不論是採訪主目的或次目的，都適用任何一種時間類別。例如學生對動物提問：「你喜歡人類對你做那些事？」「人類曾經做了什麼讓你覺得不舒服？」「你覺得人類對你來說是好人還是壞人？為什麼？」這些問題都可以在不同時間類別提出，只是需要依據提問多寡與預估等待回應的時間，來判斷要運用何種時間類別即可。植物的部分和礦物的部分也一樣，不論主次目的都適用所以採訪時間類別，只是等待回饋的時間相對較長，需要視情況作調整。而採訪靈的部分也同樣適用所有時間類別，但較難預期會有何種突發狀況出現，因此採訪靈可能需要較長的時間。

四、單一時段截取式採訪的向度

談本節以前，先就「截取」二字作定義，《教育部線上辭典》對截取二字作了以下的解釋：

（一）從中切取一部分。如：「編輯截取文章的片段做為刊頭導讀。」

（二）清制根據官員的食俸年限、科分、名次，核定其截止期限，由吏部予以選用；或舉人於中試後經過三科，由本省督撫咨赴吏部候選，均稱為「截取」。《官場現形記》第五十六回：「其中有位候補知府，乃是一位太史公，截取出來的。」（教育部，2011）

本節所提及的「截取」，屬於第一種意義：「從中切取一部分。」「截取」是要截取什麼？這有別於專題報導式一連串的相關採訪，只要跟受訪者有關係的，都可納入採訪向度。而截取式採訪針對特定非人，不涉及其他直接或間接的關係人，提問也較為容易，回應也較簡單，不會再深入去探究「為什麼」、「究竟是如何」這種較深層的原因或理由。在單一時段截取式採訪中，我根據時間類別、採訪對象、採訪目的擬定了以下幾個採訪向度：

（一）外觀

《教育部線上辭典》對「外觀」二字作了以下的解釋：

（一）觀看外界的事物。《晉書・范汪傳》：「凡此諸賢，並有目疾，得此方云：用損讀書一，減思慮二，專內視三，簡外觀四，旦晚起五，夜早眠六。」

（二）外表的形態。如：「外觀不美」。元・鄭廷玉《後庭花》第二折：「你的渾家教來拜我。外觀不雅，休教來罷。」

《兒女英雄傳》第二十八回：「待要私下走過去聽聽，又
恐這班僕婦丫鬟不知其中的底裡深情，轉覺外觀不雅。」
（教育部，2011）

在非人採訪中，「外觀」的定義接近第二種，為外貌、外表、形貌的意
思。進行非人採訪時，我們通常會就非人的外表作觀察，並依觀察結
果作提問，也會在提問過程中，持續注意非人的反應，看看它在外貌
上是否有變化。就動物來說，因為動物是與人類最親近的非人，而外
觀的美醜也往往帶給人不同的觀感，畢竟人是感官的動物，外表美醜
會左右人對動物的好惡。長得好看的，例如可愛的寵物，往往會吸引
人們的目光，帶回家飼養後，隨著年紀增長，寵物變老了，外貌變醜
了，不如以往可愛活潑。這時某些主人對待寵物也會有所改變，特別
有新成員（新的寵物）加入時，往往到最後，又老又醜的寵物會被趕
了出來，成為常見的流浪、被遺棄的動物。因此，依據採訪目的設定
採訪向度時，把人和動物作角色互換，平時都是人評論動物的外貌。
非人採訪中，則以動物的角度為出發點，對自己和對人類評頭論足一
番。例如可以問：「你覺得人類對你外觀的評論滿意嗎？」「人類因為
你的外觀對你不好？你的感受是什麼？」「你認為自己長相如何？」
「你覺得我（指採訪者）長相如何？」

　　植物的外貌也同樣會帶給人們喜惡的感受。例如美麗、具有香味
的花，往往是人類喜愛的，常見的玫瑰、茉莉、桂花都屬此類；而醜
陋、甚至還發出臭味的花，可就不怎麼討喜，好比：會發出腐肉味的
大王花。同樣的，外觀挺拔聳立或者是奇形怪狀的大樹，大多也能吸
引人類目光；但其貌不揚、長相猥瑣的植物，就可能招來人類的迫害。
因此，依據採訪目的，我們在外觀的向度上，可以問：「你覺得人類因
為你的外觀而傷害你，你有什麼感受？」「你的外觀是天生的嗎？還是
後天造成的？」「你覺得人類評論你的外貌客觀嗎？有沒有什麼意見
想表達？」

礦物的外觀也不例外，像是黃金、白銀、玉等貴重礦物，都是人類喜愛而珍藏的。但一般的小石頭，人類幾乎是視而不見，有時還會招來人類的「拳打腳踢」（或許只是想發洩），顯見外觀美醜對礦物來說有如此大的差異性。因此，我們可以提問：「你希望自己能像金銀這麼備受重視嗎？」「你覺得你的外觀影響跟人的關係嗎？你喜歡這種感覺嗎？」「你想改變你的外觀嗎？」

採訪其他神秘傾向，也就是靈的部分，除了具「天眼通」的通靈人之外，其他人無法得知祂們的外觀，所以在這部分無法發表對祂外觀上的看法，也無法針對此向度作提問。

（二）動靜

《教育部線上辭典》對「動靜」一詞的解釋如下：

（一）運動與靜止。《易經・艮卦》象曰：「艮，止也。時止則止，時行則行，動靜不失其時，其道光明。」

（二）行為舉止。莊子・天下：「動靜無過，未嘗有罪。」元・無名氏《陳州糶米・楔子》：「這兩個便是你的孩兒，老夫看了這兩個模樣動靜，敢不中去麼。」

（三）日常生活的起居作息。宋・孟元老《東京夢華錄》卷五・民俗：「更有提茶瓶之人，每日鄰里互相支茶，相問動靜。凡百吉凶之家，人皆盈門。」（教育部，2011）

在非人採訪中，「動靜」屬於第一、二種意涵。而動物是活動很頻繁的非人，非常容易觀察到改變，也容易對外界的刺激產生回饋，但不代表它就沒有靜止的情況。因此，依據採訪目的，我們可以針對「動靜」這個向度對動物提問：「你對人類的動作會有什麼感覺？例如跑步、拍打。」「你靜止不動時，是在休息？還是做什麼事？」「你喜歡運動嗎？平常會做些什麼？」

植物的運動就顯得較弱，活動力不高。因此，對於外界總是逆來順受，風吹就跟著搖晃、人類踐踏就跟著變形。所以根據採訪目的，

我們能對植物提問：「對於人類的破壞，你怎麼回應？」「對於人類把你移植到此處，你有什麼感受？」「你會什麼動作來表達你對人類的看法？」

　　礦物的運動就更微弱了。基本上來說，礦物除了表現色澤變化、顆粒變化、滑動之外，幾乎不會有其他運動，多半處於「靜」的狀態。因此，依據採訪目的，我們可以提問：「你靜止的時候，常被忽略，有時會被攻擊，你的感受是什麼？」「你移動的時候，通常會在什麼狀況下？」「你覺得自己不能隨意移動，你的感受是什麼？」

　　採訪靈的部分，跟前面「外觀」的向度一樣，除了專業通靈人士之外，一般人無法覺察到祂的存在，更遑論移動。因此，在沒有資訊的狀況下，採訪靈的提問部分在此向度仍是缺乏的。

（三）意念

　　《教育部線上辭典》對「意念」一詞的解釋如下：「想法、關注。文選・枚乘・上書諫吳王：『惟大王少加意念、惻怛之心於臣乘言。』」（教育部，2011）而在非人採訪中，我們設定動物的採訪主目的是動物怎樣看待人，所以在截取式的採訪中，設定「意念」這個採訪向度是非常貼切的。因為意念代表的是想法，我們所設定的目的，就是想了解非人的思考、想法。所以我們可以對動物提問：「你會想事情嗎？會思考哪些事？」「你曾經受過人的愛護嗎？你想對人類說些什麼？」「你受過人類的傷害嗎？你想對人類說些什麼？」「人類對你而言是什麼？」

　　而植物的部分，根據前面章節（詳見第四章第二節），雖然動作不明顯，反應不明確，但我們還是能從晃動、顏色變化看出一些端倪，並藉由變化去想像，根據採訪目的我們可以對植物提問：「你對人類幫你修剪、鋸掉你的枝葉，你有什麼想法？」「其他生物曾經對你做出傷害嗎？有什麼感受？」「對於人類，你有什麼話想說？」

　　礦物的部分根據前面章節（詳見第四章第三節），我們很難從表面的反應觀察礦物的改變，但仍有機會覺察些微的變化（掉落、色澤），

否則就得超越感官感應的方式，作不一樣的想像感應。根據採訪目的，我們在這個向度上可對礦物提問：「你有被冷落的感覺嗎？你喜歡這樣的感覺嗎？你想說些什麼呢？」「你對人或其他非人的看法是什麼？」

最後是其他神祕傾向，也就是採訪靈。靈在前面章節提過（詳見第四章第四節），非通靈或專業人士的採訪者，並無法直接與靈對話，但我們仍藉由媒介，得知靈的意念、想法。因此，根據設定的採訪目的，我們可以提問：「你們和人相處在同一空間中，有沒有什麼想告訴人的？」「當人侵犯到你們的時候，你們會作什麼？會有什麼方式表達？」「有些人不相信你們的存在，你的感受是什麼？有沒有想說的？」

綜合來說，我們可透過設定的採訪目的對所有非人作截取式的「意念」採訪。所有的非人，都能直接或間接地傳達他們的意念。意念是不具形體的，因此即使我們看不到對方的模樣，也能透過媒介去了解他們的想法。

（四）品味

《教育部線上辭典》對「品味」一詞的解釋如下：

（一）食物餚饌。《禮記‧禮器》「牲不及肥大，薦不美多品」句下孔穎達正義：「薦祭品味，宜有其定，不以多為美。」
（二）品嘗滋味。後引伸成對事物具高度品鑑能力。如：「細細品味」、「從她的穿著打扮看來，她是一個相當注重生活品味的人。」（教育部，2011）

在非人採訪中，「品味」多指第二種涵義，但我們可以把「品味」作更廣泛的定義，除了指對事物的鑑賞能力之外，性情品格也可以納入「品味」的指涉。就採訪動物來說，依據設定的採訪目的，可以作的提問是：「你對於自己的裝扮覺得如何？」「對你來說，什麼最美？什麼最醜？」「對於愛打扮的人類，你想說些什麼？」「對於性情暴

躁、不友善的人類，你有什麼看法？」「你喜歡生活在這個環境嗎？為什麼？」

　　對於植物，根據設定的採訪目的，在「品味」的向度上，我們可以提問：「你覺得人類幫你修剪過後，變得更美？還是更醜？或是有其他形容？」「你覺得旁邊這棵植物長得如何？有什麼建議？」「你覺得人類對你來說是可怕的生物？還是友善的生物？還是有其他想法？」「你喜歡作哪些事？平常無聊時會作什麼事來排遣？」「對於你生活的環境，你有什麼想法？」

　　對於礦物，依據採訪目的，在「品味」的向度上，可以提出問題：「你為什麼挑選這裡定居？你覺得這個環境如何？」「有時人類會認為你的性情很古怪，你有什麼想法？」「你覺得你的個性如何？」「你覺得你周遭的事物，哪一種最美？哪一種最醜？」「你覺得自己的樣貌如何？喜歡現在的樣子嗎？」

　　對於其他神秘傾向，依據採訪目的，我們可以透過專業人士與他們進行「品味」的對談：「人類對於看不見你們感到害怕，你有什麼想表達的？」「你喜歡你現在的居住環境嗎？請你形容一下。」「那些是你認為有品味的事？」「你覺得自己在性格上的優點是什麼？缺點是什麼？」

　　基本上來說，所有非人採訪對象，都可用「品味」這個採訪向度來作截取式採訪，我們可以從中得知許多關於好惡、鑑賞、性格上的訊息，藉此可以更深入了解非人，進而跟他們交流，相互提供建議，讓人和非人能夠相處得更和諧融洽。

　　依據上面所談，用底下這張關係圖作為單一時段截取式採訪的向度連結整理：

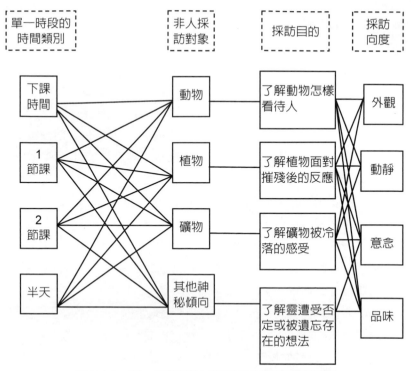

圖 5-1-3　單一時段截取式採訪的向度連結關係圖

第二節　連續時段的專題報導式採訪

一、連續時段的時間類別與採訪對象

「連續」的意義是繼續不斷、持續、接連的意思（教育部，2011），有別於前一節所提的單一時段。一般而言，或需要用到連續時段的報導通常是較長篇幅、所需時間較長，但比較不必要即時性的報導。例如新聞專題、人物特寫等。在此先為非人採訪中連續時段作時間類別的設定，它約有：

（一）一天

在非人採訪裡，所有採訪對象都適用這個時間類別。通常學生對單一非人採訪對象進行討論、設定採訪目的、擬定問題、模擬採訪、實際採訪、討論採訪內容、撰寫採訪稿與心得分享，這樣的一個完整的採訪流程，需要花上一整天的時間，因此適用此時間類別。

（二）一星期

進行非人採訪，如果想要觀察比較受訪者一星期的同時段中不同的變化時，可以採用這個時間類別，但由於動物是會移動的，除了行動較遲緩（如蜘蛛、蝸牛等）或暫時固定在某個地方活動的動物（如寵物、築巢的鳥、家禽、家畜等）之外，其餘的動物因為移動速度較快、較明顯，一但運用此時間類別，可能今天的採訪對象，明天就已消失不見。因此，這個時間類別較適用移動遲緩、不明顯甚至是沒有移動現象的非人，對於較「活躍」的非人較不適合。

（三）一個月

進行非人採訪，如果要持續探究，最更深度的報導，就需要這樣的時間類別。例如要採訪繁殖或生產期的動物、植物的生長（草、蔬菜）、礦物或是同一區域的靈，適合用這樣的時間類別。

（四）一年以上

非人採訪最長的時間類別，就是一年以上。這個類別適合長期觀察、訪談，適用的對象當然包含所有非人，只要該非人有固定的生活圈，不會到處遷徙，可以供採訪者方便進行訪談的，都可以運用此類型。通常要作一個歷程的專題報導，會用這樣的時間類別。例如「採訪觀察某一種動物，看看在一年的時間，在生理上或心理上產生哪些變化？」「採訪觀察植物的成長過程，並了解植物的心情變化。」「採訪礦物這一年來受到關注的心情與想法轉變。」「採訪靈的生活是否有

改善？未來有什麼計畫？」這些都適合作長時間的關注。因此，此時間類別的運用也就廣泛許多。但由於時間拉長，相對要訪談的內容、項目、活動安排都需要經過縝密的計畫，否則會影響採訪的品質。

綜合來說，連續時段的時間類別可以運用在校內或校外。尤其以完整的一星期、一個月、一年以上，運用在校外特別合適。因為目前的學校教育，有所謂的「週休二日」，以連續時段來說，除了「一天」的時間類別之外，其餘都有被迫中斷的狀況（不建議在教師未在場的情況下讓學生實行採訪，除非有其他大人陪同），這就是受到施作場域的開放時間限制。在此先將連續時段的時間類別與採訪對象進行連結，如下圖所示：

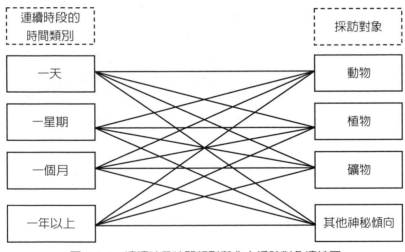

圖 5-2-1　連續時段時間類別與非人採訪對象連結圖

二、連續時段的時間類別與採訪對象、目的的關聯

同前一節所提到（詳見第四章各節、第五章第一節），非人採訪的目的不再贅述，下圖是依據不同的採訪對象所設定的目的與時間類別的連結：

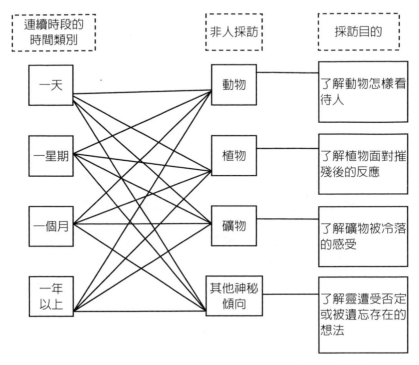

圖 5-2-2　連續時段時間類別與非人採訪對象及採訪目的連結關係圖

　　前面提到連續時段的採訪時間類別同樣適用所有非人，以動物來說，採訪主目的和次目的，也都可以跟這些時間類別作連結，雖然有些機動性較高的動物或靈會有遷徙的動作，造成採訪上的困難，但仍有方法可以克服。單一時段是屬於片段式的截取，截取單一向度、呈現單一主題內容；連續時段的專題報導式採訪在深度與廣度上，是比單一時段截取式採訪來得更深入廣博的，在訪談活動與問題設計上，都必須依據目的去作詳盡的研擬，讓整個採訪更流暢，報導內容更吸引人、更具參考價值。而植物、礦物、其他神秘傾向，也同樣依據採訪主、次目的，來設定一連串相關的問題，讓整個採訪內容更扎實。例如可以對礦物提問「請問你在這裡生存多久了？」「你生存了那麼久的時間，有沒有什麼好朋友？」「請問你跟其他人和非人相處的情況如

何？有沒有什麼印象深刻的事？」「請問有了這些朋友，你覺得有什麼優點？有什麼缺點？」「你希望認識更多的朋友嗎？為什麼？」「想認識那些朋友呢？」像上面這些題目，主要針對礦物與其他人和非人的相處情況，並進一步探究細節。當然，我們還能集結同類但不同外貌、位置、性情、品味、想法的非人，進行同樣的訪談內容，比較這些非人有什麼不同處，有什麼相同處，整理分析後會是一份相當具有可看性的專題報導。

三、單一時段截取式與連續時段專題報導式採訪的比較

　　《教育部線上辭典》對「專題」二字作了以下的解釋：「研究討論時所特定的主題。如『專題演講』、『專題報告』、『專題研究』。」（教育部，2011）而「專題報導」也有以下的註解：「就某特定的主題所作的深入報導。如『這電視新聞所作的專題報導，普遍引起大眾的迴響。』」（教育部，2011）就上述定義來說，「專題」二字具有研究特定主題的意義，加入「報導」二字，「專題」就有了深層、精確、充分、豐富、周延的意思。在非人採訪中，「專題報導式」用來彌補「截取式」的不足，專題報導式有很強烈的主題性，旁涉其他次主題，依照這樣的架構去設計問題，問題和問題間彼此相關，目的是為了讓主題成為一個「統攝」整篇報導的概念。因此，專題報導式除了需跟截取式採訪一樣，要有真實性、重要性之外，內容還要更具有豐富性、客觀性、可看性，能吸引讀者注意，這樣才是一篇好的專題報導；相對的，如果受到時間或場域的限制，無法作出很完善的報導，我們還是可以從截取式獲得有用的資訊，雖然不如專題報導詳盡，但即時性是專題報導無法取代的。提問部分截取式偏向「就事論事」，看到什麼表面現象就問什麼；但專題報導式除了就表象提問，還會再細問：「為什麼？」「究竟是什麼？」等較深層的問題。依照上面所述，截取式和專題報導式採訪各有其利弊，但也有相近的地方。簡單來說，既有互補性，又有差異性。以下為單一時段截取式及連續時段專題報導式採訪的關係圖：

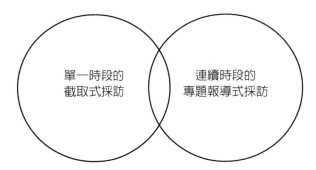

圖 5-2-3　單一時段截取式及連續時段專題報導式採訪的關係圖

四、連續時段專題報導式採訪的向度

　　連續時段專題報導式採訪，屬於一直線的採訪，需要有完整的脈絡架構，根據主目的、次目的去設計採訪的主題、次主題，再針對主題、次主題去擬定問題，模擬採訪時的狀況。專題報導式採訪主要分成兩類：橫切連結採訪和縱貫歷史採訪。在此我們依舊把採訪向度分成四項八類（每項包含橫切連結採訪和縱貫歷史採訪），並保留更多可能的採訪向度。詳述如下：

（一）外觀

　　外觀的定義在前節已經解釋，這裡不再贅述。而專題報導式採訪因為必須把報導的內容加深或加廣，但仍有一主題凸顯，其餘次主題輔助。因此，不論何種採訪向度，在專題報導式採訪中，都不會只有單獨一種。例如以外觀為主題的採訪，會旁涉動靜、意念、品味等次主題，再細分為「橫切連結採訪」與「縱貫歷史採訪」。以非人採訪中「外觀」的「橫切連結採訪」來說，學生可以針對受訪者周遭的其他物體作提問，不只有採訪者和受訪者二方而已。例如「你覺得自己的外觀好看嗎？為什麼？」「你覺得自己外觀（不）好看，是什麼原因造成的？是（缺乏）運動、生長環境優良（欠佳），還是有其他原因？」

「你覺得採訪者的長相如何？為什麼？」「與你生活在一起的所有非人？你覺得誰的外觀最亮眼？哪個部分最吸引你？」「你認為和其他非人比起來，你備受（飽受）人類呵護（摧殘）的原因是什麼？有沒有什麼想法？」這些問題，以外觀為主軸，旁涉了動靜、意念、品味，並以周遭其他事物作連結，這就是以外觀為主題的橫切連結採訪。

　　縱貫歷史採訪是具有時間流的，從過去到現在，甚至未來。因此，特別符合連續時段的概念。我們可以提出以下的問題：「從你在這裡生活開始到現在，你的外觀有改變嗎？哪個部分改變了？是因為什麼因素改變了？是人或非人造成的？你有什麼想法或作法？」「對於你外觀上的改變，你覺得開心還是生氣？如果開心，未來你還是會希望繼續保持這樣嗎？如果生氣？你要如何改變？」上述問題仍舊是以外觀為主軸，以時間流貫串，搭配動靜、意念、品味等向度來提問，這是以外觀為主題的縱貫歷史採訪。以下為以外觀為主題的連續時段專題式採訪向度示意圖：

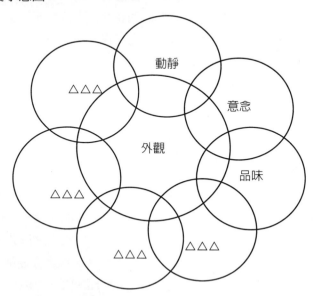

圖 5-2-4　以外觀為主題的連續時段專題式採訪向度示意圖

（註：△△△表示保留多種向度的可能性）

（二）動靜

　　關於動靜的定義，前節已有詳述。在此也以動靜為主題，旁涉外觀、意念、品味等次主題，並分為「橫切連結採訪」和「縱貫歷史採訪」。以動靜為主的「橫切連結採訪」，我們可以提出以下的問題：「你平常會做哪些運動？在哪裡做？」「你覺得運動有沒有幫助你的生理上的成長？是哪個部份的成長？」「人類常常因為你靜止，就想協助你『運動』，於是做了『踢』、『扔』、『搖晃』等動作，你有什麼感受？」「你會跟其他人或非人一起做運動嗎？跟誰？做哪些運動？怎麼做？跟其他人或非人運動的感覺如何？喜歡這樣的感覺嗎？為什麼？」上述這些提問，是以動靜為主題的橫切連結採訪。

　　至於以動靜為主題的縱貫歷史採訪可以做以下的提問：「你以前會運動嗎？為什麼？現在會嗎？為什麼？」「你過去曾經學習什麼運動？學習這個運動的理由是什麼？現在有學習新的運動嗎？為什麼會學這個運動？」「你覺得運動的感覺好？還是靜靜不動的感覺好？為什麼？」「你覺得運動帶給你在生理上及心理上的改變是什麼？」這些問題旁涉了外觀、意念、品味，以時間先後順序安排，這是以動靜為主題的縱貫歷史採訪。以下為以動靜為主題的連續時段專題式採訪向度示意圖：

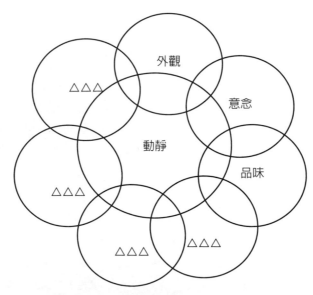

圖 5-2-5　以動靜為主題的連續時段專題式採訪向度示意圖
（註：△△△表示保留多種向度的可能性）

（三）意念

　　以意念為主題的採訪，旁涉外觀、動靜、品味等次主題，分為「橫切連結採訪」和「縱貫歷史採訪」。以意念為主的「橫切連結採訪」，我們可以提出以下的問題：「你有被冷落的感覺嗎？是誰帶給你的？你覺得是什麼原因？外觀？個性？還是其他因素？」「你會思考哪些事情？」「你曾經受過那些人或非人的照顧？什麼樣的照顧？那你覺得自己能用什麼方式來回報？」「你曾經受過那些人或非人的摧殘？什麼樣的摧殘呢？那你想對他們說些什麼？希望他們怎麼改善？」「你和人生存在同一空間，當人不小心侵犯你的時候，你會有什麼樣的反應？希望人類怎麼做？」上述問題提及了非人的想法，並且問了一些較深入的問題，而這些問題也牽涉所在場域周遭的其他人與非人。上述提問是以意念為主題的橫切連結採訪。

　　「縱貫歷史採訪」的部分，我們可以提出下列問題：「你過去到現在一直在這個地方生存，環境或外觀的改變有沒有帶給你想法上的改變？有那些改變？你覺得是什麼因素改變？」「以前人或其他非人曾經侵犯過你嗎？怎麼侵犯？你會生氣嗎？你怎麼回應？」「從過去到現在，你面對人或非人的態度有改變嗎？為什麼改變？」這些旁涉了外觀、動靜、品味等次主題的提問，加入了時間的概念，就是以意念為主的縱貫歷史採訪。以下為以意念為主題的連續時段專題式採訪向度示意圖：

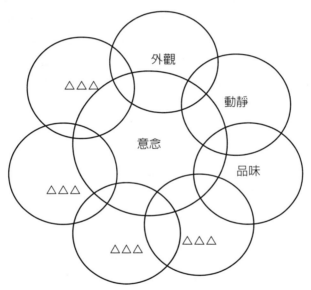

圖 5-2-6　以意念為主題的連續時段專題式採訪向度示意圖
（註：△△△表示保留多種向度的可能性）

（四）品味

　　以品味為主題的採訪，旁涉外觀、動靜、意念等次主題，分為「橫切連結採訪」和「縱貫歷史採訪」。以品味為主的「橫切連結採訪」，我們可以提出以下問題：「誰曾經改變你的外觀？你覺得變得更美？還

是更醜？或是有其他形容？」「最近一次改變外觀是什麼時候？你喜歡嗎？有沒有想表達什麼？」「你看過最美的事物是什麼？哪個部分吸引你？為什麼？」「你認識的人或非人中，誰的個性你最欣賞？為什麼？」這些都是以品味為出發點，涉及其他次主題與周遭事物的關聯，屬於以品味為主的橫切連結採訪提問。

至於以品味為主題的縱貫歷史採訪，可以作以下的提問：「你的脾氣從過去到現在，有沒有什麼改變？因為什麼改變？」「你覺得自己現在的樣貌跟過去有何不同？比較美還是比較醜？或者有其他的形容？」「過去對你造成最大影響的是人或非人？影響了哪些層面？」「過去你喜歡運動？還是喜歡靜止？你運動時會作什麼？靜止時會作什麼？現在有改變嗎？為什麼？」這些用時間貫串的問題，是以品味為主題的縱貫歷史採訪提問。以下為以品味為主題的連續時段專題式採訪向度示意圖：

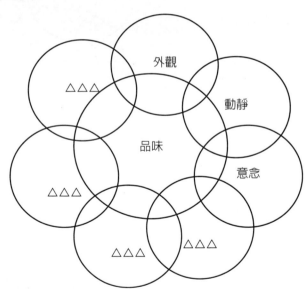

圖 5-2-7　以品味為主題的連續時段專題式採訪向度示意圖

（註：△△△表示保留多種向度的可能性）

　　綜合以上來說，在以外觀、動靜為主題的提問，仍不適用於非專業人士無法辨識形體與動作的靈的採訪。其他非人則是用全部的向度。整理如下圖：

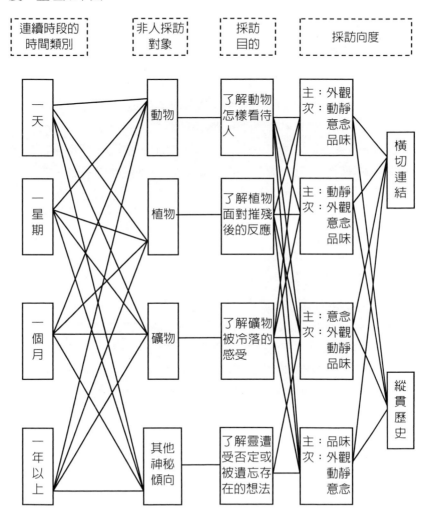

圖 5-2-8　連續時段的專題報導式採訪的向度連結關係圖

第三節　間歇時段的類拼貼式採訪

一、間歇時段的時間類別與採訪對象

「間歇」的意義是非持續不斷，每隔一段時間就發作或行動一次。如「他的病情已大致穩定，只是還有間歇性的咳嗽。」（教育部，2011），有別於前二節所提的單一時段、連續時段。

間歇的意義是每隔一段時間，但時間間隔不固定。舉例來說，把一整天切割為三部分，從這三部分隨機挑選一個時間去採訪。在此先設定間歇時段的採訪時間類別：

（一）1 節課

依間歇時段的定義來說，我們可將 1 節課分為幾等分，從中隨機挑選 2～3 個時段來進行採訪，但不適宜把 1 節課劃分的太多份，因為在非人採訪中，我們採訪的對象非人，並不是像人一樣可以很迅速地跟人溝通對話，提問後通常需要等待一段時間，才能觀察非人的反應，記錄回答後再繼續下一個問題。且因為 1 節課只挑出 2～3 個時段來訪談，須注意問題數量與控制時間。一般來說，在非人採訪裡，所有採訪對象都適用此時間類別，但要在如此短暫的時間完成，最佳的對象回應較迅速的非人——動物較為適合。

（二）2 節課

同樣的，依間歇時段的定義來說，可把 2 節課分為幾等分，隨機選擇 2 個時段以上進行採訪。這部分時間比較充裕，同樣適合所有非人，且適合較多問題時運用。

（三）半天

同樣的，依間歇時段的定義來說，可把半天為幾等分，隨機選擇 2 個時段以上進行採訪。這部分可以多設計一些不同主題的採訪內容，即使不能像專題報導式的採訪如此完整，但會較截取式採訪多元。

（四）1 天

根據間歇時段定義，可以取早上、中午、下午各 1 個時段進行採訪，或者取其中 2 個時段，用來作相同對象同樣提問不同時段的比較，也可以針對不同時段提出不同問題，這樣的採訪內容會較具可看性。

（五）數天

這是間歇時段較長的時間類別，不僅可挑選多個非人採訪對象來採訪，也可以擬訂多個主題進行比較；但因為時間被切割為多個時段，且間隔不固定的情況下，採訪內容仍不如專題報導詳盡。在此先將間歇時段的時間類別與採訪對象進行連結，如下圖所示：

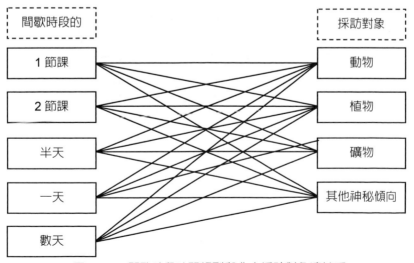

圖 5-3-1　間歇時段時間類別與非人採訪對象連結圖

二、間歇時段類拼貼式、單一時段截取式、連續時段專題報 導式的異同

　　「拼貼」的定義是「綴合黏貼。如『這座屏風的山水圖案是由貝殼拼貼而成的。』」（教育部，2011）一般常見的「拼貼」，會出現在一些藝術品上，例如畫作、裝置藝術（如馬賽克）等，這些拼貼而成的，都是很完整的作品。而拼貼運用於採訪工作上，較接近於「連續時段的專題報導式採訪」。「類拼貼」只是近似於拼貼，但不如拼貼完整，可能會有缺漏的部分。因此，這樣的方式在採訪工作上，對應的時間類別便是這裡所定義的「間歇時段」。

　　以人為採訪對象，適用「單一時段的截取式」、「連續時段的專題報導式」採訪。但不適合用「間歇時段的類拼貼式」採訪，因為既不具即時性，也不夠完整，採訪到的資料僅能提供參考。所以，這樣片段式的採訪並不適合運用在採訪人的工作上。但用此方式採訪非人，因為取得的訊息仍具參考價值，且考量到教師教學時段安排不易，所以「間歇時段的類拼貼式採訪」是特別為「非人採訪」所設定的。

　　間歇時段比較特別的是，時間不充裕的情況再加上沒有辦法安排特定單一時段作採訪時，比較適用，也可用來單獨比較不同時段同一採訪對象的變化。例如：採訪石頭時，我們可以選擇一天，在早上、中午、傍晚、晚上，各選擇一個時段來進行採訪，搭配同類型的問題，可比較不同時段石頭的反應。如果時間沒辦法配合，也可以取數天來進行。例如取四天，分別利用這四天的早上、中午、傍晚及晚上來作採訪，也可就採訪結果進行比較。

　　簡單來說，間歇時段因為沒有特定時間的限制，因此在採訪時間類別的運用上，比單一時段和連續時段來的有彈性。

　　單一時段的截取式採訪，只利用特定且較短暫時段進行採訪，且以單一採訪向度為主軸去設計問題，涵蓋層面較狹隘，但具有即時性的優點。舉例來說下面這則新聞為例：

王建民經過兩場小聯盟復健賽後，臺北時間今天清晨在 2A 進行第 3 場復健賽，對決老虎 2A，王建民今天表現穩定，再度恢復「滾地球王子」的特色。

王建民第一局讓三名打者擊出滾地球出局，第二局雖然解決兩名打者，但也被敲出一支一壘安打。王建民在第三局再度讓打者三上三下。第四局以飛球和三振解決兩名打者後，再被敲二壘安打，但以滾地球化解危機。第五局再以兩個滾地球和一個三振讓對手三上三下，到第六局退場休息。

王建民今天主投五局，滾地球遠遠多於飛球，只被擊出兩支安打、送出兩次三振，沒有失分。王建民今天球速又略微加快，一度達到 92 英哩（約 147 公里）。

王建民第二場復健賽表現不錯，面對進階 1A 的打者，王建民主投 4 局，只被擊出 1 支安打無失分，投出 2 次三振，最快球速是 91 英里（約 146 公里）。（中廣新聞網，2011）

像上面這則新聞只截取幾個小時的發生的事，並在球賽結束後立即發出新聞稿，相當具有即時性；但時效性一過，除非要作「王建民重返大聯盟的專題報導」，否則這則新聞就沒有保存的必要，這就是屬於單一時段的截取式採訪。但在非人採訪中，單一時段的截取式採訪，所得到的採訪內容，因為沒有發新聞稿的迫切性與必要性，且採訪所得須與同儕參考分享，並運用討論，所以比起一般新聞內容來得具有保存價值。

至於連續時段的專題報導式採訪，除了採訪時間拉長，採訪內容也跟著兼具深度與廣度，但不具時效性，只要依照原定計畫把採訪內容報導、播出即可。以下這些新聞專題是明顯的的例子：

慶祝建國一百年，國父孫文又成為話題焦點，但人們只側重他的革命事跡，卻很少知道他的感情世界。

事實上，他除了宋慶齡等三名中國妻妾外，近百年來，臺灣和日本坊間都曾傳出他在日本也有妻妾。

　　民視新聞長達 4 個月跨國追蹤，獲得日本官方第一手資料，以及學界佐證，更取得一捲從未在媒體曝光的口述錄音帶。以下是我們的獨家報導。更詳盡的報導，後續將在民視新聞臺獨家呈現，敬請期待。

　　孫文的第一任夫人盧慕貞，是 1885 年，19 歲的孫文，奉父母之命在家鄉所娶的，婚後育有三名子女，孫科、孫（女延）、孫婉，兩人名為夫妻但學識經歷差距相當懸殊。

　　1891 年，孫文在香港籌畫革命時，結識革命女同志陳粹芬，兩人在香港紅樓租屋同居。此後陳粹芬，一直伴隨著孫文從事革命運動，1915 年，49 歲的孫文和他的英文秘書，也是革命同志，宋耀如的二女兒宋慶齡陷入熱戀。為了迎娶宋慶齡，孫文採取具體行動，與元配盧慕貞協議離婚，但男女雙方相差27 歲，宋耀如相當反對。

　　隨著孫文在中國地位越來越重要，世人只記得，孫文身邊的女人宋慶齡，先前的盧慕貞已成為過往，陳粹芬最後避居海外，但事實上孫文在日本還有一段正式婚戀。

　　數十年前國際媒體陸續報導過後 2010 年期刊《孫文研究》，2011 年《亞洲週刊》，再次刊登孫文的日本妻女事件後，民視新聞於是展開跨國追查，原來傳聞中的日本妻、大月薰，18 歲時嫁給孫文，婚後產下一女、富美子，比對富美子 40 歲的照片，和孫文相似度極高。

　　這位久保田教授，研究孫文日本妻女事件，已經 30 年，民視新聞還特地前往日本外務省外交史料館，找到封存逾百年，極為珍貴的秘密檔案，首度在臺灣媒體曝光，完整報導將在近日隆重推出。（民視，2011）

　　國父孫文在建立民國之前，流亡海外，最常居住的地方是日本，前後長達九年。臺、日坊間也盛傳國父孫文在日本結婚生女的消息。

　　民視新聞這次跨國進行調查報導，不僅找到近百年前的日本新聞報導、證實當年有位名叫「大月薰」的女子就是孫文夫人；民視更獨家取得事件女主角大月薰的關鍵口述錄音帶，揭開塵封百年、孫文秘密婚戀的始末。

　　眼前這位八旬長者，是孫文的日籍外孫──宮川東一。他拿出一捲錄音帶，是 1965 年，外祖母大月薰過世前五年口述錄製的根據大月薰的說法，1989 年，她 11 歲，因為不小心打翻花瓶，水順勢流到、住在樓下的孫文住處。大月薰連忙到一樓向孫文道歉初次見面，孫文對大月薰留下極好的印象，經過幾次提親求婚，終於在大月薰 15 歲那年，孫求婚成功，獲得大月家的認可。

　　除了大月薰親口證實，還有 1913 年 12 月 11 日的「朝日新聞」報導佐證：記者回憶 3 月 5 日孫文來到橫濱時，受到熱烈歡迎。這時他觀察到有一位容貌非常漂亮的女子叫「薰」，人們稱她是孫文的夫人只是 1913 年孫文重返日本時，早已和大月薰斷絕聯繫，並於 1915 年另娶宋慶齡。

　　而大月薰後來也另行改嫁。加上二戰期間，日華關係惡化，當事人不敢對外提及。使得這段秘密婚戀，塵封數十年，才由大月薰後代委託日本史學家、久保田文次，進行調查追認，於 1984 年發表學術研究結果，重新透過國際媒體曝光。（民視，2011）

　　連著幾天，民視新聞獨家揭露孫文在日本遺留妻女的事件始末，今天我們進一步帶您關心他們後代的處境，在與孫文斷絕音訊後，大月薰母女從未享有任何偉人後代的尊榮待遇，最後大月薰還改嫁給一名日本的出家人，過著接近隱居般的生活。

　　1915 年，49 歲的孫文再婚，娶了小他 27 歲的英文秘書宋慶齡，日本妻子大月薰則改嫁，對象是位日本出家人。

　　為了了解大月薰改嫁後的生活，採訪小組從日本橫濱出發，花 4 個小時的車程，來到位在櫪木縣的東光寺，雖然大月薰

已在 1970 年過世，但拜訪當地耆老，對她優雅嫺靜的氣質，仍有深刻印象而大月薫和孫文的女兒富美子？1927 年結婚，育有兩子，1977 年，還與長子宮川東一到臺北國父紀念館參觀。

據宮川東一說法，他們當時曾和孫家後代吃飯見面，氣氛融洽，為此採訪小組找到孫文曾姪孫——孫必勝，向他求證。

面對外界的質疑聲浪，這麼多年來，宮川東一是否曾想過用 DNA 鑑定、確認與孫文的血緣關係？採訪小組致贈印有孫文肖像的小禮品，此時的宮川東一，顯露出濃濃的親情思念。(民視，2011)

以上三則新聞，根據採訪時間與即時性來看，很明顯的符合「連續時段的專題報導式」採訪，採訪時間長達四個月，內容以孫文的私生活為主，以時間貫串，是一系列縱貫歷史的專題報導；但沒有即時性，而是因為建國百年，才會有這樣的專題。

綜合以上敘述來看，「間歇時段的類拼貼式採訪」，介於「單一時段的截取式」、「連續時段的專題報導式」之間，具有時間彈性的優點，專為「非人採訪」量身訂做的採訪方式。跟其他兩種方式最大的不同是時間安排：與「單一時段的截取式」的相近處是在於可運用的時間較短；與「連續時段的專題報導式」相似的部分是可蒐集到較多的資料 (相較於單一時段的截取式採訪)。各有優缺點的情況下，就看教學者需求來選擇運用。三種採訪方式互補互斥的關係，以下圖來表示：

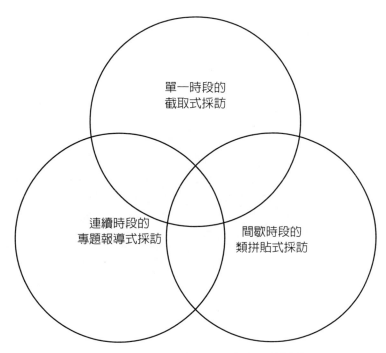

圖 5-3-2　非人採訪的三種採訪方式關係圖

三、間歇時段的時間類別與採訪對象、目的的關聯

　　前面設定了間歇時段的時間類別與採訪對象。根據不同對象，我也設定了不同的採訪向度。而本節所設定的採訪向度與前一節（詳見第五章第二節）相似，但不全然相同，在此先以圖表示不同的採訪對象所設定的目的與間歇時段時間類別的連結：

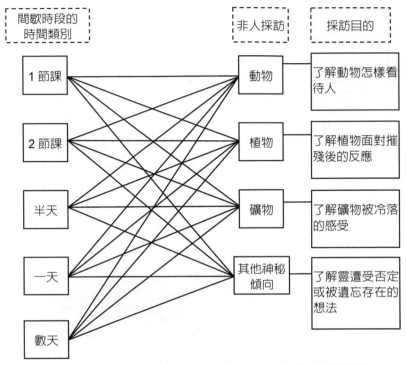

圖 5-3-3　間歇時間類別與非人採訪對象及採訪目的連結關係圖

　　間歇時段的時間類別既是針對「非人」而設計，那當然適合所有非人。針對每一種非人設計的採訪主、次目的，都可以跟這些時間類別連結。但「一天」或「數天」的時間類別，對於活動力較高的動物或來去無蹤的靈，還是有使用上的限制。而「1 節課」、「2 節課」的時間類別，因為間歇時段必須再將時間切割，因此，能使用的採訪時間更短，適合運用在活動力較高的動物或反應較多、較明顯的其他非人，以利於採訪工作進行。但間歇時段的類拼貼式有時間彈性的優點，如果今天採訪不完，可以後找時間再作採訪，把明天得到的資料拿來拼湊，即使有變化，但仍有一定的參考性。綜合來說，間歇時段可以依據教師教學需求，挑選適合的時間類別來使用，將採訪到的內容「拼貼」成一則採訪報導，也是相當具有可看性的！

四、間歇時段類拼貼式採訪的向度

　　間歇時段不像連續時段那樣屬於直線式的採訪，在採訪脈絡上一樣由主目的統攝所有的次目的，但所時間類別與採訪向度，都是為了「間歇時段」與「類拼貼」所設計。簡單來說，間歇時段是不完整的「連續時段專題報導式採訪」，也是較豐富的「單一時段的截取式採訪」。

　　因為間歇時段的時間類別和採訪內容與連續時段較接近。因此，我把間歇時段的類拼貼式採訪向度分為四項八類（每項包括橫切連結選樣採訪和縱貫歷史選樣採訪），並保留更多可能的採訪向度。詳述如下：

（一）外觀

　　外觀的定義前節（詳見第五章第一節）已經解釋，在此不再贅述。間歇時段的類拼貼式採訪不僅在時間上具有彈性，連採訪向度也可選擇是否要旁涉其他次主題。但旁涉次主題可以讓整個非人採訪成果更多樣，因此在此向度擬定依舊會把次主題考慮進去。

　　以外觀為主題的採訪，會旁涉動靜、意念、品味等次主題，再細分為「橫切連結選樣」與「縱貫歷史選樣」。不論是何種「選樣」，在採訪向度中，都須符合間歇時段的類拼貼式採訪定義。因此，不論外觀、動靜、意念、品味或其他可能的多種向度，我們都是「選擇」具代表性的「樣本」來進行採訪工作。以「橫切連結選樣來說」：專題報導式會儘量把受訪者周遭相關的所有事物納進採訪問題中；類拼貼式只挑選其中幾種對受訪者進行訪問。例如採訪石頭，石頭周遭有兩棵樹、一片草地、一些小石頭、鳥類、昆蟲等非人，如果是專題報導式，會把可能具有「關係」連結的非人納進問題中；間歇時段可能只選擇草地、昆蟲來作訪談內容。

　　「縱貫歷史選樣」同樣具有上述的特質，專題報導選擇的是較長的採訪時間類別，可能是一個「時段」（時段最少則為第五章第二節所設定的 1 天）、甚至是一個「時期」、一個「時代」的採訪。（鄭貞銘等，2003：227）而間歇時段在縱貫歷史的部分，可能只取其中較具參考性的「時間點」來問。例如採訪動物的一生，專題報導式可能把所有從出生到老死的這個「時期」詳細記錄。但間歇時段可能就挑選 5 個時間點來談：出生、成長（挑選一個時間點）、繁殖、哺育（挑選一個時間點）、死亡。雖然這樣的採訪不及連續時段專題報導式周延，但我們仍得儘量選擇較具參考性的時間點來採訪，並旁涉其他次主題，務求更高的採訪價值。

　　以下為以外觀為主題的間歇時段的類拼貼式採訪向度示意圖：

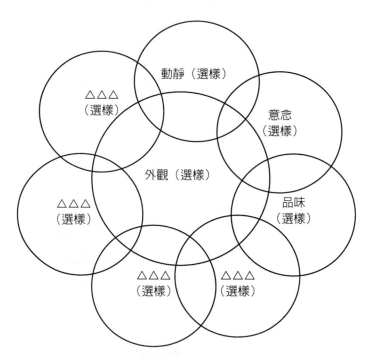

圖 5-3-4　以外觀為主題的間歇時段類拼貼式採訪向度示意圖

（△△△表示保留多種向度的可能性）

（二）動靜

動靜的部分前面已有定義，也有第五章第二節專題報導式的闡述舉例，這裡不再敘述。我以動靜為主題，旁涉外觀、意念、品味等次主題，並分為「橫切連結採訪選樣」和「縱貫歷史採訪選樣」作為向度設定。同樣的，我依舊得針對採訪向度，配合採訪時間類別，作適合的挑選。

以下為以動靜為主題的間歇時段的類拼貼式採訪向度示意圖：

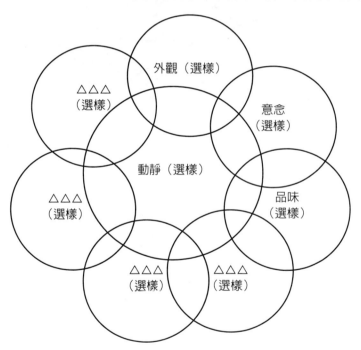

圖 5-3-5　以動靜為主題的間歇時段類拼貼式採訪向度示意圖

（△△△表示保留多種向度的可能性）

（三）意念

間歇時段的類拼貼式採訪，以意念為主題的部分，旁涉外觀、動靜、品味等次主題，分為「橫切連結採訪選樣」和「縱貫歷史採訪選樣」。同樣的，需要搭配適合的採訪時間類別，選擇想了解的向度，擬定問題後進行採訪，這樣會是一份符合我們需求的非人採訪。以下為以意念為主題的間歇時段的類拼貼式採訪向度示意圖：

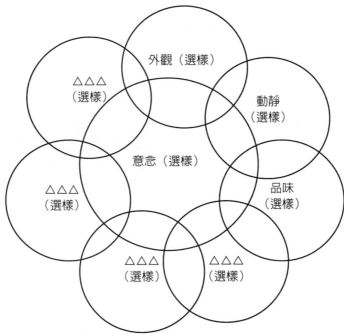

圖 5-3-6　以意念為主題的間歇時段類拼貼式採訪向度示意圖

（△△△表示保留多種向度的可能性）

（四）品味

間歇時段的類拼貼式採訪，以品味為主題的部分，旁涉外觀、動靜、意念等次主題，分為「橫切連結採訪選樣」和「縱貫歷史採訪選

樣」。同樣依據採訪目的，配合時間類別設定採訪向度，以「選樣」的
方式進行，以符合「類拼貼式」的條件。以下為以品味為主題的間歇
時段的類拼貼式採訪向度示意圖。

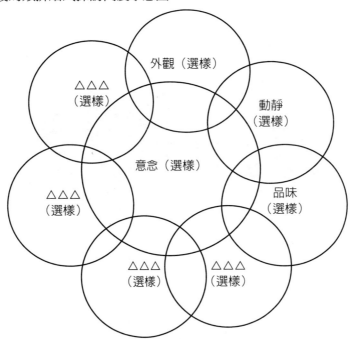

圖 5-3-7　以品味為主題的間歇時段類拼貼式採訪向度示意圖

（△△△表示保留多種向度的可能性）

　　綜合來說，以外觀和動靜為主，或旁涉外觀、動靜等次主題的採
訪向度，都不適合運用在非專業人士可進行的靈的採訪上，因為一般
人無法辨識外觀及動靜，即使以旁涉的方式來訪談，我們也無法檢證
其真實性，容易受到質疑。因此，在外觀和動靜的採訪向度上，靈的
採訪不論定位為主題或次主題，都是確定在這個向度上缺席的。以下
為間歇時段的類拼貼式採訪向度整理：

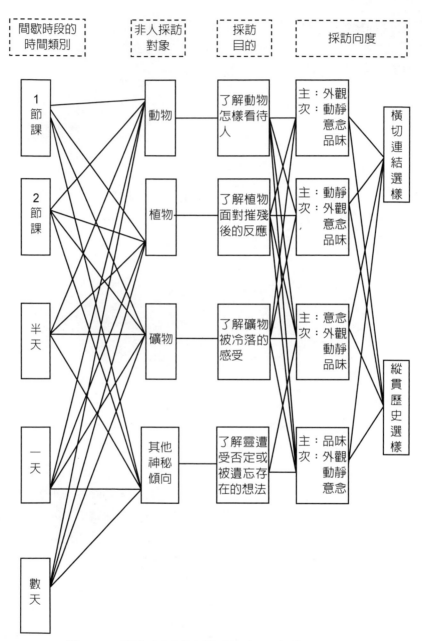

圖 5-3-8　間歇時段的類拼貼式採訪的向度連結關係圖

第六章　非人採訪的技巧

第一節　營造唯美的經驗

一、美的意義與界定

「美」在教育部線上辭典中有以下的定義：

（一）漂亮、好看。如：「華美」、「貌美」、「她長得十分甜美。」

（二）好、善。如：「鮮美」、「完美」、「價廉物美」、「盡善盡美」。

（三）得意。如：「少臭美了！」

（四）漂亮的女子。《詩經·鄭風·野有蔓草》：「有美一人，清揚婉兮。」

（五）泛指好的德性、事物等。如：「君子有成人之美」。《管子·五行》：「然後天地之美生。」

（六）美國的簡稱。如：「中、美、英、法。」

（七）美洲的簡稱。如：「南美」、「北美」、「歐美國家」。

（八）誇讚、褒獎。如：「讚美」。《韓非子·五蠹》：「然則今有美堯、舜、湯、武、禹之道於當今之世者，必為新聖笑矣。」

（九）使變善變好。如：「養顏美容」。（教育部，2011）

就本節所設定的內容來看，教育部所定義的「美」，就屬第一、二、五項較接近本節所討論的。而「唯美」也有以下的註解：「一種以美為中心，而厭棄物質與現實境況、蔑視一切社會道德的思想。如：『這部

電影完全講求唯美，絲毫不帶一點功利社會的影子。」（教育部，2011）
在非人採訪術中，所定義的「唯美」是傳統美的典型，特別用來指稱
「優美」。「優美」的定義是：

> （一）良好、美妙。如：「風景優美」、「情調優美」。漢・蔡邕
> 〈上封事陳政要七事〉：「若器用優美，不宜處之冗散。」
> 《北史・魏太武五王傳・臨淮王譚傳》：「三人才學雖並
> 優美，然安豐少於造次，中山皂白太多，未若濟南風流
> 寬雅。」
>
> （二）優婉閑雅，令人產生快感之美，如花、鳥、歌、舞之類。
> （教育部，2011）

「優美」的第二個意義是可以讓人產生快感的美，但這快感必須
是持久永恆的，如果只是暫時性的愉悅，那便稱不上優美。曾昭旭在
《我的美感體驗：道德美引論》一書中曾經提到以下內容：

> 西哲康德層區分美感為「優美」與「壯美」兩種，優美便是純
> 形式的、絲毫不帶情緒的純粹美感；壯美則是連同形式與經驗
> 內容，因此也無可避免推帶著由實際經驗所衍生的種種情緒的
> 美感。（曾昭旭，2005）

曾昭旭並未對「美」的類別作為界定。而周慶華在《語文教學方
法》一書中把美作了分類，並有以下的說明：

> 優美，指形式的結構和諧、圓滿，可以使人產生純淨的快感；
> 崇高，指形式的結構龐大、變化劇烈，可以使人情緒振奮高揚；
> 悲壯，指形式的結構包含有正面或英雄性格的人物遭到不應有
> 卻又無法擺脫的失敗、死亡或痛苦，可以激起人的憐憫和恐懼
> 等情緒；滑稽，指形式的結構含有違背常理或矛盾衝突的事物，
> 可以引起人的喜悅與發笑；怪誕，指形式的結構是異質性事物
> 的並置，可以使人產生荒誕不經、光怪陸離的感覺；諧擬，指

形式的結構顯現出諧趣模擬的特色，讓人感覺顛倒錯亂；拼貼，
指形式的結構在於表露高度拼湊異質材料的本事，讓人有如置
身「歧路花園」裡；多向，指形式的結構鏈結著文字、圖形、
聲音、影像、動畫等多媒體，可以引發人無盡的延異情思；互
動，指形式的結構留有接受者呼應、省思和批判的空間。（周慶
華，2007a：252～253）

還有圖示：

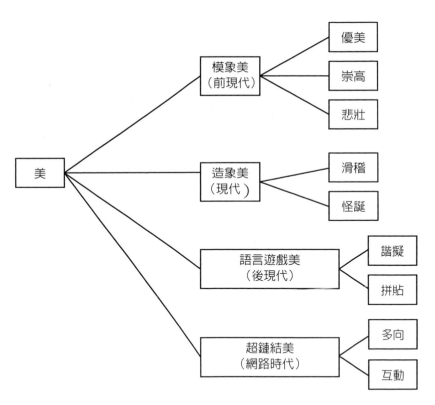

圖6-1-1　美感類型圖（資料來源：周慶華，2007a：252）

　　由上述說明，可知原來美有如此的豐富性，指稱的意義也非常多樣。但非人採訪術中所提及的「美」是跟語文有相關的美。周慶華也有以下的見解：

> 由於語文成品凡是藝術化後「都具備一定的形式；這一定形式的構成，一般稱它美的形式。由於不是一切的形式都是美的形式，而是符合某種的條件的形式才是美的形式，所以對於這一美的條件的探討就屬於美學的範圍」，而審美取向的語文教學方法的方法特徵正是以採用這樣的作法為本色。不過需要分辨的是，語文成品本格只有文學作品具有這樣的審美成分，而文學作品的美固然也限於「形式」部分，它跟其他藝術品（非語文成品本格的類語文成品）的美稍有不同；其他藝術品的美可能顯現在比例、均衡、光影、明暗、色彩、旋律的形式法則上，而承載或身為文學作品的美的形式卻不得不關連「意義」（內容）。以致大家所指稱的文學作品的美可能就是這些表露於形式中的某些風格或特殊技巧（表達方式），而這些風格或特殊技巧始終關涉文學作品的形式和意義。（周慶華，2007a：247～248）

　　也就是說，在語文成品裡，「美」的成分僅在文學作品中可探尋，自然學科、社會學科的語文成品是看不到「美」的內容的。而所謂的語文成品，是指跟語言與文字相關的完整產品，表現的形式可能有詩詞曲、小說、童話、古文、書法、劇本，乃至於採訪稿、新聞報導等語文成品本格的類語文成品。這些作品要讓人有「美」的感受，必須著眼於作品所蘊含的意義。

　　除了文學作品以外，美感也可以由自身引發的，但先決條件是人的美感心靈充分覺醒，創造力強大，才有可能完全不受對象物的限制而能夠就此物而見其美。這時物純只是美感呈現的助緣，心靈的覺醒才是美感呈現的主因。（曾昭旭，2005）而這樣的美感引發，不須媒介物，而由純化的心眼去感受那美的本質蘊涵。除此之外，曾昭旭提到，

除了心靈的徹底覺醒或創造力極為強大外，美感經驗的發生多少還是得依賴美物的誘發。美物大致區分為三類：自然物、藝術作品與人。這意思是：當我們稱「生命」之時，實僅指人的生命；至於動植物，則仍歸入自然物一類。（同上）但這樣的定義，在非人採訪裡，是稍嫌比較狹隘的。其實自然物的部分，應包括一切可能：動物、植物、礦物和其他神秘傾向，這些都能給人美的感受。

綜合來說，美的意涵與表現形式豐富多樣，不論是何種作品均能帶給人「美」的感受，但「美」的感受卻「如人飲水，冷暖自知」，不盡相同。因此，要探詢美的經驗，除了自身必須有開放的美感心靈，還要有美的事物相映。而美的事物相當多樣，在非人採訪術裡，特指語文成品的「美」，並依據所歸納的向度去探尋唯美（在此指優美）的經驗。

二、為何營造美的經驗

在提及為何營造美的經驗前，先針對第六章各節的採訪技巧略述一番。營造唯美的經驗、緩提問及其觀察或聆聽動靜、投射思緒與驚奇遇合，這三種採訪技巧，均可適用所有非人。但還是有考慮到非人的特性而專為設計。「營造唯美的經驗」主要用在動物，因動物較為活潑好動，不易靜下來接受採訪，所以我們的提問與氣氛營造，必須更為和緩溫馨，才能讓動物平心靜氣接受我們採訪。而「緩提問及其觀察或聆聽動靜」主要適用在植物，因為植物反應較緩慢，因此我們必須等待較長的時間，以便得知它的回應後，再進行提問或不提問。「投射思緒與驚奇遇合」主要適用在礦物和其他神秘傾向上，因為礦物幾乎不會有任何動作、表情，所以有時我們必須利用超乎感官感應的方式去觀察；而靈的採訪更是如此，因為它們不具實體，我們又非專業人士，無法直接溝通，如果有任何回應的話，對採訪者來說，都是非常奇特的經驗。因此，雖然非人採訪技巧適用所有非人，但還是有原

本設定的主要採訪對象。在此採訪時間、對象、目的、技巧一併納入整理如下圖：

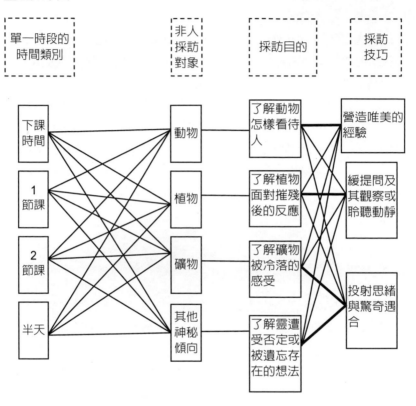

圖 6-1-2　非人採訪對象、目的、技巧與單一時段時間類別關係圖

（較粗黑的連結表示原先設定主要搭配的採訪技巧）

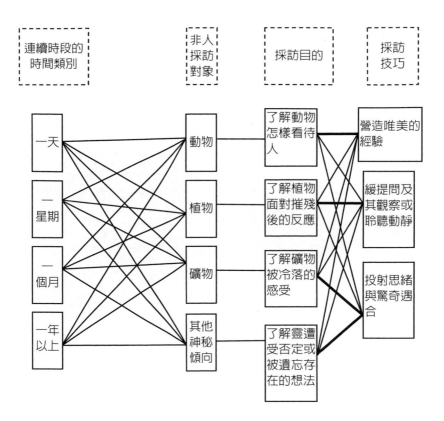

圖 6-1-3 非人採訪對象、目的、技巧與連續時段時間類別關係圖

（較粗黑的連結表示原先設定主要搭配的採訪技巧）

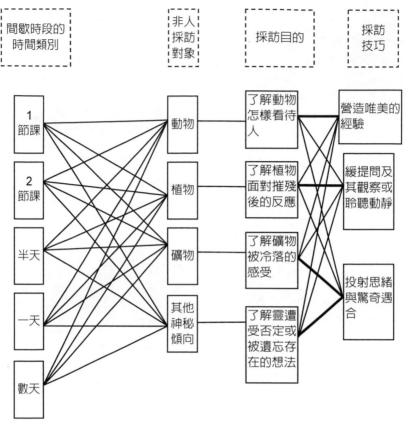

圖 6-1-4　非人採訪對象、目的、技巧與間歇時段時間類別關係圖

（較粗黑的連結表示原先設定主要搭配的採訪技巧）

　　依據採訪目的（詳見第四、五章）：採訪動物的主目的是想了解動物怎樣看待人；採訪植物的主目的是了解植物面對摧殘後的反應；採訪礦物的主目的是了解礦物被冷落的感受；採訪靈的主目的是了解靈遭受否定或被遺忘存在的想法，其餘旁涉的次目的，就省略不提。

　　然而，為什麼要營造唯美的經驗？全因為同一個目的──順利採訪，取得我們所需要的資訊。非人採訪術裡的唯美經驗，不只是採訪

者從受訪者身上觀察到一些美的感受，還包括採訪者要營造給受訪者，讓受訪者可以安心、放心的接受採訪。舉例來說，假設我們的採訪對象是動物，而且是容易受到外界刺激而有明顯反應的動物──貓狗等，如果採訪者粗聲粗氣，粗手粗腳，就很容易讓受訪者受到驚嚇，即使沒被嚇跑，但是仍存有不安定的情緒，如此一來我們便無法採訪到我們想了解的訊息。如果採訪對象是植物，採訪者如果有不當的行為，例如碰觸、撥弄，甚至用輕蔑的言語與它溝通，這樣的狀況下是觀察不到任何回應的。面對礦物或靈，因為等待回應往往需要較多的時間，如果在等待過程中採訪者表現出不耐煩的狀態，那受訪者可能不會讓採訪者感受到任何回應，更可能引發一些不必要的反效果（尤其指採訪靈而言）。

　　因此，為了讓受訪者平心靜氣地接受採訪、為了讓採訪者能順利獲取重要的資訊、為了能讓採訪者和受訪者之間有美好的採訪感受，我們在非人採訪術中，必須營造唯美的經驗，讓採訪、受訪雙方有良好的互動與訊息交流。

三、如何營造美的經驗

　　上述提到，為了順利採訪到我們想獲知的資訊，我們必須營造唯美的經驗。而非人採訪術裡的美大致分為二種：一種是採訪者從受訪者或從採訪過程中獲得的美；另一種是採訪的氛圍。前項是受訪者帶給人的感受；後項是採訪者為了順利進行採訪而特意營造出來的。非人採訪術中，採訪者觀察受訪者的外觀、行為、語言（聲音）、動作，從中獲得一些美的感受，但這會有一些除了唯美（優美）以外的美。例如：我們採訪一隻美麗的蝴蝶，光看它的外表，就會讓我們有「優美」的感受，如果它翩翩飛起，那更是一番優美的快感不斷的「刺激」。假設我們採訪一群螞蟻，看到它們分工合作、抵禦外敵的樣子，我們會感受到那高尚的品德──「崇高」的美感。假使我們採訪一顆年久風化，長相奇特的石頭，我們會感受那詭狀異形、奇模怪樣的外貌，

但是又不會覺得它很醜陋，只是很「特別」，這是「怪誕」的美。又例如說，我們去採訪靈，採訪中我們可能了解它的故事：它是一個認真負責的靈，即使身負家中經濟重擔，也從不喊累。但某天清晨外出工作時，被一無照駕駛的工人撞傷，傷重不治。一家老小頓失依靠，亟待救援。但它仍一直期待善心人士的出現，幫忙它的家庭度過難關。因此，一直徘徊流連在此，直到家庭經濟狀況改善才肯離開。（此故事乃純屬虛構）這樣的故事會讓採訪者有憐憫、心痛的感受。即使彼此不認識，但又因了解它的處境，知道它是非自願而離開人世，離開人世之後又因牽絆放心不下而不願離去，這樣令人哀戚的感受，會讓人有──「悲壯」的美感。

綜合來說，非人採訪術裡，我們能從受訪者身上獲得訊息外，對於它的外觀、行為或內心想法，我們也能從中獲得「美」的感受，這部分是不需要特意去營造的，而是只要我們有開放的審美心靈，就能從中獲得「美」的經驗。

非人採訪術裡的另一種美感，是採訪者為了讓受訪者有賓至如歸的感受，願意針對採訪者的提問侃侃而談，需要特別營造的。前述有提到，在非人採訪術裡，因為涉及採訪，採訪裡有提問、記錄與新聞稿，這些內容都屬於語文成品本格的類語文成品，而為了要讓非人有「唯美」的感受，我們就設定從提問著手。畢竟採訪對象是「非人」，而非人所處的環境大多在室外，且不固定場域。不像採訪人，是可以事先安排、事先整理布置環境，讓受訪者一開始進入這個空間就有舒服的感受，樂意接受採訪。非人所處的室外環境，我們很難事先做什麼布置，頂多放放音樂。例如，學生在採訪行動較快速的動物時，會放節奏緩和的音樂；採訪行為較緩慢的動物，則會放一些節奏較強烈的音樂；採訪植物和石頭，總是會放輕音樂。但有時候，學生採訪時會從非人的反應中得知他們對此音樂的喜好，如果表現出來是很明確不喜歡的反應，那就會改變播放的音樂，學生了解非人也是有喜好和厭惡的想法。除了音樂之外，我們也能利用其他的物品。例如採訪動物時，我們可以搭配玩具，畢竟動物比較活潑，玩具可能會讓動物很

開心，但要注意的一點是，不要讓動物把注意力放在「玩具」身上，這樣反而會適得其反，動物可能無暇回應你所發問的問題。採訪植物、礦物或其他神秘傾向時，我們可以將採訪場所移到室內舉行（當受訪者是盆栽、小石頭或願意移動的靈時），這時就可以在室內空間進行布置，放一些精美的書畫作品、改換一些柔和的燈光，讓環境氣氛看起來溫馨和諧。這樣對採訪工作的進行，肯定是有所助益。

　　從上述可知，採訪非人除了能透過環境來營造美感之外，最重要的部分還是語文文本──採訪提問。如何依據提問營造唯美的經驗？我們把提問內容細分為三個類型：益智的、善惡論斷的、有趣的問題，區分成這三個類別的原因是，把語文經驗作個分類（以便認知和仿效），那麼它大體上就不出人所能具備的「知識」性經驗、「規範」性經驗、「審美」性經驗，等三大範疇（周慶華，2007a：107）。而依據上述所定義的語文經驗範疇，我們將益智的問題與知識性經驗作連結；善惡論斷的問題跟規範性經驗作連結；有趣的問題跟審美性經驗作連結。在非人採訪術裡，提出益智的問題，目的是為了獲取新知，了解探詢我們不曾經驗過的事物，以知識為導向的特性表露無遺。而善惡論斷的問題就牽涉道德感，我們從採訪過程中了解非人對於是非判斷的思考與想法，以人和非人的不同角度再進行詮釋，進而評價或參考非人的思想，來反省人類的作為。而有趣的問題是為了讓採訪不再那麼枯燥乏味，假設問一些非人不感興趣的問題，不但得不到自己想要的資訊，還會影響後續的採訪工作。但不論是「知識性」問題、「規範」性問題或「審美」性問題，在同一個採訪中，無法很嚴謹的把這三類區分開來。因為對人類來說，非人採訪是很特別的經驗，不論是何種提問，對人類來說，所有的答覆都是新鮮的，也就是具有「知識」性。因此，在這裡我們只大略定義並舉例說明，但採訪問題還是必須依實際狀況來進行調整，才能讓採訪更完善。問題細分完畢後，接著以行動速度快慢區分採訪對象（非人）的類型，並作提問類型搭配的說明：

（一）動作快速

動作快速的非人，大多指動物如鳥類、部分魚類、爬蟲類、昆蟲或者是會到處移動的靈等。這些活動迅速的非人，往往容易受到驚動，也會移動位置，導致採訪上的困難。有時可能只問了一個問題，然後受訪者就離開採訪現場，留下錯愕的採訪者。因此，面對這樣的採訪者，更需要分秒必爭，且必須問一些它感興趣、覺得有趣的問題。所以針對此類受訪者，我們只問少量且有趣的封閉式問題。例如面對鳥類，我們可以問，「你無聊時會找朋友聊天嗎？是跟同類的鳥嗎？」「你喜歡吃小蟲嗎？」「那你喜歡吃水果嗎？」「你平常會說笑話嗎？」「你覺得人類對你好不好？你喜歡人類嗎？」「是有關鳥類的笑話？還是人類的笑話」、「你會洗澡嗎？到溪邊洗還是水池洗？」面對游泳速度快的魚類，我們可以問：「你是不是都吃很多，才能游這麼快？人類一定吃得比你少，對不對？」「你都吃那些東西？」「最討厭人類做什麼事？」雖然上面羅列得這麼多問題，但事實上必須根據實際情況去作調整，畢竟受訪者是移動迅速的動物。

（二）動作半快速

移動半快速的非人，還是多指動物及少數植物而言。例如螞蟻、流浪貓狗、昆蟲、爬蟲，以及大多數的魚類等，針對動作半快速的非人，我們有更充裕的時間可以作提問。因此，除了有趣的、封閉式的提問之外，我們還可加入善惡論斷的、開放式的問題。例如：採訪螞蟻時，可以問：「你覺得分工合作好嗎？有沒有同類特立獨行的？你覺得這樣好嗎？為什麼？」「你們平常除了工作，還會做些什麼來娛樂、放鬆一下？」「你們會跟人類互動嗎？有對人類惡作劇過嗎？怎麼做？」「你認為人類做了哪些你認為的不好的事？為什麼？」遇到流浪狗，我們可以問：「你從哪裡流浪來的？誰把你遺棄的？你會討厭他嗎？為什麼？」「你流浪中遇過最開心、最有趣的事情是什麼？最悲慘、最難過或最討厭的事情是什麼？」「如果現在人類想把你帶回去飼

養，你會跟他回去嗎？為什麼？」「你流浪的過程中，有沒有看過什麼生命做了什麼好事？什麼生命做了什麼壞事？」這些提問的內容包括有趣的（會讓受訪者心情較為輕鬆的）和善惡論斷的（牽涉好惡、善惡判斷）層面，我們一樣依據時間、對象作不同的調整。這類提問仍適合針對較容易取得回饋的動物或者是反應較迅速的植物。

（三）動作緩慢

　　動作緩慢的非人，包括少數的動物極大部分的植物、礦物和移動性不高的靈，還有圈養的動物。這類非人我們除了可以問有趣的、善惡論斷的，還可以加進益智的問題，封閉式、開放式、或者引導式問題都不侷限，因為這些非人行動緩慢，採訪者有充裕的時間去進行，因此我們不再限制問題類別。例如採訪植物，我們可以問：「你喜歡喝水嗎？你大概會喝多少？喜歡人類幫你澆水嗎？多久澆一次比較好？你會怎麼表達你心中的感謝？」「你喜歡唱歌嗎？會跟誰一起唱？唱給誰聽？人類要怎麼聽到你的聲音？」「人類會侵犯或傷害你嗎？所以你對人類的印象如何？你希望人類能如何對待你？」採訪礦物時，我們可以問：「你知道你的身體是由那些成分構成的嗎？」「你覺得自己最重要的價值是什麼？」「你在這裡多久了？你有移動過你的身體嗎？是你自己移動還是外力介入？」「人類對你好嗎？有遇過什麼樣的事情嗎？」「你喜歡做什麼事情？為什麼？」「你不喜歡別人對你做什麼事情？為什麼？」類似這些問題，都能適用於動作較緩慢的非人。以下圖作為非人採訪技巧──營造唯美的經驗的整理：

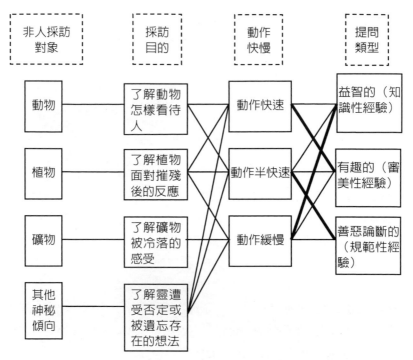

圖 6-1-5　非人採訪對象、目的與營造唯美經驗的提問關係

（較粗黑的連結表示最適用的採訪技巧）

第二節　緩提問及其觀察或聆聽動靜

一、緩提問的類別

　　前面一節（詳見第六章第一節）有談到非人採訪術的三個技巧，基本上它們都適用於所有非人採訪對象。但還是有較適用和一般適用的的情況，「緩提問及其觀察或聆聽動靜」就是特別針對「植物」而設定的。

先就「緩提問」的「緩」字進行討論。在《教育部線上辭典》中，「緩」字意義是：

(一) 慢而不急。如：「緩步」、「緩慢」。《韓非子・觀行》：「董安于之心緩，故佩弦以自急。」《文選・劉孝標・辯命論》：「短則不可緩之於寸陰，長則不可急之於箭漏。」

(二) 寬鬆。《文選・古詩十九首・行行重行行》：「相去日已遠，衣帶日已緩。」

(三) 放鬆。如：「先緩口氣再說吧！」

(四) 延遲。如：「緩期」、「緩兵之計」。《孟子・滕文公上》：「民事不可緩也。」《金史・康括安禮傳》：「賞有功不可緩。」

(五) 姓。如三國時魏國有緩邵。（教育部，2011）

在非人採訪術裡，緩提問的「緩」，大概屬於第一和第四種涵義。在這裡依據定義將緩提問再作細分：

（一）緩慢提問

緩慢提問是不急著提問，先讓採訪者和受訪者兩方在採訪開始後的一小段時間靜默，彼此緩和情緒，並互相觀察。這時採訪者再根據採訪對象與目的作所需要的提問。換句話說，採訪者的第一個問題會等待一段時間後才提出來，而不是採訪進行後就馬上提問。例如採訪一個盆栽時，我們不急著進行訪問，而是先觀察它的外觀，專注欣賞它的樣貌，先行判斷它是屬於「動作半快速的」或者是「動作緩慢的」，再思考可以提什麼樣的問題（有趣的、益智的或善惡論斷的），或者放音樂及調整燈光營造氣氛，等到覺得一切都很安定、舒服後，再進行提問的動作。採訪石頭也是一樣，可以先觀察石頭的外貌，包括形狀、大小、結晶、紋理等，讓石頭也能有喘息空間，幾分鐘後再進行提問。如此一來，採訪者不會讓受訪者覺得過於急躁而讓受訪者感到突兀或緊張，有助於順利完成採訪。

　　除此之外，緩慢提問除了先讓採訪者與受訪者雙方緩和之外，在這部分我們只會針對設定的採訪目的，提出一個的問題，畢竟我們需要耗費一些時間在作觀察，提問後剩下的時間還得留給受訪者回應。因此，適用於時間較不充足或受訪者反應較慢的情況下運用。

（二）緩緩提問

　　「緩緩」的意義是慢慢、徐徐。（教育部，2011）因此，「緩緩提問」的意思是慢慢問。與緩慢提問類似的部分是，採訪者只針對採訪目的與對象設計一個問題。不同的是，緩慢提問是先等待一段時間後提問；緩緩提問是採訪開始後就提問，但是把問題慢慢的講出來。這部分適用於所有非人，但對於反應較遲緩、動作較細微、生性較害羞的非人更為合適。因為除多數動物有明顯的「聽覺」及「器官」（耳朵）之外，植物、礦物在人類眼中是沒有聽覺的，但我們進行非人採訪，必須秉持萬物有靈的態度去面對，然後以更誠懇親切的態度，「緩緩的」、「慢慢的」、「一字一字的」把提問說出來，讓非人能聽得更清楚明白；如果沒有回應，再說第二遍、第三遍，再來判斷它可能的回饋。舉例來說，採訪石頭時，假設我們的問題是：「請問你對人類忽視你的存在，你有什麼想法？」像這樣長度的問題，一般而言大略是 5 秒以內唸完題目。但「緩緩提問」中，說話速度要比平常慢上許多，同樣長度的題目，大略需要用 8～10 秒左右的時間唸完，不疾不徐，目的就是要讓非人聽清楚問題，才有機會得到更明確的答案。唸的速度上並沒有強制限定，視受訪者的反應情形作調整。

（三）延緩提問

　　延緩的意義是延遲、延後。（教育部，2011）也就是說，「延緩提問」的意思是問題和問題之間有間隔一段時間，而間隔的時間端看受訪者反應為主，如果受訪者沒有明確回應，那下一個問題的提問當然就得延後；如果有回應了，便在記錄後繼續下個問題。延緩提問一樣適用所有非人。問題和問題之間的時間，一方面是用來等待非人回應，

讓非人有充足的時間去思考；另一方面是用來詳細記錄，所以更能運用在採訪時間較長、問題較多（兩個以上），或受訪者反應較為遲鈍或不明顯的情況。舉例來說，採訪植物時，採訪者準備了三個問題：「人類曾經對你做什麼事讓你覺得很開心或很難過？你覺得這樣做好嗎？為什麼？」「你喜歡人類嗎？為什麼？」「如果可以跟人類對話，你想告訴人類什麼？」這三個問題基本上蘊含了「知識」性經驗、「規範」性經驗、「審美」性經驗，尤其是第一個問題，屬於較開放式的題目，因此等待受訪者回應的時間應該會拉長許多問題與問題的間隔時間，則就受訪者的反應為主，再自行調整即可。

　　綜合來說，緩提問的三種類型：「緩慢提問」、「緩緩提問」、「延緩提問」雖略有不同，但是彼此是具有相當大的彈性，可以穿插交互使用的。最大的不同在於「緩慢提問」和「緩緩提問」主要用於反應較不明確的受訪者，以及採訪時間較短的情況下使用，尤其符合前章所提單一時段與間歇時段的採訪時間類別——下課時間、1 節課、2 節課（詳見第四章第一、三節）。雖然我們只提一個問題，但這個問題可以同時具備有趣的、益智的、善惡論斷的類型（詳見第六章第一節），以便於更符合我們所設定的採訪目的。「延緩提問」適用所有非人，用於採訪時間不受限，可以慢慢等待受訪者回應，或採訪者想獲得更多資訊時使用。這部分特別符合連續時段的時間類別（詳見第四章第二節），可以較無拘束的進行採訪。但大致上來說，所有緩提問的類型，都可運用在所有時間類別上，只是適用性仍有差異而已。以下面三張圖示作為單一時段、連續時段、間歇時段與緩提問技巧搭配整理：

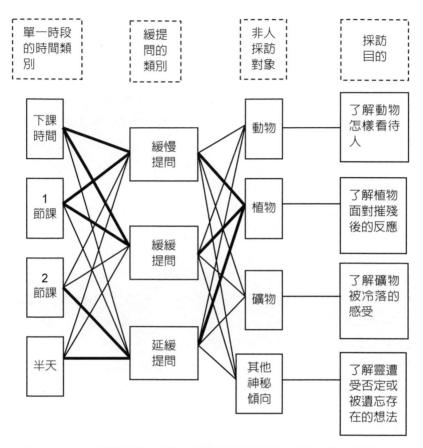

圖 6-2-1　非人採訪對象、目的、緩提問類型與單一時段時間類別關係圖

（粗黑的連結表示較適用的情況，與一般適用區分）

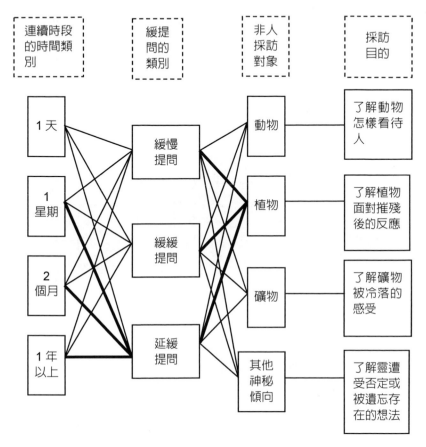

圖 6-2-2　非人採訪對象、目的、緩提問類型與連續時段時間類別關係圖
（粗黑的連結表示較適用的情況，與一般適用區分）

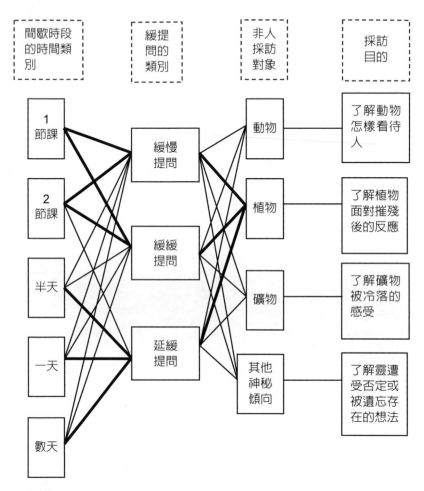

圖 6-2-3　非人採訪對象、目的、緩提問類型與間歇時段時間類別關係圖
（粗黑的連結表示較適用的情況，與一般適用區分）

　　綜合以上圖示，我們可以知道緩提問這個技巧的適用性，但適用性還是有所區分。一般來說，較長的時間類別，如半天、1 天、數天、1 個月、1 年等，適用「延緩提問」；較短的時間類別，如下課時間、1 節課、2 節課，較適合用「緩慢提問」和「緩緩提問」。

二、觀察與聆聽動靜

　　觀察與聆聽動靜是運用在緩提問中的方法，目的在提問過程中觀察受訪者的外貌、動作等，作為判斷受訪者回應的參考，以便於記錄或繼續下一提問。在以人為採訪對象時，我們會觀察外觀、眼神、表情、手勢、動作、儀態等，這些條件都能作為採訪時的一些線索，只要細心觀察，我們就能依據此線索研判受訪者的回應，也是繼續溝通的橋樑。非人採訪中，更是要仔細觀察或聆聽動靜，只要在過程中遺漏了任何蛛絲馬跡，我們便很難全然明白非人真正的想法，這就違背了我們所設定的非人採訪目的。因此，在非人採訪術中，要時時提醒學生專注的觀察與聆聽動靜，不僅可以獲得更多線索、以及跟非人有關的事情，對受訪者（非人）而言，這何嘗不也是一種尊重的表現，更是「萬物有靈」概念的真正實踐。以下圖作為緩提問及其觀察與聆聽動靜的關係說明。

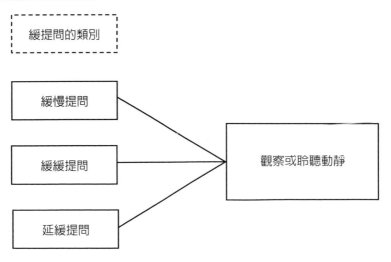

圖 6-2-4　緩提問類別及其觀察或聆聽動靜的關係圖

第三節　投射思緒和驚奇遇合

一、投射思緒的類別

「投射」一詞在教育部線上辭典的定義如下：

（一）投擲。如：「終場前，他又在三分線投射得分，結束了球賽。」

（二）照射。如：「太陽從東方升起，金色光芒投射在阿里山的雲海裡，非常耀眼。」

（三）趁機得利。《資治通鑑·晉紀十二·元帝太興元年》：「今若偏加除署，是為謹身奉法者失分，僥倖投射者得官，頹風傷教，恐從此始。」（教育部，2011）

至於「思緒」則有以下的解釋：

（一）繁複的思慮、情緒。南朝梁·柳惲〈擣衣〉：「孤衾引思緒，獨枕愴憂端。」唐·陸龜蒙〈江南秋懷寄華陽山人〉：「江湖思緒縈，謳啞搖舴艋。」

（二）思路。《晉書·夏侯湛等傳》史臣曰：「安仁思緒雲騫，詞鋒景煥。」南朝梁·劉勰《文心雕龍·附會》：「且才分不同，思緒各異，或製首以通尾，或尺接以寸附。」（教育部，2011）

綜合上述兩種解釋，投射思緒指的是把想法、思慮、情感投射在其他物上。而在非人採訪術中，根據前面兩節（詳見第六章第一、二節）所提，非人採訪的內容是語文成品中類語文成品。因此，我依舊把投射思緒劃分為三種：

（一）投射知識性思緒

投射知識性思緒的部分，是指在非人採訪中，採訪者面對受訪者時，把自己想了解的、想獲得的「知識」性經驗加諸在受訪者身上，經過提問和觀察的順序後，根據所得到的結果去思考非人可能的回答。這時所獲得的結果，就是採訪者將思緒投射到受訪者身上，受訪者可能有感應，抑或是採訪者思緒所影響，而得到的反應。如此一來，便可完成記錄或再提出下個問題。舉例來說，採訪石頭時，我們可以依據我們想了解的採訪主目的、次目的去設定「知識」性的問題：「你怎麼會到這個地方的？是誰把你帶來的？」「人類會對你做哪些事？你怎麼和人類相處？」「你和其他非人怎麼相處，可以試著說說看嗎？」「生活在這裡，你最需要的東西是什麼？」提問之後，採訪者將受訪者可能的回答先行模擬，再把這樣的想法投注到受訪者身上，再仔細觀察它的外觀、動靜。觀察到或者是沒觀察到的線索，都是可以參考的答案。這種方法適合用在所有非人，特別是不易覺察動靜的非人更為和適。例如礦物，畢竟很難觀察到反應，採訪者也不能空手而回，受訪者的回應就端賴採訪者投射給它的思緒來作用、感應。

（二）投射規範性思緒

投射規範性思緒的部分，也就是在非人採訪中，採訪者面對受訪者時，把自己想了解的、想獲得的「規範」性經驗加諸在受訪者身上，經過提問和觀察的順序後，根據所得到的結果去思考非人可能的回答。而規範性思緒，也包含心理學的投射作用，投射作用是心理防衛機制的一種，在「學習加油站——教育 Wiki」網站中有以下的解釋：

> 投射也稱外射，是自欺性的機轉，屬於「不成熟心理防衛機轉」（Immature Mechanism）。係將一切不愉快之遭遇，諉過於他人或環境，藉以掩飾自己，防衛自己，作為解決挫折衝突及維護自尊之手段。 將己身的不愉快遭遇認為是他人所致，或

將自己無法接受的情感、情緒、內心本意等等，投影至他人身上，認為並非自己所想，而是他人緣故才導致，以產生（負面的）行為。

　　總的說來，個體將自己的錯誤、缺點，不被接受的想法、不希望有的特質、不為社會認可的慾望、不良的情感、動機，或可能具危險性的念頭或衝動，透過此一防衛機轉轉移至另外一人身上，歸諸他人，此時，這些不良負面的觀感，便以「來自外部世界的威脅」的形式而出現，藉以自我保護，減輕內心焦慮，維持個人的價值感的心理歷程。例如本身對暴力書籍、影片非常有興趣的人，可能因為投射作用，反而在反暴力的團體中顯得投入及活躍（認為別人有此興趣是極為敗壞不良的，因此參加反暴力的團體）。（學習加油站——教育 Wiki，2011）

教育部線上辭典的解釋為：「個體不自覺的把自認為不為社會接受的動機或行為加諸他人，以減輕內心焦慮的心理歷程。」（教育部，2011）張春興在《心理學》一書中也提到投射作用是個人將自己的錯誤、缺點，不希望有的特質或不為社會認可的慾望歸諸於他人，以保護自己，減少自己因此而生之焦慮，藉以維持個人的價值感。（張春興，1987：515～516）舉例來說：假如學生沒完成作業，但學生覺得是老師給太多功課，導致他壓力太大，所以沒辦法寫作業，這樣的情況就屬於投射作用。或者是自己覺得別人說謊、罵髒話是不對的，但自己反省過後，發現有時候會不自覺的說謊、罵髒話。「別人都作了，自己也作應該沒關係」、「是因為他先怎麼樣，所以我才怎麼樣」、「以小人之心度君子之腹」、「五十步笑百步」這些都是投射作用的例子，且是比較消極面的。

　　但投射作用也不全然是壞的，因為投射作用總會把別人當成是類似的自我，把自己的主觀意識變成是對別人的價值判斷，如果能以積極的態度去看待，把確實和自己類似的別人進行認知，那別人也會跟著本我一樣積極，且自己對別人的判斷也會更加客觀、更加有根據。

　　在非人採訪術中，我們要學生學習的，就是這種積極面的投射作用，教師除了作引導之外，也讓學生自行與受訪者溝通，作相互的投射、感應，這樣的投射作用會讓學生的品德、行為部分在採訪過程中，透過一次又一次的修正與積極面的投射作用，慢慢的把正確的觀念深植入自己的思維中，漸漸的改善自己的缺點，潛移默化的效果將使學生有更良好的品格。例如採訪礦物時，如果採訪者（學生）脾氣不佳，跟同學互動時，常常會發生爭執，而這樣的情緒，可能也會在採訪過程中影響到小組成員或者是受訪者，進而造成採訪結果不夠忠實、客觀。因此，但如果這時老師適時介入，請學生仔細觀察礦物的外貌後（如果有傷痕更好，就可以以脾氣不佳而導致容易受傷害為出發點作適度引導）。可以提問：「請問你覺得自己的脾氣好不好？為什麼？曾經與其他人或非人發生過爭執或糾紛嗎？造成什麼後果？帶給你什麼樣的想法？」上述這些問題是讓學生直接把自身經驗投射在礦物身上（但學生本身經過老師的引導後其實已經有了一些想法），再由觀察礦物的變化而去猜想礦物的回答，這時候礦物的反應再投射回學生，學生會發覺礦物與自己的情況類似，因為個性問題常惹來不必要的麻煩。這時學生會去作反思、修正、改善。

　　如果是自身品德良好、表現優秀、努力上進的學生，不因挫折打擊就失落。當他採訪小草時，把他自己的情況投射在小草身上時，會發現小草跟他很相似，甚至認為小草比他更為堅忍不拔，因為不論風吹日曬雨淋，小草依舊綠意盎然。當學生發現這點時，他就會要求自己要更精進，要像小草一樣不怕挫折（此刻不會去想到牆頭草、兩面倒，因為學生自身沒有這樣子的經驗）。這樣一次又一次的採訪，在無形中會讓學生獲得更多的規範性經驗，達到培養良好的品德的功效。

（三）投射審美性思緒

　　審美是人類文化中常見的活動之一，而審美經驗是語文成品中的一個元素，在非人採訪術裡也隨處可見，前面章節已有敘述（詳見第六章第一節）。美的經驗包括了優美、崇高、悲壯、滑稽、怪誕、諧擬、

拼貼、多向、互動等。美的經驗（前面指唯美）從非人採訪中的環境布置、氣氛營造與提問內容就可以大量獲得。而本節中的投射「審美」性思緒，就是採訪者將自身的「審美」性經驗投射到受訪者身上。因此，在非人採訪術中，我們必須培養學生「審美」的觀念和態度。而培養這樣態度的其中一個方法，就是「移情作用」。

譚詩華等曾提到：

> 移情，作為心理學的一般用語是指「在人際交往中，人們彼此的感情相互作用，能設身處地感受和理解對方的心情」。一般包括兩種含義：第一，站在對方的角度去考慮問題，體驗對方的情緒情感；第二，把自己內心的情感移入到對方和對方一起感受。移情是一種不僅在認知上而且在情緒上進入他人角色的能力。（譚詩華等，2009：69）

另外，王曉玲也有以下的說法：

> 移情，指在審美活動中，審美主體把自己的情感投注到審美對象上去，在對象主體化和主體對象化的雙向活動中，實現主體與對象之間的交流與對話。（王曉玲，2006：26）

由此可知，移情作用在審美活動來說是很重要的。非人採訪也是審美活動之一，採訪過程中，採訪者（學生）須將自己的情感融入所處的環境與受訪者，對一些較生動鮮明的對話、交流，讓情感得以在雙方的對談中得以互動、相互感應，達成一種美感的體驗，完成一次美好的採訪。舉例來說，當採訪者採訪的是一隻受傷的動物時，就可以提出問題：「你為什麼受傷了？是誰把你弄傷的？」「會不會很不舒服？看起來真令人難過。」「需不需要幫忙？可以把你送到醫院去。」「接下來你打算怎麼辦？受傷會不會造成你生活上很大的困難？」還有什麼想說的嗎？」最後，再說「謝謝你接受我們的採訪，希望你可以好好保重，早日恢復健康。」上述的提問再加上最後結束，這樣關懷動物的心情，轉移到動物身上的傷口，這是很溫馨的情景。無形中

讓動物感受到不是所有人類或其他生命都只會傷害牠，還是有人會關心牠、愛護牠，這樣的情緒轉移也讓動物感受到「唯美」的經驗，動物再以回饋把這些情緒傳回給採訪者。如此一來，採訪者和受訪者雙方都有「美」的情感與體驗。這就是投射「審美」性情緒。

綜合來說，不論是投射知識性、規範性、審美性的情緒，這樣的方式都適合用於所有非人，特別是幾乎沒有動靜的礦物。因為在所有非人採訪對象中，礦物是我們必須用超越感官的方式去感應，也就是作一些情緒的投射與情感的交流，以便於達成我們採訪的目的。因此投射思緒，特別適合用於礦物。

二、驚奇遇合的定義與說明

「驚奇」的意義是覺得奇怪而吃驚。如：「他竟然來了，真令人驚奇。」也作「驚怪」、「驚異」，與駭怪、驚詫、驚訝、詫異、訝異等詞意義相近（教育部，2011）。而「遇合」在《教育部線上辭典》中有以下的解釋：

> 待用者得到投合的機會。史記・卷一二五・佞幸傳・序：「力田不如逢年，善仕不如遇合。」《儒林外史》第十三回：「遇合有時，下科一定是掄元無疑的了。」後亦泛指一切的相遇投合者。亦作「會合」。（教育部，2011）

從上述定義來看，「驚奇遇合」是指令人驚奇的相遇。在非人採訪裡，是指在採訪過程中原本不被看好，後來卻有出乎預料的狀況，讓採訪者和受訪者之間有所交流。這個採訪技巧適用於所有非人，但特別適合用在無形體的靈身上。舉例來說，張開基在《臺灣首席靈媒與牽亡魂》一書中提到：

> 彷彿是一塊大吸鐵石，青衣婦人跪在供桌前閉目冥思，四周卻團團圍住了男女老幼，緊張焦急的伸長了脖子，豎起了耳

朵，聆聽著他口中可能傳達出的任何訊息上——在自天上，來自地下，來自遙遠又不可思議地方的訊息。

　　此刻是下午四時許，天色仍然很亮，既沒有天昏地暗，飛沙走石，也不見愁雲慘霧，陰風打轉，青衣婦人已經喃喃的唸了一個名字，詢問著四周的人。他問了幾聲，不見回應，又隨手抓了幾張「掛號單」繼續去冥思，神情彷彿在聽著什麼。

　　對整個程序並不很了解，我找尋到剛才那位 H 先生請教於他，他解說道：牽亡魂完全憑靈感，將掛號單上的亡者姓名等資料稟報菩薩，請菩薩施展法力，去將亡魂由陰間渡來此處。這一段過程是由「金母娘娘」與「地藏王菩薩」之間的交涉，並不是直接與亡魂交談。而召魂的先後是看亡魂的機運，並非按照「掛號單」的次序，所以排隊也沒有用。等到召到亡魂之後，牽亡者與亡魂「接觸」的地點並不在此處，而是在堂外右側田埂邊的空地上。（張開基，1995：30）

　　由上述例子可知，正因靈的採訪是可遇不可求的，不但要專業人士配合，還要有一定的機運才有機會。因此，即使有媒介可運用，採訪者要進行採訪前所抱持的想法大概不出「心誠則靈」、「姑且一試，總是有機會的」這類思維。這種不抱太大期望的想法，剛好可以讓採訪成功變成是一種很大的「驚奇感」，這就是驚奇遇合所設定的原因。也是因為受訪者的不確定性，所以才想出這樣的方式去因應，避免採訪者因為屢次採訪失敗而遭受挫折，不想再繼續。

　　當然，面對其他非人，我們除了抱持同樣尊重、誠心的態度外，也不是每次採訪過程都能很順利。這時教師可以作一些引導：我們做好萬全的準備去面對非人，抱持著些許期待，不論採訪成功或失敗，都是一種學習。如果學生能充分體會，那在採訪過程中，或許會有令人意想不到的驚喜。以下圖作為非人採訪對象、目的和「投射思緒與驚奇遇合類型」的關係整理：

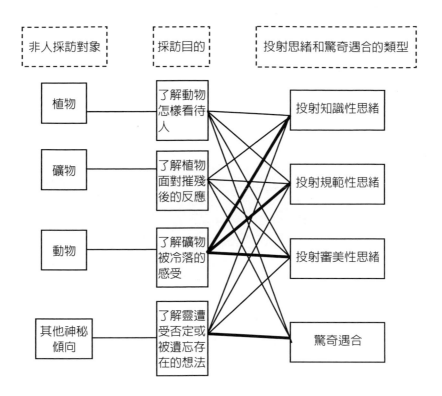

圖 6-3-1　非人採訪對象、目的和投射思緒與驚奇遇合類型關係圖

（粗黑的連結表示較適用的情況，與一般適用區分）

第七章　實務印證及其成效的評估

第一節　實施的對象

一、試驗的對象

　　本研究兼採實證研究，必須實際執行教學，來驗證理論建構成效。我因擔任高年級導師，有自己的班級，所以對教學的實施與後續觀察算是相當方便。

　　國小階段，教學方式大多以講述法為主，教師缺乏與學生的互動或交流，即使有所謂互動，大多停留在師生間封閉式問題的答問。例如：「會不會？懂不懂？了不了解？」因此，學生上起課來容易意興闌珊，沒精打采。對於學期成就低落的學生，講述法的幫助更是有限。

　　基於上述原因，我閱讀相關文獻資料，認為要明顯、有效率的提升學生的聽、說、讀、寫、作等語文基本能力，一定要透過合作學習的模式，並以異質性分組的方式進行。合作學習有別於很多個別學習和競爭學習，國內學者提到曾經提過合作學習的重要性。例如賴銘崇等（2001）研究指出對於九年一貫課程基本能力的要求，如果能配合建構主義和合作學習的模式來進行教學活動，可以看出許多能力能藉由活動設計在日常教學過程中，透過討論、互動與溝通的活動裡，自然而然地在教學情境中不斷被薰陶與孕育。郭家豪（2003）也提到倘若將合作學習法搭配多元智能（Gardner，1983）的理論，是能打破傳統教學與紙筆測驗的限制，讓學習和評量有更公平、多樣的做法。而Gardner 在 1983 年提出多元智能的理論，強調智慧不能只看智力商數

（IQ），它至少要包含以下幾種：語言智能（Linguistic Intelligence）、空間智能（Spatial Intelligence）、邏輯─數學智能（Logical-Mathematical Intelligence）、肢體─動覺智能（Bodily-inesthetic Intelligence）、音樂智能（Musical Intelligence）、內省智能（Intrapersonal Intelligence）、人際智能（Interpersonal Intelligence）及自然觀察者智能（Naturalist Intelligence）。

　　由上述可知，合作學習除了打破傳統教學模式，提供一個有效且多元的方向，且學生透過合作學習模式，可以達到互相培養多元智慧的目標。

　　根據 Vygotsky 的鷹架理論，教師或能力較佳的同儕在協助學習者解決超越個人能力範圍所及的問題時，從旁提供支援，讓學習者逐步養成問題解決的能力。也就是說，透過鷹架的提供，能力較差者可以從能力較強者身上學到一些知識，進一步內化後，發展並提升認知能力。（徐新逸，1998）

　　根據 Bandure 在 1977 年所提出的社會學習理論中，他認為個人的認知和行為與環境三方面，會影響人類行為。他強調觀察（模仿）學習，透過觀察學習，學生獲得示範性的表徵，可以藉此被引導進行適當的操作。因為他認為學習是經由個體內在歷程、個體行為與環境三者間互動的產物。個體透過觀察、模仿，產生內在認知歷程改變，進而有新的學習行為產生。也就是說，學生在同儕互動中，經由觀察、模仿，可以調適、同化新舊經驗，進而建構出新的知識來。（楊栢青，2005）

　　由上述可知，因為學生程度不一，所擁有的能力也不盡相同，有人擅長數學邏輯；有人擅長體育；有人擅長發表、展演；有人擅長語文，透過高度異質性的分組，更能凸顯合作學習的好處。學生分組時，可以互相討論、交流、競爭、溝通、尊重、協助、督促、觀摩，彼此互信互賴，無形中培養默契，並提升學生學習興趣，改變班上風氣，減少教師督導負擔，讓單純的講述法變成教師與小組、成員與成員間

三方互動。如果能有一定的運作模式，教學效果不僅比教師唱獨角戲來的事半功倍，更有傳統教學無法達成的額外成效。

如果討論到合作學習，就得先討論異質分組。所謂異質分組，是將不同能力、學業成就、性別、種族、社經背景、學習態度、領導能力等性質的學生編在一組。同質分組，則是將以上一種性質相同的學生編為一組。許多學者認為，學生在異質分組中可獲得認知與情境方面的增強，因為小組成員間的差異較高，不同觀點彼此交流；且經由組員互動後，可增進同儕間人際關係、打破社會階級、降低種族間之隔閡，和縮短高成就與低成就學生間學業成就差異。（徐新逸，1998）相較之下，同質性分組就有不少的缺點：學生容易有同樣的想法見解、類似的回答，不願再彼此激盪出新的意見，常常趨於保守，安於現狀，不願意改變。

因此，本研究中，便依據合作學習的模式實施，選定自己的班級（六年級）進行教學。學生採異質性分組，依據兩個條件呈現的數據或狀態來進行。第一篩選分組的條件是學習成績，以五年級全年成績的前三分之一擔任各組的組長和副組長，後三分之二為小組成員。第一階段編排完畢後，再運用第二階段——教師觀察結果，來進行調整。教師必須就平日觀察，來作異質性更大的分組。例如：擅長發表的，必須與不擅長發表的排在一起；擅長寫作的，跟不擅長寫作的一起；活潑的跟文靜的學生分配在一起；喜歡幫助別人的，跟不喜歡伸出援手的學生坐在一起。但必須注意在調整過程中，要根據學生的學習成就與能力考量，儘量與跟彼此能力互補的學生坐在一起，以達到互相觀摩、合作學習的效果。以下是異質分組的實施流程：

（一）決定組別數目與小組人數：在進行教學前，為了採合作學習方式，依據 Johnson & Johnson （1993）的研究表示，每組人數以4～6 人為宜。而本研究所實施教學的班級人數為 30 人，我把全班分成 5 組，每組 6 人，符合前述條件。

（二）進行學生分組：我先就學生學習成績進行第一階段分組，再依據學生行為、性格、性別來強化異質性分組。

（三）分配小組工作：合作學習強調分工合作，每位小組成員必須清楚自己在整個活動中所扮演的角色。因此，在教學前，除了進行分組外，教師必須在分組後，進行工作分配。我先利用1節課的時間，進行採訪實務與技巧的討論；討論完畢之後，請學生發表採訪工作中需要的角色：採訪記者、攝影記者、文字記者、器材準備等。請學生按照這樣的職務進行分配，因為教學與採訪需進行多次，擔任的工作也會互換，以期達到訓練學生不同語文能力的目的。而小組內工作調整，便交由組長和副組長負責規畫，與小組成員溝通後進行。

（四）準備相關教材：進行教學前，我先準備了一些與「非人」相關的案例，來傳達本研究的思想主軸——萬物有靈，以及與採訪相關的技巧說明。以期盼課程進行後，學生能以尊重萬物的想法與簡單的採訪技巧，進行非人採訪工作。

（五）準備前後測問卷與學習單：教學活動進行前，為了評估學生對「非人」、採訪的初步概念與基本語文能力，我作了前測問卷並實施。進行的過程中搭配學習、記錄討論單，讓學生能從採訪過程中，寫下一些心得與看法，以便達到反思的效果。全部課程結束後，進行後測問卷的實施，觀察學生在非人採訪課程執行前後的差異，以利於檢證成果的實施。

二、教材內容

在非人採訪術課程進行前，我整理了一些研究目的和關於非人的案例。研究目的舉了八八風災為例，讓學生了解到大自然的反撲，反思人類因貪婪而對自然的掠奪與破壞，最後反遭吞噬；進而引發關懷之情，探索「萬物有靈」的世界，實際去了解生活周遭「非人」的想法與看法，改變原本對非人的錯誤觀念——非人是沒有生命、不會說話，也不會思考的。為了強化學生對「非人」是會回答、有思想的生命，我舉了許多有關動植物的案例。例如：

　　法國有一名專門在猴子身上作試驗的研究人員艾蘭・柯西克博士，在與黑猩猩一起進行一學實驗中竟產生了感情，雙雙墜入愛河。

　　由於黑猩猩與人類的生理及解剖體十分相似，這個醫學試驗室準備在黑猩猩身上作愛滋病毒試驗。他們選擇了一隻叫阿曼達的雌猩猩作為試驗物件，並在試驗前教她一些手勢用來與人溝通，以便了解阿曼達。

　　有一天，艾蘭告訴阿曼達，他打算把愛滋病毒注入其體內作試驗時，阿曼達一聽完便哭了。牠用手勢說：你怎麼能這樣對我？難道你看不出來我已經愛上你了嗎？艾蘭一看，為此感到震驚與感動，他激動地將黑猩猩抱在懷中，並用手勢說：我也愛你，絕不把愛滋病毒注入你的身上。（蔡天起，2007：152～153）

　　1970 年 10 月間，數以百萬計的蘇聯讀者從《真理報》上首次看到植物會把情感傳遞給人的報導。記者在採訪內容中提到：我親眼看見，一粒大麥芽確確實實在根部浸到熱水的時候嚎叫出來。不錯，植物的「說話聲」必須靠著特殊且敏感度極高的電子儀器來記錄，而寬幅紙帶上顯現的是「湧流不止的淚水」。記錄比如同瘋了一般，在記錄紙上來回比畫著大麥芽的無限痛苦。如果只看這大麥芽的外表，實在想像不到它正受著什麼折磨。芽葉儘管又綠又挺，它的「有機組織」已經在死亡。麥芽內部的某種「大腦」細胞把真情說了出來。（Peter Tompkins，1998：62～63）

　　這兩則案例只是眾多案例其中幾則，為了讓案例更具說服力，除了書中的案例之外，我也舉了生活中常見的例子（例如動物神──虎爺、石敢當、樹頭公等），及相關新聞作為佐證。學生有了這些認識，對於進行非人採訪會更有動力、更具信心去實踐所交付的任務。

　　另外，我也從書中整理了一些採訪技巧，讓學生運用於非人採訪中。例如有耐心、有禮貌的態度、整潔的服儀、尊重的心情、恰當的行為、耐心的等待與問答、詳實的記錄等等，這些都是屬於採訪中很重要的小技巧，也值得學生從非人採訪中去學習的。

　　我希望能藉著檢視「非人採訪術」對學生語文學習的助益，提供教學者一個可參考施行的學習活動，讓傳統的語文教學能有更不同的樣貌。

第二節　實施的流程與工具運用

　　本研究實施教學的班級是六年級一個班，因為我本身擔任班級導師，所以課務的部分可以與學生溝通後調整。當然，進行教學前，也與學生先行討論過是否同意進行教學。學生對教師研究的主題相當感興趣，且因平時課業壓力較大，沒有機會參與學業以外的活動，因此聽到可以做「上課」以外的事情時，都非常興奮。所以全班一致同意，利用時間進行「非人採訪」教學。我主要利用語文課與綜合活動課的時間，每次連續兩節，每週四節，共進行四週的教學，以利於完整進行。本班學生原有 31 位，但因一位為特教學生（輕度智能障礙，且有過動傾向），國語和數學課時間需抽離到資源班上課，因此無法參與本研究所安排課程，其餘學生全部參加，共 30 位學生，並分成 5 組進行，每組 6 人。

　　分組方式採合作教學中提到的「異質性分組」，先以成績初步篩選後，再以組員能力作調整：說話能力、寫作能力，或者是較活潑、較文靜的分在同一組。因此，每個小組的成員裡，都各自有擅長聽說讀寫作，也就是語文能力稍好的成員，當然也有極需要學習成長的學生。另外，每位小組都有活潑的組長或副組長可以帶領，讓活動更有趣、更順利。另一組長或副組長則較文靜，負責管控流程與秩序，避免太過興奮而影響採訪品質。

表 7-2-1　班級分組編碼一覽表

班級	六年 A 班				
組別╲組員	第一組	第二組	第三組	第四組	第五組
組長	S3	S20	S22	S4	S28
副組長	S16	S17	S26	S5	S23
組員 1	S2	S1	S6	S11	S7
組員 2	S13	S12	S8	S14	S10
組員 3	S29	S25	S9	S19	S15
組員 4	S30	S27	S21	S24	S18

　　課程實施部分，每次採用連續兩節課，每節課 40 分鐘，共 80 分鐘。第一次課會先說明什麼是非人？什麼是採訪？什麼是非人採訪？第二次課以後，說明的部分會減少，而採訪、整理和檢討的時間會增加。也就是第二次課以後，讓學生熟悉採訪的技巧與試著集思廣益去解決過程中發生的問題。

　　每次進行教學，都由施測者我與學生擔任觀察者，並邀請隔壁班導師擔任參與觀察者的角色。實施進程如下：

表 7-2-2　第一週非人採訪教學進程表

日期╲組別	2011.05.03	2011.05.05	備註
第一組	認識非人、採訪、實際採訪	實際採訪動物、發表、檢討	
第二組	認識非人、採訪、實際採訪	實際採訪動物、發表、檢討	
第三組	認識非人、採訪、實際採訪	實際採訪動物、發表、檢討	
第四組	認識非人、採訪、實際採訪	實際採訪動物、發表、檢討	
第五組	認識非人、採訪、實際採訪	實際採訪動物、發表、檢討	

表 7-2-3　第二週非人採訪教學進程表

組別 ＼ 日期	2011.05.10	2011.05.12	備註
第一組	實際採訪動物、發表、檢討	實際採訪植物、發表、檢討	
第二組	實際採訪動物、發表、檢討	實際採訪植物、發表、檢討	
第三組	實際採訪動物、發表、檢討	實際採訪植物、發表、檢討	
第四組	實際採訪動物、發表、檢討	實際採訪植物、發表、檢討	
第五組	實際採訪動物、發表、檢討	實際採訪植物、發表、檢討	

表 7-2-4　第三週非人採訪教學進程表

組別 ＼ 日期	2011.05.17	2011.05.19	備註
第一組	實際採訪植物、發表、檢討	實際採訪礦物、發表、檢討	
第二組	實際採訪植物、發表、檢討	實際採訪礦物、發表、檢討	
第三組	實際採訪植物、發表、檢討	實際採訪礦物、發表、檢討	
第四組	實際採訪植物、發表、檢討	實際採訪礦物、發表、檢討	
第五組	實際採訪植物、發表、檢討	實際採訪礦物、發表、檢討	

表 7-2-5　第四週非人採訪教學進程表

組別 ＼ 日期	2011.05.24	2011.05.26	備註
第一組	實際採訪礦物、發表、檢討	心得分享與訪談	
第二組	實際採訪礦物、發表、檢討	心得分享與訪談	
第三組	實際採訪礦物、發表、檢討	心得分享與訪談	
第四組	實際採訪礦物、發表、檢討	心得分享與訪談	
第五組	實際採訪礦物、發表、檢討	心得分享與訪談	

　　第一週的第一次課程安排是先認識「非人」、「採訪」等概念，教師會帶入相關案例探討與萬物有靈的概念。利用電腦在電視上秀出一些案例的 WORD 檔案與網路連結，並與學生討論「萬物有靈」的概念。讓學生自由發表，讓學生認識非人、了解人和非人是可以相互交流溝通的。

接著再介紹各項採訪非人的時間向度：單一時段截取式、連續時段的專題報導式以及間歇時段的類拼貼式有什麼差異，該採取什麼樣的向度進行採訪。接下來提到非人採訪的技巧：營造唯美的經驗、緩提問及其觀察或聆聽動靜和投射思緒與驚奇遇合，讓學生了解什麼非人最適用什麼技巧，但不論什麼技巧都可穿插運用。最後，提醒學生跟採訪人的不同處，要求學生特別注意。全部講解完畢後再討論採訪目的，請學生仔細思考要了解非人什麼？想知道哪些事情？再針對目的去研擬提問，並設想非人可能的回應情況。準備就緒後，便由教師帶出教室外進行實際採訪，導師在此時要檢視各組採訪的情況，同時隨時提醒他們該注意的事項，以及在各小組間來回巡視，並做初步的觀察記錄。學生這時除了採訪、文字記錄外，也可利用錄影、錄音工具輔助。最重要的是要留意學生的安全與秩序。例如不要讓學生採訪有危險性的動、植物：大型動物、有毒動植物、或具有攻擊性及自我防衛機制的動植物。另外，讓學生能儘量遠離教室，避免干擾其他班級上課。

採訪結束後，全班回到教室便開始撰寫新聞稿。這時務必請學生根據小組的採訪內容進行寫作，可由小組完成一份即可。結束後分組口頭報告採訪成果與新聞稿；報告完畢後，再請各組進行討論，檢視自己小組的優缺點與其他組的優缺點，並詳實記錄檢討，以便下次採訪時改善。最後請學生發表採訪心得，並由教師總結整個活動。學生再利用最後的時間或回家寫完採訪心得記錄單，完成一次採訪工作。

第一週的第二次課以後，就是依據動物、植物、礦物的順序安排採訪課程，目的是要學生更熟悉採訪流程與技巧，並修正前面所檢討的錯誤和缺點。例如採訪時嘻笑打鬧，不夠尊重；研擬問題時不夠深入，也不具有連貫性；營造採訪的氣氛；遇到沒回應時要有耐性，並多問幾次；注意禮節，善用請、謝謝、對不起等禮貌用語；記錄不夠詳細，撰寫採訪稿有點潦草；發表採訪結果時有點膽怯，要多練習等缺失。但因為是第二次進行，除了請學生更專注之外，教師不用急著要求學生立即改進，但要每次都有進步。特別是提問設計和提問方式，

以及等待回應的部分，都要加強。畢竟設計是按照動物、植物、礦物的順序，而這三種非人的特性，就是活動力愈來愈弱。也就是說，非人的回應可能很細微，學生假使不夠用心，就很難覺察出變化。如此一來，採訪的品質與成效就會受到影響。所以在接下來第二週、第三週及第四週的採訪課程中，教師除了隨時提點學生缺失，要求慢慢改進之外，也不要忘了隨時鼓勵，畢竟學生還是需要肯定才會更有動力成長。最後一次課，再進行心得分享與訪談，讓學生發表這幾週的心得、自己的優缺點以及課程實施前後的變化。教師要詳細記錄、給予適度回饋與獎勵，並且要在學生發表完後給予評論與總結，讓學生更清楚的明白自己哪些部分進步了？哪些還要加強？以作為未來再進行類似課程的依據與參考。

前面提到課程設計的部分為每次 3 節課，共 120 分鐘。基於運作方便，就以第一次課作為課程設計範本，並針對單一時段時間類別與相關採訪向度來設計。其餘課程可依據此範本另作調整，如果學生對非人的特性夠熟悉，那就可著墨在採訪時間向度的運用及技巧的熟練；如果不夠熟悉，那就得花些時間與學生討論非人（受訪者）的特性。畢竟熟悉受訪者在採訪過程中是必備的條件之一，這是必須要求學生要完成的功課（可在課程進行前就先請學生找好採訪對象，討論其特性並擬定相關提問、設想回應）。

表 7-2-6　〈非人採訪術第一次課程〉教學活動設計

單元設計	非人採訪術	教學對象	海天國小六年 A 班
設計者	黃獻加	教學人數	30 人
教學場地	六年 A 班教室、校園各處	教學時間	共 3 節課，120 分鐘
教材來源	新聞、報章雜誌、專書所探討的「非人」、「萬物有靈」案例與採訪方法，以及教師針對「非人」所設計的採訪向度、技巧。		
教學資源	電腦網路、電視、WORD、學習單、記錄單、前後測問卷、攝影機、錄音機、音樂播放器。		
教學目標	一、提升學生聽、說、讀、寫、作的基本語文能力。 二、藉著學習非人採訪術，改變心性，進而改善人際關係。		

活動名稱	教學活動內容	時間	十大基本能力	能力指標	教學目標	教學評量
大千世界樂趣多	一、準備活動 (一) 教師部分 　1.預先實施前測問卷。 　2.準備「非人」與「萬物有靈」相關案例、報導。 　3.準備採訪技巧與注意事項檔案。 　4.準備採訪記錄單、學習單。 (二) 學生部分 　1.完成前測問卷。 　2.請學生攜帶音樂播放器、錄音工具或攝影機，並閱讀老師提供的相關資料。 二、發展活動 (一) 活動一：大千世界樂趣多 　1.討論什麼是「非人」。 　教師提問：你們覺得什麼是「非人」？「非人」能跟我們溝通嗎？請舉例說明。 　S：不是人的都是非人，可以。 　S：動物，可以，有的動物會發出聲音。 　S：植物，可以。 　S：石頭，不可以。 　S：外星人，可以。 　S：鬼，可以，例如乩童就可以跟鬼溝通。	10	4.表達、溝通與分享。 10.獨立思考與解決問題。	2-3-1 能培養良好的聆聽態度。 2-3-2-7 能正確記取聆聽內容的細節與要點。 3-1-2 能有禮貌的表達意見。 3-4-4-4 能養成主動表達的能力和習慣。	提升學生聽、說、讀、寫、作的基本語文能力。 藉著學習非人採訪術，	能以細聆聽、思考並踴躍發表自己的意見。 能仔細閱讀，並與同學分享。

		教師總結：小朋友都很不錯，發表了很多意見。現在請你閱讀老師發的資料，再回想剛剛同學發表的，是不是有符合？剛剛有小朋友提到，非人就等於不是人。也就是說，除了人以外的都算。那非人究竟能不能和人溝通，請你們看資料上的案例，發現了嗎？不論是動物、植物、礦物以及剛剛有人提到的「鬼」都算非人的一種呵！但是「外星人」不算呵！因為外星人具有類似「人」的外型，所以我們把它定位為人。有很多人與非人溝通的案例。所以不要小看所有非人呵！他們都是這世界上的生命，這個世界是不是無奇不有？面對所有生命，也就是所有非人，我們都應該給予尊重呵！		5-3-5-3 能用心精讀，記取細節，深究內容，開展思路。 5-3-8-1 能討論閱讀的內容，分享閱讀的心得。	改變心性，進而改善人際關係。	
		2. 討論什麼是採訪？ 教師提問：小朋友，你覺得什麼是採訪？採訪要用來作什麼？請舉你看過的例子說說看。 S： 採訪就是人去訪問，像新聞就是採訪的一種。	10			

		S： 採訪就是去問別人一些事情，報紙裡面的報導也算。					
		S： 採訪是記者去問別人一些問題。新聞報導都算是採訪的一種。					
		S： 我們去問別人問題，別人回答我們，我們把它記錄下來，就是採訪。					
		教師總結：剛剛小朋友都說得很不錯呵！老師總結剛剛聽到的，採訪就是我們去針對某一個人或某一件事，把我們想知道的事情列出來後，再去作訪問的動作，用訪問來解答我們的疑問，這個動作就是「採訪」。常見的新聞報導、報紙、雜誌這些都是採訪後的內容。而採訪包含了記者、攝影師、SNG 車等角色呵。這樣，明白什麼是採訪了嗎？					
		3. 討論採訪的技巧。 教師提問：既然大家都知道什麼是採訪了，那老師想問，你們知道採訪有哪些要注意的地方嗎？請你想想看，並且把你的想法分享給大家。	10				

		S： 要有禮貌，要先問候他們。 S： 要先約時間，然後把工具帶齊全。 S： 要有攝影機和錄音筆，然後有人擔任記者再過去採訪。 S： 要專注地看著受訪者，仔細記錄他講的話。 S： 不可以問會刺激人家、影響別人情緒的問題。 S： 要注意聽受訪者說的話，還要觀察他的表情與動作。 S： 每個人問他一個問題就好，輪流問，這樣採訪就結束了。 教師總結：剛剛小朋友發表得很好，很多重點都有提到呵！很棒！老師整理同學說的幾個重點：1.採訪不是隨便問一問就好，要注意禮貌和態度，尊重受訪者。				
小小記者 採訪去		2.採訪人要先約時間，非人的話倒是不用，但要先詢問它是否願意接受採訪。3.採訪過程中，除了問問題的語氣之外，還要留意對方的表情、口氣、情緒等，因為這些都是受訪者留	4.表達、溝通與分享。 5.尊重、關懷與團隊合作。	2-3-2-7 能正確記取聆聽內容的細節與要點。 2-3-2-8 能從聆聽中，思考如何解決問題。 3-3-2-1	提升學生聽、說、讀、	能以細聆聽、思考並蹲

		下的線索。4.提問的問題不能太尖銳，有時候會涉及別人的隱私，所以設計問題的時候要注意。5.因為非人有時回應比較不明顯、或者比較慢，所以小朋友要更用心、更有耐心的去觀察，如果發現它沒反應，也可以再問一次試試看，千萬不要有不禮貌的言語出現。6.如果觀察到一些回應，請你設身處地，站在它的角度思考同樣的問題，你會如何回答，再記錄下來。這些都會是撰寫採訪稿的依據。以上幾點，大家都了解了嗎？那我們就要實際進行採訪咯！ (二) 活動二：小小記者採訪去 1.設定採訪對象 　教師提問：剛剛我們已經認識非人、採訪和採訪技巧等觀念。接著我們要進行實際的非人採訪了，本周我們先進行動物的部分。場地就在校園內，請小組先行討論想採訪的對象，每組列舉兩個以上，並派代表報告。 S：螞蟻、蜘蛛、小狗。 S：蜥蜴、小鳥、蜘蛛。	7.規畫、組織與實踐。 9.主動探索與研究。 10.獨立思考與解決問題。 10	能具體詳細的講述一件事情。 3-3-3-1 能正確、流利且帶有感情的與人交談。 3-3-3-2 能從言論中判斷是非，並合理應對。 3-3-3-3 有條理有系統的說話。 3-3-4-2 能在討論或會議中說出重點，充分溝通。	寫、作的基本語文能力。 藉著學習非人採訪術，改變心性，進而改善人際關係。	躍發表自己的意見。 能參與小組討論，並適度發表。 能在採訪做好自己該做的工作。

新聞開播咯！							
新聞開播咯！		S：蝴蝶、蜜蜂、瓢蟲。 S：金龜子、毛毛蟲、蝴蝶。 S：蜻蜓、松鼠、小鳥。 教師總結：大家都回答得很不錯，這次採訪我們設定一種動物就好，另一種留待下次課程再進行。待會分配完後，各小組由組長帶領，根據你們想了解有關非人的事物，去擬定問題，問題和問題之間具有連貫性更好。第一組採訪小狗；第二組採訪蜘蛛；第三組採訪螞蟻；第四組採訪毛毛蟲；第五組採訪小鳥。請先擬好一個採訪目的，再針對目的去設計問題。加油！你們很棒！ 2.討論工作分配 教師提問：討論完問題之後。老師想請問採訪工作有那些角色？ S：有記者。 S：攝影師。 S：燈光師。 S：音效。 S：有人負責記錄。 教師總結：回答得很好，基本上一個記者可以完成所有採訪，但是負擔較大。我們把工作劃分細緻一點。大概有	15	1.了解自我與發展潛能。 4.表達、溝通與分享。 5.尊重、關懷與團隊合作。	2-3-1-2 能仔細聆聽對方的說明，主動參與溝通和協調。 2-3-2-1 能在聆聽過程中，有系統的歸納他人發表的內容。 2-3-2-7 能正確記取聆聽內容的細節與要點。 2-3-2-8 能從聆聽中，思考如何解決問題。 3-3-1-1	提升學生聽、說、讀、寫、作的基本語文能力。	能以細聆聽、思考並踴躍發表自己的意見。

		幾個角色：新聞記者（負責採訪）、文字記者（負責記錄）、攝影記者（負責攝影或錄音）、燈光與音效師（負責營造氣氛）、現場控制（負責提醒時間、掌控秩序），共五種角色，為了詳細記錄，文字記者的部分要有兩位，這樣可能比較來得及。接下來一樣請組長負責分配工作。基本上每一位小組成員的工作每次都不一樣，老師希望你們每次採訪都能有不同的體驗。		能和他人交換意見，口述見聞，或當眾作簡要演說。 3-3-2-1能具體詳細的講述一件事情。 3-3-3-3有條理有系統的說話。	藉著學習非人採訪術，改變心性，進而改善人際關係。	能參與小組討論，並適度發表。 能聽懂他人的發表，並給予回饋。
		3. 實際採訪 　教師：討論分配完工作後，接下來就要實際出去採訪，請各位小朋友攜帶自己用的到的工具，注意安全與秩序，不要干擾其他班級上課，老師會隨時移動到各組巡視，有問題再立即提出來。	25	4-3-3-3能用正確、美觀的硬筆字書寫各科作業。 5-3-8-1能討論閱讀的內容，分享閱讀的心得。		能完成一篇採訪記錄。
		(三) 活動三：新聞開播咯！ 　1. 各組整理採訪稿並分享 　　教師：各組都已經完成第一次的採訪工作，很棒！接下來請各組整理自己所採訪到的內容。討論過後派代表上來分享，這次沒輪到的，以後還有機會，老師希望	20	6-3-2-2能練習利用不同的途徑和方式，蒐集各類寫作的材料。 6-3-4-2		

		每個人都能上臺發表，訓練自己的口才與膽量。 S：我們問了螞蟻昨天吃了什麼？螞蟻跑了很大的一圈，看起來很像蕃茄或蘋果的形狀，所以我們覺得螞蟻的回答是：我吃了一顆很大的蘋果（蕃茄）。 S：我們問了小鳥你的好朋友是誰？小鳥把頭轉向另一隻小鳥，並且點點頭，因此我們推測小鳥的回答是：我的好朋友在那裡。 S：我們問蜘蛛你平常喜歡做什麼？蜘蛛往下爬，然後吐了一條絲，在蜘蛛網的底下盪來盪去。所以我們推測蜘蛛的回答是：我平常閒來無事，最喜歡盪鞦韆了，你要不要一起來參與啊！很好玩啊！ S：我們採訪了毛毛蟲，問他平常會在哪睡覺，毛毛蟲便移動到樹葉下面，繼續吃東西。因此，我們推測毛毛		能配合學校活動，練習寫作應用文（如通知、公告、讀書心得、參觀報告、會議記錄、生活公約、短篇演講稿等）。 6-3-8-1能在寫作中，發揮豐富的想像力。	

| | | 蟲的回答是：我平常都會在葉子下面，邊吃邊睡覺，多輕鬆自在啊！

S：　我們採訪了校門口旁的小狗，問牠為什麼會到這裡流浪？會不會討厭人類？小狗沒有理會我們，只是一直吃東西。所以，我們推測小狗的回答是：不要吵我，我就是被你們人類遺棄，才會到這裡來，我討厭你們。或者是我已經很難過了，不要來打擾我，我好想我的主人。

教師總結：哇！你們好棒呵！這麼豐富的採訪內容，出乎老師的預料耶！你們是不是也很驚訝？有沒有覺得其他組的分享讓你覺得很特別？老師很高興在過程中大家都很用心，所以有這麼豐富的採訪內容，剛剛大家都很專注討論採訪稿，並且練習寫作，內容很有趣、很有想像力，而且專心聆聽其他組的發表，這樣很棒！給自己一個愛的 | | | | |

	鼓勵！ 2. 相互檢討採訪成果 　剛剛各位都已經聽完了 　各組的採訪內容，接下 　來請各組討論剛剛採訪 　到的，或其他組所發表 　的，不論是優、缺點都 　可以提出建議。 　S：我們覺得剛剛採訪 　　　小狗的那組很棒！ 　　　他們想了一些不同 　　　的答案。這是我們 　　　沒想到的。 　S：我們認為剛剛採訪 　　　螞蟻的，應該還可 　　　以問一些有關螞蟻 　　　天敵的事情，應該 　　　會很有趣。 　S：我們覺得剛剛採訪 　　　蜘蛛的那組很有 　　　趣，很有想像力， 　　　居然還會聯想到蜘 　　　蛛盪鞦韆，好好玩 　　　呵！ 　S：我們組覺得採訪小 　　　鳥的那組很厲害， 　　　小鳥都會飛來飛 　　　去，還可以訪問 　　　到，真棒！ 　S：我們組有些組員覺 　　　得自己不是很用 　　　心，所以沒注意 　　　到動物的反應，然 　　　後又看到其他組這 　　　麼豐富，覺得很對	20				

| | | 不起，我們下次採訪會更用心。教師總結：各組檢討的內容很棒，老師很感動。有些組員已經能檢討自己的缺點，剛剛老師聽到了很豐富、很有聯想力的採訪內容。如果可以在細節上更用心、更專注在採訪、觀察、等待回應及詳細記錄，老師覺得下次採訪一定會有更令人驚豔的成果，大家繼續加油！給自己一個愛的鼓勵！ | | | | |

第三節　資料蒐集及其分析檢核

一、質性研究的相關討論

　　本研究開始撰寫時就已經設定目標：理論建構配合實務印證的歷程。而實務探索，便不能不提到質性研究的方法，畢竟質性研究是實務印證的模式之一。

　　質性研究在定義上是不經任何統計程序或其他量化過程而產生結果的研究方法。可以運用在對人的生活、社會運動或人際關係的研究。人們的故事、行為以及組織運作。（徐宗國譯，1997）質性研究相較於量化研究，缺少了「量化」的概念，容易在研究中被批評為不夠客觀、不夠嚴謹、侷限於個案討論；但量化研究也不免被質疑其信度的問題，也就是量化數據的「可操作性」、「複製性」與可「重製性」，容易讓人對運用此研究方法的相關成果存疑。但質性研究蘊含了外在信度和內

在信度等雙重意涵，外在信度是整個研究者的研究過程，對研究者本身的澄清、研究目的的設定、概念命題的建立、現實情境的分析、資料蒐集的完整性以及分析訊息的方法與客觀度，作適當妥善的規畫整理，以提高研究成果的信度；而內在信度是指研究者在研究過程中，同時運用多位觀察員對同一現象或行為進行觀察，然後再從觀察結果的一致程度來說明研究值得信賴的程度（而這些可以綜合透過三角交叉對照、三角測量、參與者的查核、豐富的描述、留下稽核的記錄和實施反省等來「確保」它的可信性）。（高敬文，1999：85～92）

在效度方面，量化研究的部分是指研究工具是否能測量到研究者所設定概念、問題的正確程度，或者數據本身是否能呈現研究者想探討解釋的課題；而質性研究的部分依舊隱含了內在效度和外在效度的雙重意涵。所謂內在效度，指的是質性研究者在研究過程中所蒐集到的資料的真實程度以及研究者真正觀察到所希望觀察到的；而所謂外在效度，則是指研究者可以有效地描述研究對象所表達的感受或經驗，並轉譯成文本資料；然後經由厚實描述和詮釋的過程，將被研究對象的感受和經驗透過文字、圖表和意義的交互運作程序予以再現。（胡幼慧，1996：142～147；潘淑滿，2003：92～97）

由此可知，質性研究有量化研究所達不到的信度與效度；即使質性研究所擬定的向度與命題、設定的研究對象、及深度訪談的內容與記錄，同樣操控在「研究者」手中，透過研究者的權力意志去行使，所以仍舊脫離不了「理性客觀」和「純正不雜」的質疑聲浪。（周慶華，2004b：208）但可以確定的是，量化研究中所提的證據，是研究者所發問卷回收整理統計而得的數據，而這數據會受到兩個層面的影響：研究對象和研究者的主觀意識與自由心證，且較深入、隱私及複雜性問題並無法從問卷去發問，而問題設計的程度上的差別又難以定義，全憑研究對象的意識而定。例如在問卷上設計這樣的一個問題：「校長對所有同事都一視同仁。」這樣的一個問題在回答的部分設計：非常同意、有點同意、同意、有點不同意、非常不同意等五個選項，除了最前和最後兩個選項之外，中間三個選項在程度上如何去規範，這部

分是研究者很難去界定的。而質性研究的好處就在於可以作深度的訪談，並能運用三角檢測與參與觀察者檢測來作更「客觀」的說明與解釋。深度訪談的部分，歐用生（1992）指出訪談的目的主要是蒐集受訪者對特定事件或生活經驗的主觀感受，因此藉由不預設立場的提問、避免形式化的問答，改以雙向、討論、互動的對話過程，才能蒐集到豐富且真實的資料。高淑清（2008）指出質性深度訪談（in-depth interview）採用半結構或非結構的訪談方法，讓受訪者有彈性空間說出他們對生活經驗的主觀感受。張宏旗（2010）也曾提到質性研究的深度訪談則是採用文字為資料描述人類經驗或行為（現象）的研究，也是普遍以描述受訪者的書面資料、所說的話或是可以觀察到的行為進行分析。因此，運用深度訪談不僅能讓營造一個無壓力、無預設立場的氛圍，讓研究對象能暢所欲言（這部分當然視研究者的引導方式而定），更能讓研究者實際檢視研究成效，關照到每一個研究對象的獨特經驗，探索經驗背後寶貴的意涵；而不單只是程度的差異上，更有實際體驗的意義存在，這也是質性研究裡具有相當價值的一部分。

　　三角檢測在本研究來說是根據訪談記錄、觀察記錄與前後測問卷來交互印證。但實際上三角檢測並不是只有「三樣」，而是可以「三樣」以上，研究者本身可選擇可互補的研究方法與材料來運用，讓研究更為客觀。參與觀察者檢測在本研究中則是包含了第一觀察者的記錄、第二觀察者的記錄、第三觀察者的記錄。因此，整個理論建構與教學流程就是一個信實度的檢驗歷程。而本節所提出的資料，便是用來檢視本研究的信實度。

　　綜合來說，質性研究特別重視研究對象與研究者間的互動，也較容易深入研究對象的個人特質與與貼近施行情況。而研究者本身除了把自我設定的理念傳達進研究中以外，其餘所覺察的現象、運用的方法或蒐集到的資料，都要儘量以客觀角度去詮釋說明，避免淪於「主觀」的責難。但畢竟研究對象是研究者所「選」所「觀」的（它沒有獨立自主性），而整個訪談的過程和最後的分析詮釋也一再受到研究者的「設定」和「前結構」的制約，根本沒有所謂的「客觀性」和「純

粹性」可以標榜。（周慶華，2004b：208）因此，為了降低不夠客觀的質疑與提升研究的信實度，我作此研究先以理論建構為基礎，再以實務印證的方式來檢視成效。在本節中，將進行實務印證的資料蒐集、編譯與分析，透過檢核資料來印證第四章到第六章的非人採訪術理論建構的實際成效。

二、資料分析的概念

資料的分析是指有系統性的搜尋及組織研究中蒐集資料的過程，以利增進研究者對資料的理解與發現。研究資料分析的步驟是針對教學現場中與研究相關的材料資訊，先行轉譯、閱讀、編碼及不斷的反思與校正，並尋求客觀與變通的解釋，進而撰寫研究報告。（徐宗國譯，1997）綜合上述，研究者先行將資料作一番整理歸納後，再與自行建構的理論相互印證，是實施成果的傳與否來檢視研究成效。本研究的實務印證中，便依下列概念進行：

（一）資料轉譯

我將研究過程中所蒐集來的語文成品與類語文成品，逐一轉譯為文字資料，包括：第一觀察者觀察日誌、第二觀察者採訪日誌與前後測問卷、第三觀察者觀察日誌、實際教學與訪談所錄製的影音資料。透過三角檢測的方式，與理論相互印證。

（二）資料閱讀

我將轉譯的資料詳細閱讀吸收後，觀察資料所呈現的訊息。依據訊息了解學生學習狀況與進展，再針對教學作適度調整。

（三）資料編碼

我將蒐集來的眾多資料逐一編碼，利於搜尋辨識。並根據研究目的將資料分類，作為解釋現象的參考。

（四）反思與校正

我對於所有資料所呈現的狀況抱持相當客觀的態度，畢竟研究是要展現理念的可實施性、可參考性及普遍性。如果過分的造假或主觀意識操弄，則容易遭受批評。因此，對於資料所表現的跡象，都應以開放的態度接納建議，並思考如何改善，這樣才會是一個有效且能供人檢證的教學研究。

（五）研究報告撰寫

我將有關非人採訪術的理論建構、教學過程觀察、學童撰寫的前、後測問卷與採訪日誌與心得、第三觀察者的觀察記錄等資料，析理出的研究發現與成果，撰寫出研究報告，這部分留待後面章節再進行綜合分析。

為了凸顯本研究的信實度，將採三角檢測，由第一觀察者、第二觀察者及第三觀察者三個角度分別進行檢核：第一觀察者我在研究中進行觀察研究日誌的記錄、資料檢視整理與調整課程內容、於課程結束後進行訪談；第二觀察者在課程進行前實施前測問卷，過程中撰寫採訪日誌與採訪記錄心得，課程結束後實施後測問卷，並提供訪談以了解實際學習情況，作為修正課程的依據；第三觀察者由同學年教師擔任觀察員，除了觀看第一觀察者教學情況外，也留意第二觀察者在課程進行中的回饋與反應，尤其是第一觀察者容易忽略的細微動作行為，並留下記錄供第一觀察者參考。透過這樣多面向的檢核，詳細記載非人採訪術的優缺點及非人採訪術的理論架構與實際教學的結合，作為日後再教學時或供其他教學者運用的依據。

三、觀察記錄與訪談資料的呈現

為了提高本研究的信效度，接下來便是依據實際教學流程作資料的呈現與說明。

（一）前測問卷

　　為了了解學生的起點行為：對自身語文能力的想法，以及採訪和非人的初步認識。要進行非人採訪前，請學生針對自己的語文能力作個評價，在聽、說、讀、寫、作的部分，針對自己覺得比較不足的部分作敘述，並在課程實施前寫下自己的期待。再針對「採訪」與「非人」等概念作預先測試，檢視學生未進行前的初步想法。以下先就學生對自身語文能力的評價進行整理，再加入第一觀察者與第三觀察者記錄進行分析。第一和第三參與觀察者記錄包括學生回饋與兩位教師的事後討論，因為每次課程結束後，除了隨機找學生訪談之外，兩位觀察的教師都會分享彼此所觀察到的現象。我會請第三觀察者（隔壁班教師）提出較具體的建議與想法，在下次課程進行前作調整。因此，內容不只是單純的課堂記錄，但基於敘述與閱讀方便，不再另外獨立出來敘述。

1.學生對自身語文能力普遍認為有進步空間

　　　　我覺得自己在寫的部分不是很好，尤其是字體。然後說的部分也常會緊張，上臺都會結巴。我希望自己能多訓練說話，讓自己說得好一點。

（前學生 a 摘 2011/5/2）

　　　　我的作文比較不好，常常都寫不出東西來，每次都要想很久。希望自己腦袋能裝多一點東西，才能把作文寫好。

（前學生 b 摘 2011/5/2）

　　　　我覺得自己看書的速度很慢，每次借書我都看不完就要還給圖書館或再借，真希望我讀書的速度能變快。

（前學生 f 摘 2011/5/2）

　　教師上課在講話，我常常會不專心聽，所以都會沒聽到教師說什麼。我希望自己能更專心一點。」

（前學生 g 摘 2011/5/2）

　　我的作文很爛，每次都不知道要寫什麼，就隨便亂寫，然後分數都很低。所以我希望自己能進步。

（前學生 m 摘 2011/5/2）

　　我每次上課被教師叫起來，腦袋都一片空白，常常不知道要說什麼，希望自己膽量大一點，不要害怕上臺。

（前學生 o 摘 2011/5/2）

　　我每次功課都被教師退回去，因為我字都亂寫亂拼，每次教師都說看不懂，要我重寫，所以我希望自己能多認識一些字。

（前學生 t 摘 2011/5/2）

　　我覺得自己的語文還可以，只是有時候寫作文沒注意到句子，不夠通順被教師挑出來而已。我希望自己能專心一點，這樣就沒問題了。

（前學生 u 摘 2011/5/2）

　　上課時我常沒注意聽教師在說什麼，每次回去作業都不太會寫，都要去問別人。

（前學生 v 摘 2011/5/2）

　　我覺得自己最糟糕的是說話，每次我都會停格，想一下要說什麼，我希望自己能更流暢一點。

（前學生 y 摘 2011/5/2）

　　我作文超爛的，每次只要有出作文功課，我一定都把它留到最後，如果作文範本有類似的就抄一下，如果沒有就叫姐姐教我，我最討厭的功課就是作文。

（前學生 a2 摘 2011/5/2）

　　我覺得自己最要改善的是字，我都寫很快，字很就很難看，常常被教師退貨，我希望自己能改善這一點，不要亂寫。

（前學生 b2 摘 2011/5/2）

　　我最害怕上臺說話，我都會覺得很不好意思，每次講錯同學都會笑我，我就不知道要說什麼，所以我希望能改進這一點。

（前學生 c2 摘 2011/5/2）

　　我上課常常被教師提醒要注意，但是我就是會想摸東摸西，希望自己可以更專心，改善自己聽的習慣。

（前學生 d2 摘 2011/5/2）

　　從上面學生所寫的問卷內容可以發現，學生對於自己的語文能力大多不是很滿意，即使是如學生 u，也覺得自己還有需要改善的地方。學生 u 是班上語文能力非常凸出的學生，對自己有這樣的評價，可想而知是他們對於自身能力都希望能夠再精進。而從這些問卷的回答也可以發現，學生的問題不僅只有聽、說、讀、讀、寫、作等語文能力而已，還有自覺態度上的缺點。我認為這對學生來說是一個不一樣的思考模式，也是很大的突破，畢竟要學生自省自覺是相當不容易的，這非常值得鼓勵。而因為匿名的問卷也讓學生能毫無壓力的暢所欲言，不僅學生有深刻的體悟，也讓教師對於學生的語文能力和對語文的態度有更深的了解。這部分是沒經過問卷調查而無從得知的。在此先用一個表作為學生意見概略的整理：

表 7-3-1　學生自覺語文能力缺點整理（一）

項目	聽	說	讀	寫	作	心性態度	備註
人數	3	20	15	18	26	27	共30人，可重複

表 7-3-2　學生自覺語文能力缺點整理（二）

缺點數目	一項	兩項	三項	四項	五項	六項	備註
人數	2	12	9	5	2	0	共 30 人，不可重複

以下是兩位教師對學生語文能力的看法：

本班學生的語文能力普遍不高，聽、說、讀、寫、作均衡發展的只有兩位學生，其餘學生至少都有一項以上需要改進的部分。學習態度也是影響他們語文能力的重要關鍵。因此除了基本語文能力需要增進之外，學習態度的改善也很重要。

（觀一摘 2011/5/2）

貴班學生語文能力比我們班好，可能是導師有進行讀報教學的關係，不過我有發現兩三位特別凸出的，其餘的至少都有作文或說話方面的進步空間。

（觀三摘 2011/5/2）

由第一參與觀察者我自己平常所記錄的來談，聽、說、讀、寫、作五項基本能力都能維持一定水準的只有兩位學生，其餘的都還有某項能力需要加強，甚至有些學生有三項以上是需要特別努力的。而我在進行非人採訪前，曾進行讀報教育，學生的語文能力在實施期間（一年）已有進步，但仍有美中不足的部分：實施時間不足，成效打折扣。從表 7-3-1 可以看出學生對自己的語文能力都不是很滿意，尤其是作文和說話的部分。另外，學習態度也是亟需改善的。比較令人驚訝的部分是學生認為自己「寫」的部分不是很好，而且人數頗多。這凸顯了學生認為自身能力的缺陷跟教師所認定的是有落差的。造成這樣的狀況我認為是學生不夠用心，字寫得很潦草，且因態度較隨便，在完成作業簿檢查的情況下，錯別字也不少。從表 7-3-2 來看，學生覺得

自己只有一項缺點的居然只有兩位，兩項以上的高達 28 位，這顯示出
學生自我評估的嚴格程度與期待成長的渴望，即使呈現的數據不如研
究者預期（預期情況應該會更好一點）。不過學生有體悟到自己的缺
點，就有進步的機會。而我提供了一些學生的作文與上課情況給第三
觀察者（隔壁班導師）作為評斷學生語文起始能力的依據。由資料上
來看，隔壁班導師認為我的班級語文能力是比他們班普遍來的好，他
推測與實施讀報教學有關。但實際上夠水準的，也大概是少數幾位，
其餘都還要再充實自己。綜合來說，正因為必須讓學生的語文能力與
態度改善，所以這樣的條件提供了非人採訪術實施的可能性，研究結
果更是令人期待。

2. 學生對於「非人」的概念與看法

> 非人是指人類以外的東西，例如小貓、小狗、樹、小草、
> 外星人等。
>
> （前學生 b 摘 2011/5/2）

> 指人類以外的生物，例如動物、植物或者是小石頭、水滴
> 等物品，像是外星生物、細菌也都是。
>
> （前學生 c 摘 2011/5/2）

> 非人就是狗、貓、豬等動物或大自然等。
>
> （前學生 f 摘 2011/5/2）

> 我認為非人是指有生命的，會跟我們人類相處或接近的東
> 西，例如動物、昆蟲、外星生物等。
>
> （前學生 g 摘 2011/5/2）

> 非人是「不是人」的生命。我覺得山是非人，因為人住在
> 山上，都會把山的頭髮拔光光，所以山會生氣，常常引發土石
> 流來處罰人類。
>
> （前學生 h 摘 2011/5/2）

非人就是除了人以外的生物，例如貓、狗、螞蟻這些。

（前學生 j 摘 2011/5/2）

我覺得非人就是沒生命的、沒反應的，或聽不懂人類語言、或沒有語言的，都算是非人，例如狗雖然有生命、有反應，但沒有什麼語言，所以我認為牠就算非人。

（前學生 k 摘 2011/5/2）

非人就是那些與我們無法用言語說話的生命，像是貓、狗、或植物等。

（前學生 l 摘 2011/5/2）

非人就是動物、植物，他們雖然沒有辦法跟人類說一樣的話，但它們還是跟人類一樣有意識。

（前學生 n 摘 2011/5/2）

非人是除了人以外的東西，如植物、星球、黃金等，它可能沒有生命。

（前學生 o 摘 2011/5/2）

不是人類的都是非人，例如動物、植物、礦物、或者氣體、液體、固體，連外星生物都是。

（前學生 p 摘 2011/5/2）

非人就是並非是人的意思，是其他有生命的東西。例如外星人、石頭、大樹等。

（前學生 q 摘 2011/5/2）

非人不是人類，可能是動物或植物。

（前學生 s 摘 2011/5/2）

非人就是有自主意識，且能夠表達，但是能力沒有人類好，例如動物、植物、礦物或其他星球的生物等。

（前學生 u 摘 2011/5/2）

我覺得非人不是指人類，是指人類以外的。例如狗、礦物、貓、外星人和各種植物等。

（前學生 w 摘 2011/5/2）

非人是指動物、植物、礦物、外星生物，例如貓、狗、石頭、蚱蜢、螞蟻、花等。

（前學生 z 摘 2011/5/2）

非人就是動物、植物、房子、日常用品、大自然、大海、大雨，這些東西都不會像人一樣自由活動，也不會說話，但會表達自己想法的，都算非人。

（前學生 d2 摘 2011/5/2）

以下是兩位教師對學生發表解讀「非人」的看法：

學生對於「非人」的看法大多滿正確的，這部分很令人驚訝，畢竟沒有先備知識的他們，可以聽取教師單純解釋「非」等於「不是」的意思後便自行揣摩什麼是非人，實在很不錯。

（觀一摘 2011/5/2）

非人的概念很新穎、很特別，學生能答得出來算是滿厲害的，而且大多數都正確，比我們想像中還有潛力。

（觀三摘 2011/5/2）

由上面問卷摘取學生對非人的看法，可以看出學生對「非人」有一定的概念，雖然定義上跟教師的想法或多或少有些出入，但都不會偏離太遠。大部分學生對非人的想法就是：「除了人以外的生命，如動物、植物、礦物等。」比較特別的回應如：「外星生物」、「非人是沒有生命的」、「非人是日常用品」、「氣體、液體、固體」之類的回答，基本上我全盤接受並給予鼓勵，畢竟這部分沒有固定的答案。但由於本研究所設定的理論建構必須與實務印證相搭配，因此在實際教學中，教師仍有必要對學生釐清觀念與界定範圍。另外，值得一提的是，

雖然問卷上的問題：「你認為的『非人』是什麼？請稍加描述，並舉例說明。」只需要學生回答他們心目中的「非人」是什麼？有哪些屬於「非人」？但有學生的回答中提到其他與題目無關的內容，雖然有令人「答非所問」的感覺，但依舊有其參考價值。例如，學生 h：「非人是『不是人』的生命。我覺得山是非人，因為人住在山上，都會把山的頭髮拔光光，所以山會生氣，常常引發土石流來處罰人類。」學生 h 的回答雖然離題了，但他的回應不僅傳達了「萬物有靈」的概念，而且還去反思人類對非人造成的危害，思考的點非常好。

學生 n：「非人就是動物、植物，他們雖然沒有辦法跟人類說一樣的話，但它們還是跟人類一樣有意識。」

學生 n 認為非人是具有意識的生命，這個觀念很正確，也恰巧符合本研究的概念設定。

學生 u：「非人就是有自主意識，且能夠表達，但是能力沒有人類好，例如動物、植物、礦物或其他星球的生物等。」這部分想法很不錯，敘述也很正確，但非人的能力是否不如人這部分則可以持保留態度，開放全班討論。

學生 d2：「非人就是動物、植物、房子、日常用品、大自然、大海、大雨，這些東西都不會像人一樣自由活動，也不會說話，但會表達自己想法的，都算非人。」這個學生的想法很特別，所有物品都算是非人，但因本研究設定範圍沒有那麼廣闊，因此針對此學生的說法給予認同，但教師還是得釐清非人的範圍，以利於研究進行。

至於兩位觀察者的部分，第一觀察者和第三觀察者對於看到學生撰寫的文字敘述後，都對學生幾近正確的答案感到驚訝，也佩服學生的思考能力。因此，兩位教師都深深感受到學生是可以訓練的，因為他們比教師想像中還要有自己的想法。

3.對「採訪」的認識

採訪可以讓我們了解人類和動植物的心聲或感受。例如一個位不足道的平民百姓，經過採訪後，可能會發現他們的品格與內涵以及不為人知的故事。

（前學生 b 摘 2011/5/2）

採訪是讓我們共同探討、了解我們所採訪的事物，藉由採訪許多不起眼的小地方，也可能會有大發現，給我們不一樣的想法與感受。

（前學生 c 摘 2011/5/2）

採訪可以讓我們知道真正的事實，也可以獲得很多不同國家的訊息，例如最近美國 FBI 公告的外星人事件等。

（前學生 d 摘 2011/5/2）

經由採訪我們可以了解平時我們不會留意到的東西，還能增加自己的表達能力，也能增加我們的想像力，對寫作很有幫助。

（前學生 e 摘 2011/5/2）

我覺得採訪的功能是可以聽到不同的意見，獲得不同的看法。

（前學生 f 摘 2011/5/2）

採訪可以讓人練習說話，比較不容易緊張。

（前學生 g 摘 2011/5/2）

採訪可以探索自己不懂的地方，藉由訪問提升自己的見識。還可以讓自己的視野更寬廣，了解的東西更深入，發現世界各個角落許多不同的人、事、物。

（前學生 h 摘 2011/5/2）

　　採訪可以讓大家了解局勢的變化，我們可以知道哪裡發生了什麼事，了解天下大事。

（前學生 j 摘 2011/5/2）

　　藉由採訪我們可以發現各式各樣的事，獲得新知識。例如日本 331 大地震也是經由採訪，才讓消息傳到我們耳朵。

（前學生 l 摘 2011/5/2）

　　採訪可以讓我知道許多新聞，例如社會案件，也讓我知道壞人會被警察抓走，所以我們不能學那些人。

（前學生 n 摘 2011/5/2）

　　藉由採訪我們可以去知道別人的感想，也可以讓我們發揮想像力，去學習更多的詞彙。

（前學生 o 摘 2011/5/2）

　　採訪的功能是可以讓人類更了解生活周邊的人事物。

（前學生 q 摘 2011/5/2）

　　我覺得採訪的功能是可以把重要的影像或語音儲存下來，也可以得到最新的消息與知識。

（前學生 r 摘 2011/5/2）

　　採訪的功能是可以讓我們了解許多自己不知道、不了解的事物，並讓所有大眾都知道的消息更加透明、公開化。另外，還可獲得國內外最新的消息與資訊。如果是自己採訪，不但能獲得經驗，也能親身經歷。

（前學生 u 摘 2011/5/2）

　　採訪的功能包羅萬象，能了解世界與人類的消息，可以從中獲得豐富的知識，增加我們的見聞，了解大自然中的奧妙。

（前學生 v 摘 2011/5/2）

人們作任何事都是有意義的，採訪也不例外，採訪就是可以讓我們了解大家的想法意見，且能深深體會，由採訪中還可以知道很多有趣的事物和反應。

（前學生 w 摘 2011/5/2）

我認為採訪可以是以後工作的選擇，我們可以從採訪中了解很多國家的消息和許多人類的心聲。

（前學生 x 摘 2011/5/2）

讓我們更了解有關人的事物，讓我們知道更多人的生活。

（前學生 a2 摘 2011/5/2）

可以讓我們獲得更多生活上的知識。

（前學生 b2 摘 2011/5/2）

我們可以經由採訪了解動物的心聲以及內心的感受，也可以透過採訪學習到關於動物及植物的一些新知識，也可以訓練我的膽量。

（前學生 d2 摘 2011/5/2）

由上面的問卷摘取可以看到學生對「採訪」功能的看法，不外乎是可以知道時事、探索各國風情、了解更多我們不曾接觸的事物、聽到別人的想法與心聲、追求真相以及記錄並保存資料。觀念上大致正確，比較特別的是學生 g 提到：「採訪可以讓人練習說話，比較不容易緊張。」學生可能因為研究者已經有稍微透露課程，或者是對以前曾進行過的「小記者」活動仍有印象，因此學生「推測」接下來的採訪是可以訓練自己說話能力的。

另外，學生 n 提到：「採訪可以讓我知道許多新聞，例如社會案件，也讓我知道壞人會被警察抓走，所以我們不能學那些人。」這部分已經從單純解讀採訪功能再往上提升層次，已經可以藉由新聞採訪來判斷是非、提醒自己不要犯同樣的錯。

學生 o 提到的也滿特別的：「藉由採訪我們可以去知道別人的感想，也可以讓我們發揮想像力，去學習更多的詞彙。」剛看到這樣的敘述，不明白學生所謂的「發揮想像力」是指什麼？推測可能是跟後續要進行的採訪工作有關，學生根據教師所言先作揣摩、連結，而學習更多詞彙的部分，只有這名學生提到，可見此學生平時觀看採訪稿（報章雜誌新聞）時，就會留意詞彙，或者是他對接下來要進行的課程有告度的期待，期盼自己能學習到更多語詞。

學生 x 提到：「我認為採訪可以是以後工作的選擇，我們可以從採訪中了解很多國家的消息和許多人類的心聲。」這名學生的想法很特殊，他已經跳脫到幾年後的未來，思考以後可能會擔任的工作。雖然跟採訪的功能無關，但換個角度想，如果課程進行後有培養出學生的興趣，這也無非是一個對學生未來生涯規畫有助益的事。

學生 d2 提到：「我們可以經由採訪了解動物的心聲以及內心的感受，也可以透過採訪學習到關於動物及植物的一些新知識，也可以訓練我的膽量。」學生 d2 會這麼說推測是因教師有事先提示未來會進行的課程，不過重點在後面的訓練膽量，學生 d2 是剛轉來的學生，很害羞，不善於跟同學互動，如果可以藉此機會增加他與同學的交流，培養上臺的膽量，這樣的改變相信學生都會很快樂。

4. 非人能不能溝通採訪／採訪時要注意哪些事

> 可以，就像我們家的狗一樣，我叫它時它都有反應，我快樂的時候，它也都很興奮；我不高興時，它都乖乖讓我打。我們採訪非人要事先想好提問的問題，並且營造氣氛，讓它的心情放鬆，放下警戒心，這樣就能順利採訪。
>
> （前學生 a 摘 2011/5/2）

> 我覺得只要能和我們心靈相通的人事物，都可以採訪。我們對非人要慢慢靠近，等到它不會害怕時再去接近它，盡量用

溫和的語氣跟它說話，不要太粗暴，如果它想離開，那就讓它離開，再尋找下一個目標就好，不用追趕它。

（前學生 b 摘 2011/5/2）

非人和人雖然無法以言語溝通，但透過心靈的交流，可以了解非人想表達的意義。視障者和導盲犬就可以不用言語，只要動作就可以知道彼此的想法，這就是心靈之間的交流。我們可以藉著觀察非人的變化、顏色、動作、姿態來判斷它們的反應。另外，還要注意基本禮貌，以不干擾、不侵犯為原則，尊重他們的權益。

（前學生 c 摘 2011/5/2）

我認為人和非人可以溝通，因為家中的小狗能夠聽懂主人的指揮，要牠坐下就坐下，要牠起立就起立，因此我相信牠們能夠與我們溝通。而我們要用尊重敬佩的心去訪問它們，這樣氣氛不但很好，採訪愉快之外，還能交換更多的情報和資料。

（前學生 d 摘 2011/5/2）

非人和人是可以溝通，有些動物只要你不要驚嚇到牠，牠就可以和人溝通。有一次我無意見看到一隻小狗，我就好奇地叫牠，牠有回頭看我，這就代表牠和人是可以溝通的。除了尊重它之外，還要包容它，不能激怒它，更不能傷害它，因為我們進入它們的地盤，更要尊重它，不能強制它接受採訪。

（前學生 e 摘 2011/5/2）

有一些非人可以和我們溝通，有一些不行，可以溝通的非人幾乎都是寵物，不能溝通的像是昆蟲就沒辦法。我們可以拿著錄音機去採訪寵物，仔細聽聽他們的聲音，感受他們正在說什麼。

（前學生 f 摘 2011/5/2）

可以，小狗聽到主人叫牠，牠會自動跑過去。我養過的一些小鳥如果我們都不理牠，牠心情不好就把自己的毛拔光。我們採訪它們的時候，要慢慢地靠近，可以的話帶一些攝影機、筆記本來作記錄。

（前學生 g 摘 2011/5/2）

人和非人可以溝通，因為人和狗相處久了以後，人類說坐下或握手，它都會做，證明人和動物是可以溝通的。採訪時我們要以它們的安全為優先考量，不要傷害它們。

（前學生 h 摘 2011/5/2）

不只人有意識，非人也有，像我家的狗來福，叫他握手、坐下它都乖乖的做，它吃完東西，也會叼著碗給我媽媽洗，時間到了，叫它去睡覺它就乖乖去睡，一點也不會吵鬧，非常乖巧。而訪問時我們要注意禮貌，態度要委婉，別去驚嚇受訪者，訪問完也別忘記說聲謝謝。

（前學生 i 摘 2011/5/2）

我們和非人是可以溝通的。因為萬物都有意識與生命，縱使人類從未注意到。我們採訪時可以問它一些生活中的問題，對她來說比較不會有壓力，並且觀察它的反應，來進行記錄。

（前學生 k 摘 2011/5/2）

動物可以通人性，例如導盲犬聽得懂人話、手勢。我們要採訪非人，必須了解有關非人的相關資料，例如它的習性、行為等，然後用嚴謹尊重的態度與虔誠的心去作採訪。

（前學生 n 摘 2011/5/2）

儘管人和非人是不同物種，行為也不同，但互動方式是大同小異的，所以一定有可以相處溝通的管道。例如人的一顰一

笑，狗的搖搖尾巴、草的微微晃動，可能代表著喜、怒、哀、樂，在面對非人時，這些都是可用來溝通的參考。我們應該以簡單異動的言語，一顆尊重、虔誠的心，能使受訪者更有意願回答。並不能因為你認為它是沒有生命就不尊重它，這樣它可能會不願意受訪。

（前學生 u 摘 2011/5/2）

我覺得我們能採訪非人，就拿著紙筆、錄音或錄影工具，然後要注意不要欺負它們，也要注意音量，因為嚇到它們，它們會逃走。

（前學生 v 摘 2011/5/2）

有很多案例可以證實非人和人是可以作溝通的，像是小狗和主人就是。而我們要進行非人採訪時，要專心觀察它的反應，還要輕聲細語，以禮貌尊重的態度面對。雖然有時它說的、做的我們可能不完全懂，但只要有信心，一定可以問出答案。

（前學生 w 摘 2011/5/2）

我認為非人可以跟我們適度的溝通，如小狗開心時就會撒嬌或搖搖尾巴。我們在採訪時應該保持輕聲細語，不隨便大吼大叫，隨時保持尊重和虔誠的心，並注意自身安全。

（前學生 x 摘 2011/5/2）

我認為非人是可以溝通的。因為有一次我家的狗生病，我跟牠說等一下要餵你吃藥，你要乖乖聽話。結果牠就露出一個很不開心的表情，嘴巴也不打開。於是我又跟牠說，你要乖乖的呵！這樣才會帶你出去散步，說了幾次，牠就乖乖聽話了。我們要採訪它們，要先把問題設計好，並且想好它們可能會怎麼回答，一定要仔細討論，採訪時也要把心思注意力放在它身上。我們要小心翼翼的，不要嚇到它，等它平穩的時候再作採訪和觀察。

（前學生 y 摘 2011/5/2）

人和非人是可以溝通的，例如我們呼叫小狗過來，小狗就會搖尾巴跑過來，這樣就表示牠聽懂我的話。而採訪非人時，一定要先問它願不願意接受採訪，並且告知它我們的來意和姓名，再問它的想法，並且要有恆心，不亂發脾氣，離開時要記得謝謝它們。

（前學生 b2 摘 2011/5/2）

我們和非人是可以溝通的，例如每當我不開心的時候，我家的小狗就會跑過來逗我笑，好像在跟我說：『不要傷心了，我們一起來玩吧！』而我們要採訪它們的話，不可以太靠近它，以免讓它受到驚嚇，還要注意禮貌以及尊重，不要讓它感到不自在。

（前學生 c2 摘 2011/5/2）

可以溝通。然後我們採訪時不能對非人做不好的事，例如拿東西丟它、不耐煩的時候打它。然後要準備基本文具作記錄，並以尊重它的方式訪問。

（前學生 d2 摘 2011/5/2）

從上述問卷內容可以清楚知道，學生對於非人到底能不能與人溝通，甚至可以接受採訪，絕大多數都投下贊成票。只有一位學生 f 他認為有些非人可以，有些非人不行。推測他會這樣定義的原因時，比較中大型的動物，活動力高、情緒、動作都比較明顯，容易觀察的情形下，學生 f 就認為是可以溝通的；而相較之下，螞蟻蜘蛛的小昆蟲的反應實在不夠明顯，所以他就認為人無法和非人溝通。

至於學採訪非人時要注意哪什麼事，學生的想法大略是：「慢慢靠近，動作不要太大，避免干擾它、驚嚇它。」「提問的時候要輕聲細語，不要大吼大叫。」「以尊重的態度和虔誠的心去面對，且要有耐心。」「要有禮貌，採訪完畢記得說謝謝。」「可以攜帶記錄工具：攝影機、錄音機、紙筆等來作記錄。」「要先了解想採訪的非人，並先設計問題，

思考他們可能的回答。」以採訪的角度來說，他們應該都有仔細思考「非人」的特性與資料，才想怎麼去面對它、採訪它，且懂得「尊重」它們。這些技巧全都是可以運用的細節，我也將他們敘述的內容整理出來後，運用在課堂上。因此，可以很迅速地歸納出採訪中應該注意的事項，且因為這些內容是他們完成的，所以都很熟悉的情況下，課程進行相對流暢許多。這也代表「萬物有靈」的概念已經深入學生心中，有利於學生進行非人採訪。

學生的回答都很不錯。有趣的是，他們對「非人能不能和人溝通」的問題，大多舉了他們與家中寵物的互動情況；特別的是學生 g，他舉了家中小鳥的例子，顯現出他平時有留意寵物的行為，才會發現、意識到原來寵物也是有情緒的。

學生 a 提到他開心的時候狗都會很興奮，不開心的時候狗就乖乖地讓他打，這部分暫不作處理；與其強烈制止他欺負動物，不如透過非人採訪，讓他發現動物也有意識，也有情緒，讓他主動反省思考改進，這樣是最根本有效的方式。

另外，學生 c 和學生 u 的部分，從這三次截取他們的回答來看，看得出來這兩位學生不僅有想法，且文筆流暢，用語也較為精煉，可以再注意後續的發展。看看這兩位自覺語文能力不足的部分是否能透過非人採訪改善。

綜合來說，除了學生的觀點和想法詳細的讓人驚喜外，我也發現學生舉的例子都是貼近他們生活的材料。換句話說，學生既然對生活周遭的事物較為熟悉，那就可藉著非人採訪術讓他們對這些事物有更進一步的了解與認識。這也利於培養他們愛護周遭環境、關懷家鄉等情操。而且學生的學習語文的材料，除了大量閱讀、發揮天馬行空的想像力之外，如果可以把生活周遭的事物當作材料納進來，再給予指導，學生便能善用這些觸手可及且再熟悉不過的題材，達到訓練語文能力的目標。畢竟語文本來貼近生活，如果寫作也能運用周遭材料，那就不再是一件「苦差事」。就如古人所說：「處處留心皆學問，落花水面皆文章。」

以下是兩位教師對學生前測問卷內容看法：

> 學生已經有事先揣測教師的心意，因此他們的回答有些部分是根據後續的課程作因應，但在課程未進行前，有這些先備概念。對將實施課程的我，是很大的激勵，也有很高的期待。
>
> （觀一摘 2011/5/2）

> 你們班的小朋友很厲害，大略跟他們談論過就可以想到這麼多，實在不簡單，看來接下來的課程應該會表現得不錯。可以多留意後續的進展。
>
> （觀三摘 2011/5/2）

（二）課程實施過程的記錄

第一次課程進行的是討論何謂「非人」、「採訪」與「非人採訪」等概念，並加入「萬物有靈」與「採訪技巧、時間向度的安排」實例進行討論。學生熟悉了後，再引導學生發表討論，設定非人採訪的目的與選擇採訪對象（第一次採訪對象都是動物），再從目的去挑選可運用的時間向度：單一時段截取式、連續時段的專題報導式、間歇時段的類拼貼式。接著把學生在前測問卷所提到的採訪技巧整理完後，在電腦畫面上秀出來。教師這時舉例，順便補充說明不足的部分。接著就請學生針對採訪目的開始討論提問問題，思考非人可能的反應與答案，並叮嚀他們在採訪過程中可以運用的技巧：營造唯美的經驗、緩提問及其觀察或聆聽動靜、投射思緒與驚奇遇合等。完成後先請小組把問題拿給教師檢查，教師此時可以針對各組所設定的目的與問題進行修正，讓目的和問題是可以相連結的。再由組長分配組員所負責的工作，完成後便由教師帶到校園，由各組組長各自帶開去找尋採訪對象。

教師此時到各組巡視，並隨時提醒他們運用採訪技巧和留意細節，控制秩序，並隨時作記錄。完成後再由教師集合學生，帶回教室。

回到教室後教師便請各組整理採訪稿，完畢後請每組派代表作分享。接著在相互檢討採訪成果。最後老師再總結，讓學生了解他們採

訪到什麼、學到什麼及有哪些優缺點，除了提醒他們下次採訪時注意之外，並給予鼓勵，讓下次採訪可以更完善。

以下是兩位教師對學生第一次課程進行的看法：

> 學生反應很不錯，有點出乎我的預料，但上課秩序沒有掌控得很好，所以學生對有些採訪應注意的事項沒有仔細聽，因此實際採訪時是沒有做得很好。例如要輕聲細語，有些組別因為太興奮，所以沒有掌控好該有的秩序，這部分有請該小組注意。另外，有小組觀察到螞蟻驚人的反應：學生問「螞蟻」一天搬運多少的食物，而螞蟻在地上走了一個「8」字，因此學生判斷應該是 8 克重量的食物。相信這樣的反應對我和學生來說都是很特別的經驗。另外，很用心的一個小組組員還帶了攝影機到學校，且他們自發性地以「小小記者」的方式模擬採訪，裡面有人物主角、非人主角、記者、攝影記者、與燈光，用「SNG」連線的方式播報並錄影，很有趣。而且他們會事先模擬過兩三次（可能是因為比較生疏），再錄一次最順暢的採訪過程，這組表現很棒！有特別給予鼓勵。
>
> （觀一摘 2011/5/3）

> 你們班好活潑，不過有幾個學生不是很專心，在課堂上並沒有很用心聽講，這部分可能要提醒他們。我還有去看了幾組採訪，有一、兩位學生似乎沒有分配到工作。所以其他人在採訪時，那幾個就晾在旁邊沒事做，這得提醒他們一下。大致上看起來反應滿不錯的，加油！
>
> （觀三摘 2011/5/3）

第二次課程延續第一次課程，同樣進行動物採訪，這次上課只針對第一次缺點的部分進行提醒，再變更採訪對象，設計不同問題，並沒有再詳細說明該注意的事項與採訪技巧。以下是兩位教師對學生第二次課程進行的看法：

　　這次小組的缺點改善很多，尤其是秩序上的管控。且經過上次的提醒後，組長有比較注意，並且會適時提醒組員，表現大致良好。不過有些採訪技巧仍不夠熟練，有時採訪者會比較沒耐心，以致採訪過程較為草率，這部分會再做叮嚀。上次那組自發性錄影的小組這次也用同樣模式，並且作了角色交換。也就是說，原本擔任記者的，可能這次是攝影；原本擔任演出的演員，可能這次是燈光或音效。這樣的運作模式非常值得肯定，每個小組成員都能將所有角色扮演過、學習過，相較於其他組，他們的收穫肯定會比較多。這部分除了鼓勵這組之外，也考慮以同樣模式作通盤考量，全面實施。

（觀一摘 2011/5/5）

　　這次上課秩序好多了，老師應該有嚴格要求吧！可能也是上課時間較短的關係，學生比較坐得住，因為大部分時間都在作採訪與分享，我覺得學生分享的內容很特別。例如有小組提到他們去訪問狗：「你印象最深刻的是什麼？」狗的反應是對學生低聲吠叫，學生認為這種叫聲不友善，所以推測狗的回答是：「被你們（人類、學生）欺負。」狗居然在詢問後馬上有反應。還有問蜘蛛：「你平常會做什麼運動？」蜘蛛沿著一根絲往下爬，盪來盪去，學生就推測蜘蛛的回答是：「我平常最喜歡做的運動就是盪鞦韆。」這樣的回饋情況真的很特別，雖然只在一旁觀看，也覺得很有趣。

（觀三摘 2011/5/5）

　　第三次課程延續第一、二次課程，同樣進行動物採訪，這次上課針對前兩次的缺點部分進行提醒，再變更採訪對象，設計不同問題，並沒有再詳細說明該注意的事項與採訪技巧。但這次有請各組要在每次採訪前變換工作，讓學生都有不同的學習。以下是兩位教師對學生第三次課程進行的看法：

這次可能是比較熟悉流程了，感覺上進行速度很快，多數組別大概都在 15 分鐘左右就結束，且觀察到的反應不亞於前兩次，這是讓人覺得很開心的。因為同樣的事情做太多次會失去新鮮感，但非人的不同反應讓學生有驚奇的感覺，也是維持他們對非人採訪抱有高度興趣的原因。過去兩次的缺失，在這次都沒有看到，顯見對於教師的叮嚀，學生多有記住，且組長的功能也有所發揮（協助規範組員、指導組員），這樣的合作的感覺真的很棒！

（觀一摘 2011/5/10）

這次上課狀況很不錯，你們班小朋友已經進入狀況了，採訪動物真的是駕輕就熟，不過有一組在採訪的語氣上有些不耐煩，這部分我有提醒他們注意，可能要再找他們來溝通。多鼓勵他們，這麼熱的天氣在校園採訪真的很辛苦，可以考慮請他們喝飲料，他們一定能做得更好。

（觀三摘 2011/5/10）

第四次課程變更了採訪對象，設定植物為受訪者，這次上課針對前三次的缺點部分進行提醒。再擬定採訪對象，設計不同問題，再提醒學生面對植物的態度，因為植物是活動力較低、反應較慢的非人，要更有耐心的等待它們的回答。再大略提幾個植物具有意識的實例，強化學生信心。並提醒他們運用「營造唯美的經驗」及「緩提問及其觀察與聆聽動靜」的技巧來作提問。以下是兩位教師對學生第四次課程進行的看法：

這次進行的是採訪植物，本來我以為學生會觀察不到反應，然後覺得很無趣，沒想到他們比我想像中還要厲害、還要有興致。校園最近有修剪了幾棵樹，有幾組的學生就去採訪那幾棵，想了解一下它們的心情，以及對人類幫它「修剪」的看法，學生還看到被修剪下來的樹枝堆中，有鳥窩、破掉的鳥蛋

和雛鳥，他們覺得很難過，採訪植物後，他們認為植物給的回覆是：「很氣憤、很傷心。」舉例來說，學生問大樹：「你知道要被砍掉的時候心情如何？」學生說問題問完，大樹就劇烈搖晃，所以學生推測植物很激動的回答：「我很傷心！我討厭人類，讓你們乘涼卻砍了我，真是忘恩負義！」我想學生從中體會到人類因一己之私欲而傷害其他生命，是殘忍而不道德的，這對學生來說，也是另類的生命教育。

（觀一摘 2011/5/12）

第三參與觀察者：學生採訪植物表現得很熱烈，讓我覺得很驚訝，因為植物對人類來說，是沒有反應的。照理來說應該會興趣缺缺才是，看來你們班真的很不一樣。我認為他們採訪到的反應，很多有外在因素的干擾（例如：風），因此建議下次課程可以考慮移進室內，採訪盆栽，減少外在因素的影響，讓採訪可以更客觀。

（觀三摘 2011/5/12）

第五次課程延續前一次，設定植物為受訪者，這次上課針對前四次的缺點部分進行提醒。再變換採訪對象，設計不同問題。這次採訪對象為學生帶來學校的盆栽，選定採訪對象後，提醒學生先行觀察，再依據採訪目的去設定問題。並且不要忘記可用的採訪技巧：「營造唯美的經驗」及「緩提問及其觀察與聆聽動靜」。以下是兩位教師對學生第五次課程進行的看法：

這次因上次第三觀察者建議移至室內進行，減少外在干擾，我們要求學生把窗戶緊閉，並降低音量，小聲訪談，避免相互影響。除了學生依照程序進行採訪以外，在教室裡的訪問真的很不一樣。學生對非人的態度比在校園裡更溫柔，且因為沒有外在因素干擾（風）。因此，我留意到有幾個小組很有趣的現象：盆栽放置在小組的正中央，小組成員全部站起來，遠離

桌椅，由一人提問，所有人協助觀察，全部六人有人站著、有人蹲著、有人半蹲，從不同角度去觀察，盆栽的四個角落都有人，深怕遺漏了一個細微的反應。這種反應是很棒的。對老師來說，這也是很大的鼓舞，因為很難得看到他們會這麼專注（平常上課也看不到，就他們認為有趣的自然課實驗，也沒有這麼專心在留意實驗變化）。

（觀一摘 2011/5/17）

你們班學生這次截然不同，先前在外面進行採訪時非常活潑，移進室內完全變了一個樣，輕聲細語，專心觀察，這個狀況比先前的採訪都還要好得多。往後有礦物採訪的部分，也可以考慮移一次在室內進行，或許會有不一樣的收穫呵！

（觀三摘 2011/5/17）

第六次課程再度變更了採訪對象，設定礦物為受訪者。本次採訪的場域依據第三參與觀察者的建議調整，這次是在校園中，下次採訪則在室內進行。這次上課針對前五次的缺點部分進行提醒，同樣舉礦物實例增加學生信心，再提示學生該注意的事項與可運用的採訪技巧：「營造唯美的經驗」、「緩提問及其觀察與聆聽動靜」、「投射思緒」與「驚奇遇合」。畢竟礦物是本研究定義的四種非人中，相當難以覺察其反應的採訪對象，因此特別叮嚀學生要更耐心等待，如果沒反應，可以等待後再多問一次，並仔細觀察變化。以下是兩位教師對學生第四次課程進行的看法：

這次學生特別興奮，有點反常，跟原先預料的不太一樣，反而是越高難度採訪對他們來說更有興趣，而且使用的工具包羅萬象，甚至還有同學把受訪者（礦物）的同伴帶到受訪者身邊，一起接受採訪，讓人看了啼笑皆非。但不免也發現學生極想探索結果的用心。不過有一個小組玩得有點過火，反而淪為嘻笑打鬧，這部分檢討時有要求不能再犯。

（觀一摘 2011/5/19）

　　你們班真的很有趣，還拿手電筒當燈光來照和 mp3 來播放音樂，看來應該是礦物的不太有反應，讓學生想出更多的方法來引導礦物回答，很有趣。但有些學生玩得很忘我，音樂播了他們也跳起舞來，這個要提醒他們。

（觀三摘 2011/5/19）

　　第七次課程延續前一次，設定礦物為受訪者，上次參與觀察者的記錄中提到的缺點，已經有叮嚀學生，本次則在教室內，應該會比較收斂一些。以下是兩位教師對學生第七次課程進行的看法：

　　這次在室內的狀況，果然好了許多，學生就像上一次採訪植物一樣棒！不過他們等待的時間更多。也就是說，他們對於礦物是展現了更多的耐心。另外，學生在室內播放的是水晶音樂（輕音樂），在室外卻播搖滾樂，我有詢問學生為什麼有這樣的差異，學生的回應是他們覺得室外吵雜，應該放點搖滾的，融入大自然的聲音，讓礦物動起來；在室內因為怕互相干擾，而且在那麼安靜的氣氛中，當然就適合用水晶音樂來舒緩身心。這個想法很特別、很有創意，也發現學生為了觀察礦物的反應，絞盡腦汁，別出心裁。

（觀一摘 2011/5/24）

　　這次表現可圈可點，唯一比較美中不足的地方是耐性，可能因為天氣熱的關係，因此有幾個學生看起來較不耐煩，這會影響採訪結果，要提醒並鼓勵他加油！

（觀三摘 2011/5/24）

　　第八次課程為所有採訪課程的心得分享，這節課就是開放讓學生自由心得分享回饋，教師給予獎勵品獎勵辛苦的學生，以下是兩位教師對學生第八次課程進行的看法：

　　　　學生發表得很踴躍，比平常上課互動熱絡多了，所以秩序
　　顯得有點亂。不過讓我感動的是，學生說他覺得自己進步很多，
　　先前上臺都支支吾吾的，答不出話來；現在上臺都不會害怕了。
　　還有學生說他覺得自己作文有進步，以前寫不出來，現在會用
　　想像的方式讓自己有更多的材料。這樣子的進展對於教學者來
　　說是一大鼓勵，很符合非人採訪的預期成果。

（觀一摘 2011/5/26）

　　　　第三參與觀察者：這一段時間實施下來，我真的有發現你
　　們班的改變：小組的凝聚力變好、學生更能專注在一件事情上、
　　也比較聽話、比較會控制自己的秩序和行為，雖然還是有些小
　　缺點，但確實是有幫助的，你們班很棒！

（觀三摘 2011/5/26）

　　綜合來看，每一次參與觀察的記錄，或多或少有需要改進的地方，
而我每次都會提醒學生下次要注意，大多數學生都能改善。剛開始實
施時，很混亂，被另一觀察者挑出來的缺點洋洋灑灑列了十點，但我
將這十點告訴學生，學生也多能認同，並允諾檢討改進，讓採訪一次
比一次更好。實施到後來，看著學生對於採訪技巧駕輕就熟，且能迅
速完成採訪稿撰寫與口頭報告，並且慢慢的學習檢視自己小組與它組
的優缺點，給予建議或鼓勵。漸漸覺得學生是可以經由訓練而成長，
很多事情都必須去嘗試，才有機會成功。即使到最後，還是有一個小
組跟我反應組員的狀況，但其他四組都合作無間，我認為這對學生來
說很不容易。這也是小組藉由四週的活動培養出來的默契。

　　從第三觀察者記錄中，也可看出班上學生的進步。雖然有些缺點
仍被提醒，但實施的狀況比預期來的好很多。

（三）後測問卷與訪談

　　後測問卷和訪談的實施，在非人採訪中是用於了解學生學習多
少。在本研究中，我先實施後測問卷，再針對學生後測問卷的回答作

再提問。在此先依本研究的預期效應作分類：依序是聽、說、讀、寫、作等語文能力的進步與心性的改變。

1. 聽的能力

聽的能力指聆聽，除了聆聽的態度外，還要能理解聽進去的內容。在非人採訪實施後，經過後測問卷與訪談，學生覺得自己這部分有進步的不多，原因是學生普遍認為這部分不是他們所欠缺的，在前測問卷的部分也只有少數學生提到。就以後測問卷來作對照：

> 老師上課在講話，我常常會不專心聽，所以都會沒聽到教師說什麼。我希望自己能更專心一點。
>
> （前學生 g 摘 2011/5/2）

> 我覺得自己寫的部分進步比較多，因為老師除了讓我們採訪以外，還要練習寫採訪稿和心得，我覺得自己的錯字變少很多。
>
> （後學生 g 摘 2011/5/27）

> 「老師看完你的前後測問卷，想請問你為什麼你前測有提到聆聽的部分要加強，後測問卷卻沒提到？」
>
> 「老師，那是因為我覺得我寫和說的進步比較多，所以才提這兩個。」
>
> 「那聽的部分？」
>
> 「我覺得有進步，老師你沒發現你上課叫我的次數減少了嗎？」
>
> 「好像有這麼一回事。」
>
> （訪學生 g 摘 2011/5/31）

> 上課時我常沒注意聽教師在說什麼，每次回去作業都不太會寫，都要去問別人。
>
> （前學生 v 摘 2011/5/2）

我覺得自己讀的部分有提升，上課也比較專心。

（前學生 v 摘 2011/5/27）

「你覺得自己讀的部分有提升，是指什麼？」

「我現在比較看得懂文章在寫什麼，組長和副組長會教我唸。」

「唸什麼？」

「唸口頭報告的內容。」

「那你知道口頭報告在寫什麼嗎？」

「知道。」

（訪學生 g 摘 2011/6/2）

從上述可以看得出來，聆聽對孩子來說，都不是件難事，只差別在夠不夠專心而已。在孩子的認知上，相較於讀、說、寫、作來看，聆聽似乎不是那麼重要。但在閱讀理解範疇裡，聆聽是很重要的區塊，學生是否能夠了解說話者的說話內容，也關係到他的聆聽能力，但這部分得再深入探究。在本研究中，主要是從前後測問卷與訪談去檢視學生學習狀況。因此這部分就不再贅述。

2. 說的能力

說的部分是指說話，在非人採訪術中會訓練到這個能力。例如小組發表、採訪、與口頭報告等。學生在前測問卷中，有很多都有提到想藉非人採訪的課程提升自己這部分的能力。接下來就針對前後測問卷與訪談資料來作印證。

我覺得自己在寫的部分不是很好，尤其是字體。然後說話也常常會緊張，上臺都會結巴。我希望自己能多訓練說話，讓自己說得好一點。

（前學生 a 摘 2011/5/2）

　　我現在比較敢上臺，以前上臺就會一直「ㄟ、ㄟ、ㄟ」，不曉得自己要說什麼，現在我可以很流暢的說話，不太會緊張。

（後學生 a 摘 2011/5/27）

　　「老師有發現你上臺支支吾吾的次數變少很多，你覺得是非人採訪的哪個部分有訓練到說話能力？」

　　「我覺得是當記者和報告的時候訓練的，因為我們都要事先練習，還要錄影，全部都很順暢了後才正式開始，所以我過練習很多次。」

　　「所以就是當記者和報告時練習了自己的說話能力咯！」

　　「對！」

（訪學生 a 摘 2011/5/30）

　　我每次上課被教師叫起來，腦袋都一片空白，常常不知道要說什麼，希望自己膽量大一點，不要害怕上臺。

（前學生 o 摘 2011/5/2）

　　我現在說話時，會邊說邊想接下來要講的話，讓自己不會不知道要說什麼。

（後學生 o 摘 2011/5/27）

　　「先前你上臺都會抓著頭，不知道要說什麼，現在怎麼會有這種改變？你覺得是什麼原因？」

　　「因為組長都會訓練我擔任記者，也會請我報告記錄給全組聽。」

　　「所以是組長訓練你說話？」

　　「是的。」

（訪學生 o 摘 2011/6/1）

　　我只要上臺就很容易緊張，會說不出話來。

（前學生 q 摘 2011/5/2）

　　我在採訪過程中雖然 NG 過很多次，但我發現我自己愈來愈勇敢，愈來愈敢說話。

（後學生 q 摘 2011/5/27）

　　「看的出來你進步很多，你覺得怎麼會有這種改變？是什麼原因？」

　　「因為我們組是以演戲方式呈現，組長都會盯著我把話說到很流暢才會放過我。」

　　「所以是組長訓練你演戲、作採訪？」

　　「是的。」

（訪學生 q 摘 2011/6/1）

　　我覺得自己最糟糕的是說話，每次我都會停格，想一下要說什麼，我希望自己能更流暢一點。

（前學生 y 摘 2011/5/2）

　　我的說話能力變得更流暢，上臺也不容易緊張。

（後學生 y 摘 2011/5/27）

　　「你先前上臺很容易緊張，一緊張就忘記要說什麼。你覺得非人採訪為什麼能讓你說話能力進步？」

　　「因為採訪過程中我要指導同學，所以就要先訓練自己。」

　　「所以你回家有練習說話？」

　　「對。」

（訪學生 y 摘 2011/6/2）

　　我最害怕上臺說話，我都會覺得很不好意思。每次講錯同學都會笑我，我就不知道要說什麼，所以我希望能改進這一點。

（前學生 c2 摘 2011/5/2）

　　我覺得進行完非人採訪後，我比較敢上臺表演和舉手發問。

（後學生 c2 摘 2011/5/27）

> 「你平常都很害羞，上課時很少發問，也很少說話，你覺得自己這部分有進步，為什麼會改變？」
>
> 「因為我有作訪問的工作。」
>
> 「可是老師還是覺得你說話的音量要再加油！」
>
> 「因為對非人說話要輕聲細語，所以我覺得這部分要再改進。」
>
> （訪學生 c2 摘 2011/6/3）

　　學生 a 是很活潑的學生，但口語的部分還像三年級小朋友，沒有辦法說出很詳細、流暢的話，每次上臺就是一堆「語氣詞」，沒多久就自動下臺。但非人採訪術進行後，他變得大膽許多，即使有時候表達不夠清楚，但對他而言可以不緊張、順暢的把話說完，就是一項很大的突破。學生 o 因為較懶散，導致語文學習狀況不佳，成就低落，不僅口語表達有問題，錯字也相當多。學生經過一連串的訓練（組長非常認真指導），他上臺雖然有時還是會緊張，但已經比先前抓著頭卻一句話都說不出來進步得多了。學生 q 是一個原本說話很小聲的小男生，剛開始採訪時，他就擔任記者的角色，必須說很多話。他們小組的組長和副組長變努力要求他、訓練他，直到他可以很順暢的採訪；因此他的進步，除了歸功於組長外，自己的認真學習，也是一個很重要的條件。學生 c2 是很害羞的女孩子，平常上課幾乎不發言，除了特定狀況要求她答，其餘時間幾乎不說話。但非人採訪過後，她跟小組互動非常的好。組長也樂於指導，因此慢慢的她已經可以上臺報告了，這對於 c2 來說是一大突破。綜合來說，非人採訪術對學生說話能力，是有顯著提升的。

3. 讀的能力

　　讀的能力指閱讀，包含閱讀速度與閱讀理解。學生在這部分覺得自己有進步的也不少。有幾位學生僅在後測問卷時才提到，前測問卷沒有談，可能是因為學生自己發現其實某部分能力有提升，但一開始沒發現自己所缺乏的。

　　我發現我的閱讀能力變強，我可以很快的把重點找出來，迅速了解文章的大意。

（後學生 y 摘 2011/5/27）

　　「你在前測問卷沒有提到閱讀能力的缺乏，這裡為什麼會提？」

　　「因為我覺得這是我有明顯進步的一部分。」

　　「所以閱讀力變強有什麼好處？」

　　「閱讀速度變快，同一段時間我可以看更多。」

（訪學生 y 摘 2011/6/2）

　　我覺得自己看書的速度很慢，每次借書我都看不完就要還給圖書館或再借，真希望我讀書的速度能變快。

（前學生 f 摘 2011/5/2）

　　我覺得寫字部分的進步比較明顯，讓我的字比較整齊，錯誤也比較少。

（前學生後摘 2011/5/2）

　　「你前測問卷覺得自己閱讀很慢，後測問卷只提到寫的部分有進步，那讀的部分？」

　　「我覺得讀的部分進步比較少？」

　　「為什麼？」

　　「因為我練習比較少，同學的採訪記錄和老師給的資料我都沒詳細看，只有需要上臺報告的時候會認真一點，所以練習比較少，比較沒進步。」

（訪學生 f 摘 2011/5/30）

　　我覺得我現在閱讀會從中摘取重點，所以閱讀速度變快了。

（後學生 q 摘 2011/5/27）

「你前測問卷沒有提到閱讀的部分，後測問卷為什麼會
提？」

「因為我覺得自己的閱讀速度快很多。」

「先前很慢嗎？有多慢？」

「以前像一張 A4 滿滿的資料，我大概要看 10 分鐘以上，
現在 10 分鐘以內就可以看完。」

「怎麼會這麼快，你有運用特別的方法嗎？」

「老師有教我們劃記重點，我就用這招。」

（訪學生 q 摘 2011/6/1）

學生 y 是很認真的學生，語文能力普通，原因是閱讀的量不夠多，理解力也較弱。但經過非人採訪術後，因為我有訓練他們找重點、劃記重點，沒時間就閱讀劃記重點的部分，有時間就全部都讀。因此，學生覺得自己閱讀的速度變快，且較容易抓到重點。學生 f 是語文能力低落，且較懶散的學生，其實在過程中，我有請組長特別注意他，多幫忙他，但有時一不注意，他就沒有仔細完成老師交代的事情，導致沒有達成原先設定的目標，這部分會留待後面章節再行檢討。學生學生 q 語文能力中等，以前較懶惰，上了六年級後表現較積極，因此進行非人採訪時，他算是很認真的學生，把老師的話聽進去且完成交代的工作。即使前測問卷他覺得那部分自己沒有問題，但在課程進行的過程中他發現了，且用心改善，未嘗不是件好事。

4. 寫的能力

寫的部分是指寫字，包括寫字的流暢度、工整度以及正確性。這也是現在學生普遍的問題：不是字跡潦草就是錯字連篇，但在非人採訪中，我只作一種「寫」的部分的規定：所有心得與採訪稿寫作完成後，都必須給組長看過，以看三次為限，一次通過的有額外獎勵。因此，學生為了獎勵，必須預先作檢查，讓錯誤率降到最低；不僅是句子的通順度，也包括錯字的多寡，都要去留意。這個規定讓很多學生的錯字率減少很多。以下是學生前後測問卷與訪談資料：

我覺得自己在寫的部分不是很好，尤其是字體。

（前學生 a 摘 2011/5/2）

我覺得寫字的部分有進步，但是沒有很多。還是需要再努力。

（後學生 a 摘 2011/5/27）

「你覺得寫字進步不多的原因是什麼？」

「因為採訪過程中，我比較少擔任記錄。採訪心得雖然會讓我們練習寫，但我覺得自己不夠用心。」

「所以你覺得這部分是你還要再加油的？」

「是。」

（訪學生 a 摘 2011/5/30）

我的錯字有變少，因為要檢查文章。

（後學生 d 摘 2011/5/27）

「你覺得為什麼錯字會變少」

「因為有寫採訪稿和新聞稿，再加上指導組員，看了很多錯字，所以自己就不容易再犯。」

「為什麼？」

「所以指導組員也讓你錯字減少？」

「對！」

「這樣很不錯，看來協助組員也會有收穫的。」

（訪學生 d 摘 2011/5/30）

我每次功課都被教師退回去，因為我字都亂寫亂拼，每次教師都說看不懂，要我重寫，所以我希望自己能多認識一些字。

（前學生 t 摘 2011/5/2）

我覺得寫字的部分有進步。

後學生 t 摘 2011/5/27

「你常常被老師『退件』，老師就是希望可以更用心寫，看了你寫的內容，覺得你的字體有進步，你說說看為什麼會有這樣的改變？」

「我們組長都要我們寫好才能交，如果沒有寫好也一樣被退件，被退件就要重寫，不能下課，所以就乾脆一次寫好。」

「這樣老師了解原因了，謝謝！要繼續加油！」

（訪學生 t 摘 2011/6/2）

我覺得自己最要改善的是字，我都寫很快，字很就很難看，常常被教師退貨，我希望自己能改善這一點，不要亂寫。

（前學生 b2 摘 2011/5/2）

做完這一系列活動，我感覺錯字減少很多。

（後學生 b2 摘 2011/5/27）

「你覺得這一系列下來，哪個活動讓你錯字減少？」

「寫心得和寫採訪稿。」

「為什麼？」

「因為組長都要檢查，所以都不能錯字太多或亂寫。」

「老師覺得你的錯字有減少。但是字跡還要再加油！」

（訪學生 b2 摘 2011/6/3）

　　綜合來看，學生寫的能力有改善，是因為老師有要求他們寫採訪稿和心得，並且請組長務必檢查，把錯誤降到最低，讓產出是比較完美的語文成品。但學生進步不多的原因是練習不夠，不是自己偷懶，就是小組工作分配不均，沒有每次變動，這部分後面章節再行討論。

5. 作的能力

　　作的部分是指作文能力，泛指寫作而言。這部分學生普遍都有問題，而且都是「寫不出來」的情況居多。會「寫不出來」是因為頭腦中沒有材料，又缺乏想像力，因此導致寫作對學生來說是很痛苦的事。接下來整理前後測與訪談，了解學生在非人採訪術進行後有何改變：

　　我的作文比較不好，常常都寫不出東西來，每次都要想很久。希望自己腦袋能裝多一點東西，才能把作文寫好。

（前學生 b 摘 2011/5/2）

　　我覺得寫作好像沒那麼難，現在寫出來的句子比以前通順多了，也比較想的到要寫什麼，只是錯字還是很多。

（後學生 b 摘 2011/5/27）

　　「老師覺得你的作文之前很不好，最近看起來句子有比較通順一點了，談談看你覺得為什麼有改變？」
　　「因為老師有要求我們寫採訪心得和採訪稿，我們都要先在小組分享再寫，寫完給組長檢查，不通順會被退貨。」
　　「被退貨的話怎麼辦？」
　　「重寫，不然就是問組長怎麼寫比較好。」

（訪學生 b 摘 2011/5/30）

　　我還滿喜歡寫作的，但有時句子沒有注意到，會比較不通順，被老師挑出來改。

（前學生 c 摘 2011/5/2）

　　寫心得時，我的錯字明顯減少了許多，這麼多練習的機會，也讓我的文筆更通順。

（後學生 c 摘 2011/5/27）

　　「老師很喜歡看你的文章，很有想法。不過有時會有重複的語句和不通順的情況發生，你覺得這些缺點經過非人採訪後有改善嗎？為什麼？」
　　「有改善，因為我們要完成的東西很多，除了小組的採訪日誌，還有個人的心得，這些都是我們練習的機會。」

（訪學生 c 摘 2011/5/30）

我寫作文都要想很久，有時候覺得很煩，不喜歡作文。

（前學生 e 摘 2011/5/2）

經過非人採訪的訓練後，我覺得寫文章會比較容易想的到句子怎麼寫，詞藻的運用也好很多。

（後學生 e 摘 2011/5/27）

「老師覺得你寫的作文其實不差，只是有時詞語會誤用，部分句子比較不通順，你覺得自己有進步嗎？為什麼？」

「有進步，我覺得是練習再加上小組之間會互相協助，我不太知道的語詞用法，我會去請教組長或其他組的成員，他們就會指導我。」

「原來小組對你的功用是如此大，下次也可以來問老師，多練習，加油！」

（訪學生 e 摘 2011/5/30）

我的作文很爛，每次都不知道要寫什麼，就隨便亂寫，然後分數都很低。所以我希望自己能進步。

（前學生 m 摘 2011/5/2）

我覺得寫作時的想法變多，有越寫越快的趨勢。

（後學生 m 摘 2011/5/27）

「寫作時想法變多的原因是什麼？」

「因為非人採訪有訓練我的想像力，我現在寫作都會想像。」

「老師覺得你有進步，但越寫越快也要注意內容。老師覺得你還有進步的空間，加油！」

（訪學生 m 摘 2011/5/31）

我的作文還算可以，但有時也會想不出來要寫什麼。

（前學生 w 摘 2011/5/2）

我覺得經過非人採訪後，我寫的句子比較通順，而且寫作文不再詞窮，自然而然就寫得出來，不會草草帶過。

（後學生 w 摘 2011/5/2）

「老師覺得你的句子有比較通順，而且作文的架構比較清楚，不會像以前一樣什麼都寫，然後類似的東西前面出現，後面還有，你覺得為什麼會有這樣的進展？」

「我覺得老師要我們記錄的心得和日誌，就已經讓我絞盡腦汁在寫，我也發現對這些非人熟悉後，我可以寫有關它們的很多事情，也把它們拿來當寫作的題材，所以越寫越順。」

（訪學生 w 摘 2011/6/2）

我還滿喜歡寫作的，但我不太會寫老師講的有創意的內容，大概是我缺乏想像力吧！

（前學生 z 摘 2011/5/2）

非人採訪後，我變得更有想像力，也會寫一些具有「人生哲理」的話。

（後學生 z 摘 2011/5/27）

「老師覺得你很用心在寫，但有時就是缺乏你所說的想像力，你的內容大概就是平鋪直敘。如果希望作文更好，那就要運用想像力去創作，你覺得為什麼你會有這樣的改變？」

「因為老師你要我們採訪非人，要我們去思考問題，還有先想好它們的回答，這些都要以非人的角度來看，把自己當成非人再去想，所以我覺得自己的想像力就是這樣來的。」

「原來如此，那就請你繼續加油咯！」

（訪學生 z 摘 2011/6/3）

　　我作文超爛的，每次只要有出作文功課，我一定都把它留到最後，如果作文範本有類似的就抄一下，如果沒有就叫姐姐教我，我最討厭的功課就是作文。

（前學生 a2 摘 2011/5/2）

　　我現在會自己寫作文，不會再抄了。

（後學生 a2 摘 2011/5/27）

　　「為什麼你現在不會再抄作文範本了？」

　　「因為抄沒有意義，而且現在自己想的到要寫什麼，不用抄。」

　　「為什麼會有這樣的改變？」

　　「因為我寫心得或採訪時，我都把自己當作非人去寫，這樣就很快，而且很有趣。」

　　「OK！那就請你保持下去呵！」

（訪學生 a2 摘 2011/6/3）

　　綜合來說，學生在寫作上的問題不外乎幾點：「缺乏材料」、「缺乏想像力」、「缺乏動力」、「缺乏別人協助」、「缺乏別人幫忙控管」。「缺乏材料」和「缺乏想像力」的學生在非人採訪術課程結束後，大多有進步，因為它們從非人身上找到可以寫作的材料。「缺乏動力」、「缺乏別人協助」這些在非人採訪術中，透過小組合作，高成就的學生協助低成就，讓彼此都有進步，這也是有解決。剩下「缺乏別人幫忙控管」就是老師要協助，老師是最後一關，通常各組組長把學生寫的收齊，再交給老師。但在這事前組長已經審核過一遍，問題少了許多。因此，從上面可以看出非人採訪對於改善寫作能力的有效性。

6. 心性上的改變

心性上的改變是指內心想法的變化，或影響外在行為態度的改變。非人採訪術中，這部分與聽、說、讀、寫、作等語文基本一樣，屬於預期效應。接下來就學生的後測問卷內容與教師觀察來作分析：

> 以前我是個沒禮貌又愛發脾氣的小孩，現在我把「請」、「謝謝」、「對不起」掛在嘴邊，大家相處更和諧了。
>
> （後學生 a 摘 2011/5/27）

這個學生的平日行為不穩定，時好時壞，容易因小事生氣，與人常有爭吵，但經過採訪後，他與同儕間的對話有加入了「禮貌性用語」，談話的氣氛也因此較為和諧，衝突相對較少。

> 過去的我常將花草樹木當成是發洩情緒的沙包，任意傷害它們，絲毫不理會它們的感受。但經過非人採訪，我決定將心比心，珍惜這些寶貴的生命，不再任意侵犯。另外，我也從採訪過程中學會傾聽、觀察非人的反應。現在我跟人說話，我也會傾聽，體會對方的感受，與他人相處也更和諧。
>
> （後學生 c 摘 2011/5/27）

這個學生平時表現就相當良好，唯一美中不足的是他因為很有想法，所以討論時往往無法接受別人說法。但從幾次的討論中發現，他已經學會聽取別人的意見；姑且不論接受與否，但傾聽對他來說是邁向更好人際關係的一大步。

> 以前我無視非人，只會拿它們出氣，事實上「它們」跟我無冤無仇。現在我會用尊敬的心看待它們，有人欺負它們，我也會跳出來阻止。而在小組運作上，我不會堅持己見跟組員爭論，但是我會適時「修改」他們的意見，作為小組共同的看法。
>
> （後學生 d 摘 2011/5/27）

這位學生個性較溫和，雖有想法但不會過於堅持，很容易接納別人的意見。但如果擔任小組組長，還是必須就討論結果擬出一個最終回應。如果一味接受組員的意見，反而沒有辦法協調。於是他作了一個很聰明的方法：「適時『修改』」來解決這樣的一個困境，真的是很特別的想法。

> 看見螞蟻這麼團結，如果人也可以互相幫忙，有福同享、有難同當，這社會就不會有那麼多問題了。
>
> （後學生 e 摘 2011/5/27）

這位學生所處的小組便是唯一到課程結束後無法團結合作的小組，所以學生有這樣的想法也就見怪不怪，因採訪螞蟻而將自身情況與螞蟻投射對照而有醒悟，這個層次是比「耍嘴皮子」來得高很多的，顯見非人採訪能帶給學生更高層次的思考。

> 我以前討論時都會堅持自己的想法，經過非人採訪後，才知道小組的團結是很重要的；而且社會如果只有一種意見，是不會進步的。
>
> （後學生 h 摘 2011/5/27）

這位學生平時話不多，但有時很難接納別人的意見，會為反對而反對，但又無法說出理由；不過經過非人採訪後，卻有這樣的想法，著實難得。正如他所說，如果這個社會是「一言堂」，就不會有創新的理念出來，社會就會淪為一攤死水；如果社會是「異言堂」，不同的論調就如雨後春筍般出現，社會也就會有進步的動力。這個學生有此體悟，真的很特別。

> 我從非人身上學會團隊合作，我們小組就是最棒的例子。大家應該試著改變心態，分工、團結，爭吵的情況會改善很多。
>
> （後學生 i 摘 2011/5/27）

這位學生很活潑，跟他同組的組員也搭配得很好，所以這組在採訪中一直都是很熟練迅速的完成工作。因此，他對於團隊的觀念很堅持，以致影響到這組也是團隊精神展現非常好的一組。相信其他組員也是。

> 我從採訪石頭了解到對人必須很有耐心，不要堅持己見，可以聽聽別人怎麼說；從螞蟻身上發現一個人的力量微不足道，很多人團結起來，便是一股強大的力量。
>
> （後學生 j 摘 2011/5/27）

這位學生的人緣很差，因為他控制不住自己那張喜歡說短道長的嘴巴，因此常常得罪人；而在採訪過程中，一開始還是沒辦法與小組融入，我還曾為了他跟小組其他組員溝通。後來他學會控制自我和作出貢獻後，組員便慢慢接受他。我想這位學生應該很清楚他自己所說的「一個人的力量微不足道」。

> 我們採訪非人，我們會去揣摩它們的回應；人和人相處也一樣，要懂得體會他人，才會更和諧。
>
> （後學生 l 摘 2011/5/27）

這位學生的語文成就低落，平常也很少有機會去用心感受人、事、物，因此他提到「揣摩」它們的回應，這很難得，表示他在非人採訪中，是有用心感受的。相信透過感受這些周遭的材料，能順利內化為自己的語文材料。

> 以前我總認為植物和礦物是沒有生命的，不高興就傷害它們，現在我知道萬物都是有靈性的，所以我也告訴鄰居小朋友要好好愛護它們，不要任意破壞。
>
> （後學生 p 摘 2011/5/27）

這位同學的看法在大多數同學後測問卷中都看的到。當他們知道非人是有意識的生命後，他們就不會再任意傷害非人，即使只是一顆

小石頭。例如有一次上體育課，學生熱身慢跑，以往都會看到他們把跑道上的石頭踢啊踢的，但是這堂課不但沒有這樣的情況，甚至還有學生停下來把石頭撿去旁邊的樹下放置。因此，我相信「萬物有靈」、相互尊重的觀念已經深植入學生心中。

> 我們眼前的一顆石頭，可能不只是「石頭」而已，非人的情態可能遠比我們想像的還多，因此我對他們有更高的尊敬。我從非人身上也學到有時候不必急著去「討論」出一種結果，可以像非人一樣，慢慢的傾訴，甚至保持沉默，讓其他人去揣摩你的想法，或許可避免一些不必要的爭吵。
>
> （後學生 u 摘 2011/5/27）

這位學生很有想法，把採訪石頭的經驗和人的相處結合，再去思考人際關係的問題，試圖為自己作法詮釋。這是屬於層次較高的省思。

> 我以前心情不好看到花草，就會去踢它們。經過這一次活動後，我學會去欣賞他們；即使外貌很醜的非人，也有它美的一面，這樣看待它們，就不會心情不好了。而且我看到螞蟻同心協力的時候，讓我很佩服，也讓我知道團結的力量究竟有多偉大。所以去觀察這些非人，可以解決很多人生的問題。
>
> （後學生 z 摘 2011/5/27）

這個學生已經從審美的角度去看待非人，也跳脫一般思考的窠臼，滿難得的。

> 看見鳥媽媽不辭辛勞出去找食物，我覺得自己過去對家人不太好，不會幫忙做家事。現在我更能體會爸媽的辛勞，也會主動幫忙。
>
> （後學生 a2 摘 2011/5/27）

　　這個學生其實在校表現很乖巧，但在家表現就有落差（父母有反應過）。而非人採訪課程後兩週，我有打電話與家長聊過，在家表現有改善很多，這真的很令人欣慰。

> 以前我遇到困難，我常常會逃避。採訪大樹、石頭後，我發現它們即使面對很多災難，它們依然勇敢面對，所以現在我遇到困難，一定會想辦法解決，盡力去克服。
>
> （後學生 c2 摘 2011/5/27）

　　這位學生的省思很不一樣，他是站在非人的角度去思考，在投射回自己身上。因而有「非人能，為何我不能」的想法。

> 我現在會更有耐心聽別人說話，自己也會放慢說話速度，讓別人聽清楚。
>
> （後學生 d2 摘 2011/5/27）

　　這位學生的改變是說話速度，因為他說話速度非常的快，常常讓人聽不清楚，他從跟非人對話，意識到自己該改進的缺點，進而作一些調整。這也是當初非人採訪所希望達到的預期效應。

　　總括來說，非人採訪術在班上的實際教學成效，不僅達到前面所設定的「增進學生語文能力」及「改善心性，提升自我道德良知」的預期成效，對學生的思考層次也進一步的加深加廣，把自己在非人採訪中所覺知的內在心得想法，轉化為表現於外的行為，學生不再需要老師的千叮萬囑，老師只需稍微提點，學生自然會在歷程中反思。另外，把非人採訪中後測問卷與訪談學生所認為有進步的人數整理出來。

表 7-3-3　學生對非人採訪預期成效達成與否人數統計表

預期成果	聽	說	讀	寫	作	心性態度	總人數
學生	5	23	12	17	24	29	30 人，可重複

（四）附帶效應

其實除了預期效應外，也有一些值得一提的附帶效應：

1. 學生 a 的行為

學生 a 的行為問題是從一到六年級都讓老師很頭疼的，陽奉陰違的態度就連跟父母溝通過好多次也無法解決，不論參與何種活動，都會找機會搗蛋。但在非人採訪的過程裡，比起其他組的學生，他可是用心很多，不僅自己帶攝影機、腳架，還準備零食在討論時與同組分享；而且這組所設計的「SNG」連線場景，就是出自他的構想，整個課程實施下來，都沒有聽到小組成員對他的抱怨與批評。換句話說，學生 a 在教學實施的過程中不但沒有製造麻煩，還帶來了莫大的貢獻。

2. 爭吵與專注

課程進行前，我曾進行分組討論，未詳加考慮成員的結果，常常會有意見不合、嘻笑打鬧的情況發生。但非人採訪進行前的分組，雖說有經過考量，但課程最初進行時，仍有各持己見的情況，少數組別把討論當成是聊天，無法協調、專注。但經過一次又一次的提醒和組員間的磨合，到課程結束後，只剩一組還是有無法歸納組員意見的情況。其餘的都合作無間，而專注程度前面已有敘述（在室內觀察植物與礦物），這部分就不再贅述。

3. 想像力與對話

非人採訪課程進行完，會發現學生因為運用大量的「投射思緒」。因此，在很多我要求他們寫的文章中，出現了很多「譬喻法」的句子。例如「我希望像石頭一樣堅強，去面對未來的種種挑戰。」「我想像小鳥依樣，自由的翱翔在天空中。」這是想像力的表現，這是非人採訪教學的額外收穫。對話的部分很有趣，有學生在後測問卷提到：

> 我以前心情不好，就會摔東西；現在我就會看著書桌上的
> 盆栽，它好像也看著我，我覺得它很尊重我，我就會很開心。
>
> （後學生 a 摘 2011/5/27）

> 我心情不好的時候，我會去跟風說話。心情就會好一點了。
>
> （後學生 n 摘 2011/5/27）

從學生的敘述可以知道學生已經能把從非人採訪獲得的資訊，放入自己的生活中，這種潛移默化的效果或許連孩子本身也沒意識到，只是單純地將情況敘述出來，但這對學生的影響是正向的，無形中也讓這批青春期的學生的情緒穩定許多。

表 7-3-4　學生前測問卷資料編碼表

施測對象	資料類型	時間	地點	記錄方式	編碼
學生 a		2011/5/2			前學生 a 摘 2011/5/2
學生 b		2011/5/2			前學生 b 摘 2011/5/2
學生 c		2011/5/2			前學生 c 摘 2011/5/2
學生 d		2011/5/2			前學生 d 摘 2011/5/2
學生 e		2011/5/2			前學生 e 摘 2011/5/2
學生 f		2011/5/2			前學生 f 摘 2011/5/2
學生 g		2011/5/2			前學生 g 摘 2011/5/2
學生 h		2011/5/2			前學生 h 摘 2011/5/2
學生 i	問卷	2011/5/2	教室	摘記	前學生 i 摘 2011/5/2
學生 j		2011/5/2			前學生 j 摘 2011/5/2
學生 k		2011/5/2			前學生 k 摘 2011/5/2
學生 l		2011/5/2			前學生 l 摘 2011/5/2
學生 m		2011/5/2			前學生 m 摘 2011/5/2
學生 n		2011/5/2			前學生 n 摘 2011/5/2
學生 o		2011/5/2			前學生 o 摘 2011/5/2
學生 p		2011/5/2			前學生 p 摘 2011/5/2
學生 q		2011/5/2			前學生 q 摘 2011/5/2

學生 r		2011/5/2			前學生 r 摘 2011/5/2
學生 s		2011/5/2			前學生 s 摘 2011/5/2
學生 t		2011/5/2			前學生 t 摘 2011/5/2
學生 u		2011/5/2			前學生 u 摘 2011/5/2
學生 v		2011/5/2			前學生 v 摘 2011/5/2
學生 w		2011/5/2			前學生 w 摘 2011/5/2
學生 x		2011/5/2			前學生 x 摘 2011/5/2
學生 y		2011/5/2			前學生 y 摘 2011/5/2
學生 z		2011/5/2			前學生 z 摘 2011/5/2
學生 a2		2011/5/2			前學生 a2 摘 2011/5/2
學生 b2		2011/5/2			前學生 b2 摘 2011/5/2
學生 c2		2011/5/2			前學生 c2 摘 2011/5/2
學生 d2		2011/5/2			前學生 d2 摘 2011/5/2

表 7-3-5　學生後測問卷資料編碼表

施測對象	資料類型	時間	地點	記錄方式	編碼
學生 a		2011/5/27			後學生 a 摘 2011/5/27
學生 b		2011/5/27			後學生 b 摘 2011/5/27
學生 c		2011/5/27			後學生 c 摘 2011/5/27
學生 d		2011/5/27			後學生 d 摘 2011/5/27
學生 e		2011/5/27			後學生 e 摘 2011/5/27
學生 f		2011/5/27			後學生 f 摘 2011/5/27
學生 g		2011/5/27			後學生 g 摘 2011/5/27
學生 h		2011/5/27			後學生 h 摘 2011/5/27
學生 i	問卷	2011/5/27	教室	摘記	後學生 i 摘 2011/5/27
學生 j		2011/5/27			後學生 j 摘 2011/5/27
學生 k		2011/5/27			後學生 k 摘 2011/5/27
學生 l		2011/5/27			後學生 l 摘 2011/5/27
學生 m		2011/5/27			後學生 m 摘 2011/5/27
學生 n		2011/5/27			後學生 n 摘 2011/5/27
學生 o		2011/5/27			後學生 o 摘 2011/5/27
學生 p		2011/5/27			後學生 p 摘 2011/5/27
學生 q		2011/5/27			後學生 q 摘 2011/5/27

學生 r	2011/5/27			後學生 r 摘 2011/5/27
學生 s	2011/5/27			後學生 s 摘 2011/5/27
學生 t	2011/5/27			後學生 t 摘 2011/5/27
學生 u	2011/5/27			後學生 u 摘 2011/5/27
學生 v	2011/5/27			後學生 v 摘 2011/5/27
學生 w	2011/5/27			後學生 w 摘 2011/5/27
學生 x	2011/5/27			後學生 x 摘 2011/5/27
學生 y	2011/5/27			後學生 y 摘 2011/5/27
學生 z	2011/5/27			後學生 z 摘 2011/5/27
學生 a2	2011/5/27			後學生 a2 摘 2011/5/27
學生 b2	2011/5/27			後學生 b2 摘 2011/5/27
學生 c2	2011/5/27			後學生 c2 摘 2011/5/27
學生 d2	2011/5/27			後學生 d2 摘 2011/5/27

表 7-3-6　學生訪談記錄編碼表

訪談對象	資料類型	時間	地點	記錄方式	編碼
學生 a		2011/5/30			訪學生 a 摘 2011/5/30
學生 b		2011/5/30			訪學生 b 摘 2011/5/30
學生 c		2011/5/30			訪學生 c 摘 2011/5/30
學生 d		2011/5/30			訪學生 d 摘 2011/5/30
學生 e		2011/5/30			訪學生 e 摘 2011/5/30
學生 f		2011/5/30			訪學生 f 摘 2011/5/30
學生 g		2011/5/31			訪學生 g 摘 2011/5/31
學生 h		2011/5/31			訪學生 h 摘 2011/5/31
學生 i	訪談	2011/5/31	教室	摘記	訪學生 i 摘 2011/5/31
學生 j		2011/5/31			訪學生 j 摘 2011/5/31
學生 k		2011/5/31			訪學生 k 摘 2011/5/31
學生 l		2011/5/31			訪學生 l 摘 2011/5/31
學生 m		2011/5/31			訪學生 m 摘 2011/5/31
學生 n		2011/5/31			訪學生 n 摘 2011/5/31
學生 o		2011/6/1			訪學生 o 摘 2011/6/1
學生 p		2011/6/1			訪學生 p 摘 2011/6/1
學生 q		2011/6/1			訪學生 q 摘 2011/6/1

學生 r		2011/6/1			訪學生 r 摘 2011/6/1
學生 s		2011/6/2			訪學生 s 摘 2011/6/2
學生 t		2011/6/2			訪學生 t 摘 2011/6/2
學生 u		2011/6/2			訪學生 u 摘 2011/6/2
學生 v		2011/6/2			訪學生 v 摘 2011/6/2
學生 w		2011/6/2			訪學生 w 摘 2011/6/2
學生 x		2011/6/2			訪學生 x 摘 2011/6/2
學生 y		2011/6/2			訪學生 y 摘 2011/6/2
學生 z		2011/6/3			訪學生 z 摘 2011/6/3
學生 a2		2011/6/3			訪學生 a2 摘 2011/6/3
學生 b2		2011/6/3			訪學生 b2 摘 2011/6/3
學生 c2		2011/6/3			訪學生 c2 摘 2011/6/3
學生 d2		2011/6/3			訪學生 d2 摘 2011/6/3

表 7-3-7　教師觀察記錄編碼表（第一參與觀察者）

觀察者	資料類型	時間	地點	記錄方式	編碼
第一參與觀察者（研究者）	觀察記錄	2011/5/2	教室	摘記	觀一摘 2011/5/2
		2011/5/3			觀一摘 2011/5/3
		2011/5/5			觀一摘 2011/5/5
		2011/5/10			觀一摘 2011/5/10
		2011/5/12	教室校園		觀一摘 2011/5/12
		2011/5/17			觀一摘 2011/5/17
		2011/5/19			觀一摘 2011/5/19
		2011/5/24			觀一摘 2011/5/24
		2011/5/26			觀一摘 2011/5/26
		2011/5/27	教室		觀一摘 2011/5/27

表 7-3-8　教師觀察記錄編碼表（第三參與觀察者）

觀察者	資料類型	時間	地點	記錄方式	編碼
第三參與觀察者	觀察記錄	2011/5/2	教室	摘記	觀三摘 2011/5/2
		2011/5/3			觀三摘 2011/5/3
		2011/5/5			觀三摘 2011/5/5
		2011/5/10			觀三摘 2011/5/10
		2011/5/12	教室校園		觀三摘 2011/5/12
		2011/5/17			觀三摘 2011/5/17
		2011/5/19			觀三摘 2011/5/19
		2011/5/24			觀三摘 2011/5/24
		2011/5/26			觀三摘 2011/5/26
		2011/5/27	教室		觀三摘 2011/5/27

第八章　結論

第一節　要點回顧

　　一部電影啟發了本研究的動機，面對大自然的反撲，人類無不思考著該如何應對。資源的耗竭、物種的消逝，在在都顯示出人類貪得無厭的一面。憂心忡忡的環保人士不斷奔走，試圖為地球請命，請求人類放地球一條生路，但人類卻充耳不聞。因此，看似束手無策的我們，能為自己找到一條解決的途徑嗎？人類在過去、現在，都以高角度看著腳下的生命，儼然有一種至高無上的優越感，不曾留意這些眼中的「無生物」，以至於喪失了很多可以「彌補」的機會，而這也是人類一直以來無法和自然和平共處的因素。

　　我自己任教於小學，對於學生被「耳濡目染」的功利想法深感不安，且對學生語文能力甚為擔憂，於是便思考如何有兩全其美的辦法來解決這樣的困境。因緣際會下，黑澤明的電影《夢》，讓我有了探索「萬物有靈」的想法。而如何探索？如何獲得訊息？過去，人類除了依賴文字或圖像敘述，還利用口耳相傳的方式，使訊息得以流通。而現代讓訊息流通的方式更多樣，除了傳統方式依舊保留之外，還多了報章雜誌、多媒體網路，讓訊息互通有無。在這些新穎的資訊傳播方式，有一種就是採訪。採訪是現今人們獲得消息最快的方式（除非自己親身經歷或事件發生的地點剛好在附近），且同時具備語文基本能力的概念：「聽」、「說」、「讀」、「寫」、「作」，恰好可以用來增進學生的語文素養。融入「非人」（在本研究中給除了人以外的「萬物」的別稱為「非人」）的思維，又能達到深入了解周遭事物的目標，讓學生藉由了解「別人」的經驗，來檢視自己的想法與作法，

培養語文能力，以及改變學生心性行為。茲將整體研究的要點敘述
如下：

一、採訪與非人相關研究

　　採訪是本研究的重點，採訪的定義文獻中有不同的說法：Wynford
Hicksy（2003）在提到，採訪是現代採訪學的主要活動，是記者及作
家蒐集資料的主要方法。石麗東（1999）認為採訪既為新聞報導的來
源，每一新聞機構有採訪部門，凡有志新聞業者，不論科班出身與否，
以採訪為必學的科目。錢震等（2003）提到新聞採訪是取得新聞的手
段。而新聞採訪不論是在那裡採訪，也不論是對什麼人、什麼事或物
採訪，都是記者的事。記者能不能採訪到讀者需要或感興趣的新聞，
關係到報社的生存。陳東園（2007）等對採訪下了一個更廣泛的定義：
採訪的本義，就是人類蒐集自然界和人類社會訊息的新聞活動。就內
在本質而言是人類一種特殊的認識客觀事實的活動，而其外在表現則
是記者與採訪對象之間的一種人際交往活動。從上述定義可知，採訪
是獲取新聞的直接方式，是記者的重要職志，無論出身何處，採訪都
是記者必學的科目。因此，採訪和記者是密不可分的。任何記者都必
須學習採訪這項基本技能，才有機會從事極具專業與挑戰的新聞工
作。且採訪是維繫報章媒體持續運作的生命來源，牽涉到媒體的生存，
對媒體工作而言，有不可磨滅的重要地位。

　　採訪對象在過去都設定是人或與人相關的事物。對於「非人」是
置之不理，非人是相對於「人」而言，人以外的萬物我們稱為「非人」，
在本研究的定義包括了動物、植物、礦物及其他神秘傾向（靈體）。為
了拓展經驗，有更寬廣的心胸與視野，我們擬定了非人採訪術的課題。
非人是具有意識的生命，像是準確預測世足賽結果的章魚保羅、能了
解語言並能創造運用的黑猩猩、會算數學的狗、有靈性的牛、大象林
旺等動物，還有美國中央情報局的電子專家 Cleve Backster 對植物是
否具有意念而進行的一連串實驗，結果顯示植物不但有意識，還有想

法與情緒反應。即使這是透過精密儀器才有辦法接受感應，但顯示了人類自古以來對植物的態度已經有很大的突破，也因此引起不少人的注意。化學博士麥克弗格從反對 Cleve Backster 的論述轉為支持。美國化學師沃格爾曾對三片樹葉進行實驗，對於結果沃格爾表示：「人可以做到與植物的生命溝通交流情感。植物是活生生的物體，有意識的存在這世界上。」另外，礦物的部分也有例子，游謙（2004）曾舉三峽碧隆宮和草湖石頭公廟為例，說明「崇拜石頭」所呈現的背後意涵。臺北縣（現為新北市）的兩所學校內的圖騰和石頭，都是礦物具有靈性、意識的證明，這是非人採訪的構想背景。

二、非人採訪的理論基礎

非人採訪最初的基礎在於「萬物有靈觀念的體現」，「萬物有靈」的觀念在人類生活中是隨處可見的。尤其以氣化觀型文化系統底下的傳統東方為最佳明證。自然崇拜是原始社會中信仰的起源，也是萬物有靈觀念的表現。原住民的傳統服飾、圖騰、信仰、神話故事、傳說等中，都能發現萬物有靈觀念的蛛絲馬跡。不只是原住民，傳統漢民族也有這樣的理念展現在文學作品，如《莊子》、《三國演義》、唐詩、宋元話本及明清小說中，都有萬物有靈的蹤影。在臺灣，這種例子更是不勝枚舉，例如祭拜鬼神、祖先、「石頭公」、「樹王公」、「地基主」、「虎爺」等；以及原住民的祖靈信仰都屬於觀念體現的範疇，這樣的概念也是非人採訪的根本。

非人採訪的另一理論基礎是「從人擴及非人的經驗廣化的需求」。從有新聞媒體開始，人們對「人」的新聞是比較感興趣的，因此所有的報導視角都是以人為出發點；即使偶爾幾次談到「非人」，也都是以人類觀點為主，很少從「非人」的角度看世界，因為這樣的經驗是人類不曾經驗過、不熟悉的。而本研究為了拓展人類視野與經驗廣化，讓人們有不同的思維，而人採訪「非人」的目的，從三方面得到新知，參與公共事務、仿效來談，無論是何種目的，都是為了讓人有更多不

同的學習、更不一樣的經驗、更特別的體悟；更重要的是把這樣的學習經驗轉化為自身的歷練，讓為人處世能更為成熟圓融。

有鑑於學生語文成就低落，非人採訪術的設計就包含了提升學生語文能力；而要提升學生語文，就得拓展周慶華（2007a）所提的語文經驗：知識經驗、規範經驗、審美經驗。所有語文成品都不出這三種經驗的範疇，而非人採訪也屬於語文成品中的類語文成品。再者，採訪活動中，包含聽說讀寫作等五項基本語文能力，是豐富多樣的學習課程。除了語文部分，我也將改變學生心性行為的理念放入非人採訪術，期待學生藉由觀察、採訪、深入了解與感受，可以啟發、淨化、轉變自己的內在心性，進一步顯而外，讓外在表現與內在思慮相符。

因此，非人採訪是開拓學生語文經驗，增進語文能力、達到改善學生內心想法與外在行為的最佳語文教學途徑。

三、非人採訪的對象特性

非人採訪的對象，依據非人的定義與萬物有靈的概念，大致分成動物、植物、礦物及其他神秘傾向。而既然名為採訪，就要關注非人與人的互動情況，再來擬訂適用的採訪向度。

動物與人間的互動的情況不像人與人那樣複雜頻繁，所以我稱為「動物的弱互動」。以動物為採訪對象，常因為互動較弱且不夠明確，再加上人對大部分動物的行為了解不夠深入，以致於很多動物所表現出來的回饋，我們無法判斷是何種意義，必須作試驗猜測，才能歸納出一個可能的答案。不過透過適度的引導，還是可以突破這樣的困境。我們採訪動物，是為了解決人和動物產生的誤解與摩擦，或者是認知上的差異，因此設定的採訪主目的就是了解「動物怎樣看待人」，讓人對動物有不一樣的看法。

至於植物的部分，除了 Cleve Backster 等研究者證實植物的生命意識以外，饒夏（2007）曾提到早在古希臘時代哲學家亞里斯多德，就將植物定義為最低層的「營養的靈魂」。再者，《植物的秘密生命》

一書中也提到許多證實植物有意識的相關案例。不過這些案例中的實驗研究者，大多安排詳盡的實驗流程，搭配精密的儀器作探測檢視；而在非人採訪中則無這樣的機械可以運用，但我們仍能從植物的「表情」、「肢體動作」，再配合採訪者的「想像」去思考植物可能的回應是什麼。這種回饋，我稱為「植物的想像反應」。以植物為採訪對象，因為植物本身不具動物的移動遷徙的能力，遇到災難或迫害時，只能逆來順受，容易遭受侵害，所以我設定的採訪目的就是「想了解植物面對摧殘時的反應」，從了解彼此改善人與植物的關係。

設定礦物為受訪者的理念，是從古代人們對「石頭崇拜」開始。陶思炎（2006）等人對此議題作過很多研究，發現石頭對於人類來說是珍貴而具有神聖的意義。因此，礦物更是非人採訪一個很重要的對象。而礦物與人的互動方式，無法像動、植物那樣明顯，讓人可以迅速領會。進行採訪時，必須藉由觀察它的外觀、動靜以及周遭的其他物，去「感應」礦物的回答，這種超越一般「感官」的方式，我便把得到的回饋稱為「礦物的超感應」。採訪礦物的目的，由於除了貴重金屬之外，一般我們泛稱的礦物，是容易被忽略遺忘的，所以我以「了解礦物被冷落的感受」作為採訪礦物的主目的。

其他可能的神秘傾向指的是「靈體」，因為我設定的採訪者是學生，而這部分需要通靈或專業人士才能實施，所以在這個部分，就單純作理論建構。大體上來說，我們還是能透過媒介與靈溝通，因此保留這樣的可能性是必要的。而我們採訪靈原因是在科學時代，愈來愈多人否定靈的存在，因此我設定的主目的是「想了解靈遭到否定或被遺忘存在的想法」，進而肯定他們的存在。

四、非人採訪的時間及向度

非人採訪的時間類別分為三類：「單一時段的截取式採訪」、「連續時段的專題報導式採訪」、「間歇時段的類拼貼式採訪」。單一時段的截取式採訪就是具有時效性，且採訪時間較短的特徵，時間長度分為：

下課時間（半小時）、1節課（1小時）、2節課（2小時）、半天。而連續時段的專題報導式採訪，在採訪內容上較具廣度與深度，所以需要花費的時間也較長：一天、一星期、一個月、一年。間歇時段的類拼貼式採訪不論是內容或時間長度都介於二者之間，時間長度分為：1節課、2節課、半天、1天、數天。基本上三種時間類別都適用所有的非人採訪對象，但還是有適用程度上的差異；且配合採訪目的，又設定了「外觀」、「動靜」、「意念」、「品味」等四個向度來處理提問內容，並保留可能其他向度的可能性，讓每一種時間類別都有其參考依據，教學者可視情況加以調整運用。

五、非人採訪的技巧

　　依據採訪時間與向度，我擬定了三種專為非人採訪設計的採訪技巧：「營造唯美的經驗」、「緩提問及其觀察或聆聽動靜」、「投射思緒與驚奇遇合」。這三種技巧，同樣也適用所有非人，但有適用程度上的不同。營造唯美的經驗是為了讓採訪、受訪雙方有良好的互動與訊息交流的體驗，且因應速度不同的非人：動作快速、動作半快速、動作緩慢三種類型來設定提問。緩提問及其觀察或聆聽動靜主要是針對速度不快的非人。緩提問又再細分為緩慢提問、緩緩提問、延緩提問三種，前兩種是配合較短的時間類別，第三種是配合較長的時間類別，但都可以視需要交互運用。投射思緒與驚奇遇合，主要運用在反應不明顯的非人。投射思緒依據語文經驗區分為：投射知識性思緒、投射審美性思緒、投射規範性思緒三種。驚奇遇合說的是可遇不可求的心態，一旦達成目的，就會有驚喜的感受，這概念用於一般人看不見也感受不到的「靈體。」設定這些技巧，目的是為了讓採訪過程更為流暢，畢竟面對的是在溝通上有一定難度的非人，如果沒有量身訂做的應對策略，成效就可能大打折扣，也枉費教學者的辛苦了。

六、實務印證及其成效的評估

　　我針對自己班級作非人採訪術的實際教學，評估這樣的理念是否可徹底執行於教學現場中。我將非人的特性、採訪技巧、時間向度、萬物有靈的概念，在教學中運用多媒體工具與相關學習單呈現，並邀請隔壁班導師協助擔任觀察者。課程結束後學生肯定這樣的課程，大多數學生覺得有趣，未來有這樣課程會想繼續參加。而對於預期效應——提升語文能力及改變心性行為，學生也多數認為自己的語文能力有進步；且從教師的觀察記錄與學生的後測問卷看來，學生的想法和呈現出來的外在行為都有正向的發展，更有特別的附帶效應，這對非人採訪術的理論建構有相當程度的支持。換句話說，非人採訪術運用在教學上是有高度效果展現的。

　　本研究所建構出的理論成果可用下圖表示，實務印證的部分是以實際教學來檢視前面建構的理論，實為該理論所涵括。因此，就由理論建構成果來統攝：

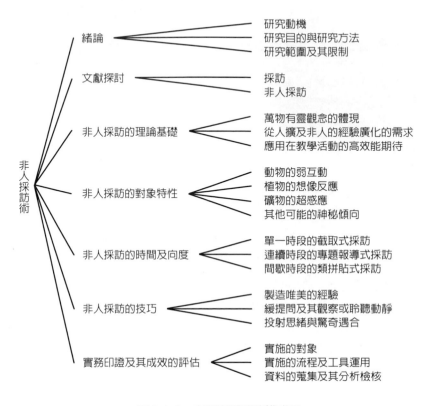

圖 8-1-1 本研究理論建構成果

第二節　未來研究的展望

一、研究限制解決的途徑

　　前面提過一些研究限制（詳見第一章第三節），採訪是一個必須經過長時間學習的專業課題，不是短時間一蹴可幾。不過一般所指的採訪對象為人，雖然僅為單一物種，但人的思緒、表情、肢體語言的複

雜精細程度，是其他物種遠遠不及的。因此，要採訪人，雖然有許多專書、專文教學探討可以參考學習，但要對每項採訪細節、流程、技巧駕輕就熟，著實不易。這樣來看，以人為採訪對象，比以非人為採訪對象進行採訪工作，還要來的複雜多了。採訪非人相較之下雖然比較容易，但對於教學者和學生來說，仍有極大的挑戰性，畢竟人和非人在溝通上不是只有用語言對談就好，還要培養出敏銳的觀察力，才有辦法覺察非人細微的變化與反應，作為採訪結果的依據。面對時間不夠又想達到一定成果，就得設定一些時間向度與技巧去挑選執行。因此，在採訪課程設計的部分，我挑選了「單一時段的截取式」和「間歇時段的類拼貼式」時間向度進行採訪，並將三種技巧融入，舉案例讓學生了解，並模擬可能遭遇的狀況與如何應對。雖然教學實施時間不長（為期一個月左右），但如能扎實的討論、適度的引導以及大量的鼓勵，學生還是會有所收穫。

　　另外，由於教學現場限制，無法進行大規模的教學印證，但配合參與觀察者的記錄與建議，本研究還是具有相當的信實度。當然如果教學現場（與學校、家長、學生三方溝通）允許，能多個班級實施，更能藉由發現更多問題來改善教學，提升成效。

　　再者，我僅就高年級部分實施教學，至於實際情況得視教師引導與學生狀況而定，每個地區可能不盡相同；但實施方式可依本研究為模式參考，選擇適用的時間向度與技巧去實施，務必讓學生快樂、且願意敞開心胸學習，相信成果會顯而易見。

　　最後，比較難突破的困境是針對第四種非人：「其他可能的神秘傾向」。前面有提過（詳見第四章第四節），我們非通靈或專業人士，無法感受靈的存在，當然也就無法進行採訪。即使有媒介，沒有機緣，也不一定能「遇合」。有時貿然使用媒介（如錢仙、碟仙），還有其風險性存在。所以本研究保留這部分作為未來深入探索的可能，留給未來研究者一個可行的參考依據。

二、未來的展望

非人採訪術理論建構搭配實務印證，已展現了相當程度的成果，如果要再往外延伸，讓成效更顯著，可參考幾個方向：

（一）延長教學時間

我實施教學為期約一個月，已可看見學生在語文方面與心性行為方面不同程度的成長，但深感實施過程太短，畢竟語文是需要長時間累積材料、經驗才會有大幅的進展；而心性行為也需要更多的刺激、反省來強化，把時間延長，一定能看出更多、更特別的成效。因此，建議未來研究者和教學者可以把教學實施時間延長為三個月以上，定能讓學生吸取更多不一樣的資訊，教學者也能看到更多不同的改變。

（二）配合語文教學活動作延伸

在第七章第三節提到的附帶效應，是可以再作教學延伸的，例如學生行為、爭吵與專注這部分，可配合輔導活動的「情緒管理」課程來進行，可以收到相得益彰的效果。另外，想像力的部分，前面也有提到學生在短文寫作上用了很多「譬喻法」，這正是想像力的展現。依此我們除了可進行文章寫作，更適合用來作童詩教學，累積越多經驗，語文材料也就越豐富；如果能發展童詩創作，作品一定會相當精采。

（三）擬訂不同向度並彈性運用

本研究建構了許多可用的理論與技巧提供教學者參考使用，教學者可以依情況彈性調整。但教學者在實施過程中，難免會遭遇許多不可預期的情況。一旦發現難以解決，可以試著思考其他可適用的向度和技巧，來彌補本研究的缺漏處。

　　最後，非人採訪術的理論建構和實務印證至此，對語文教學與心性改變均有效果。我身為國小老師，對學生的語文教育與品行養成甚為重視。希望藉由本研究能將課程加以推廣增益，讓課程能設計得更為完善，並提供教學者一個高度有效且可行的課程參考。

參考書目

人民報（2010），〈聽！植物在說話呢〉，http://news.renminbao.com/237/
　　12238.htm，點閱日期：2010.08.10。

中華世界遺產協會（2008），〈阿爾塔米拉洞窟〉，http://www.what.org.tw/db/
　　detail.asp?hid=310，點閱日期：2010.08.10。

陶泰山（2011），〈王建民第三場復健賽　五局 2K 被敲 2 安無失分〉，
　　http://tw.news.yahoo.com/article/url/d/a/110708/1/2upfs.html，點閱日期：
　　2011.07.08。

水渭松注譯（2007），《新譯莊子本義》，臺北：三民。

王怡（2005），《穿越時空的隧道——世界科學未解之謎》，臺北：驛站。

王洪鈞（2000），《新聞報導學》，臺北：正中。

王韋婷（2011），〈蘇貞昌接受選舉結果　呼籲支持蔡英文〉，http://news.
　　rti.org.tw/index_newsContent.aspx?nid=293689&id=1&id2=1，點閱日期：
　　2011.05.03。

王英帥（2009），〈語文教學重在培養學生的基本能力〉，《教育實踐與研
　　究》，5B，32-34，河北。

王爽（2009），〈易地採訪報導的技巧〉，《青年記者》，4B，22-23，山東。

王銘義（2008.05.14），〈預知強震？數十萬蟾蜍大遷徙〉，《中國時報》
　　A5 版。

王曉玲（2006），〈淺談移情在語文閱讀教學中的積極作用〉，《甘肅教育》，
　　8，26，甘肅。

王曉寒（1998），《新聞寫作問題多》，臺北：中正。

白雲觀長春真人編纂（1995），《雲笈七籤》卷 54，《正統道藏》第 37 冊，
　　臺北：新文豐。

田俊雄（2010），〈過境綠頭鴨，戀上臺灣紅番鴨〉，http://tw.news.yahoo.
　　com/article/url/d/a/100816/2/2b68o.html，點閱日期：2010.08.16。

石麗東（1991），《當代新聞報導》，臺北：正中。

向立綱（2008），《人鬼之間──活靈活現第二部》，臺北：新新聞。

朱方蟬（2011），〈朱芯儀不否認肚皮有喜：懷孕就結婚〉，http://showbiz. chinatimes.com/showbiz/110511/112011042400013.html，點閱日期：2011.05.03。

何三本（1993），《語文教育論集》，臺北：臺東師院語文教育學系。

何貝芬（2001），《如何陶冶孩子美感的心靈》，臺北：21 世紀。

宋群（2009），〈現場採訪的談話藝術〉，《青年記者》，8C，88，山東。

李金霞（2008），〈美感──來自于語文教學〉，《語文學刊》，7B，24-25，呼和浩特。

李梅（1998），〈植物也有主動行為〉，《科學大眾》，9，30，南京。

李瑞騰（1991），《臺灣文學風貌》，臺北，三民。

呂振成（2011），〈查弊案　約談邵曉鈴弟邵國寧院長〉，http://www.tvbs. com.tw/NEWS/NEWS_LIST.asp?no=chen198720110401165618，點閱日期：2011.05.03。

周啟光（2009），〈動物有美感嗎？並與黃新榮教授商榷〉，《美與時代》，7B，29-32，鄭州。

周菁葆（2007），〈海南黎族與臺灣高山族祖先崇拜之比較研究〉，《中國邊政》，172，25-35，臺北。

周慶祥等（2003），《新聞採訪寫作》，臺北：風雲論壇。

周慶華（1997），《語言文化學》，臺北：生智。

周慶華（2004a），《語文研究方法》，臺北：洪葉。

周慶華（2004b），《創造性寫作教學》，臺北：萬卷樓。

周慶華（2006a），《語用符號學》，臺北：唐山。

周慶華（2006b），《靈異學》，臺北：洪葉。

周慶華（2007a），《語文教學方法》，臺北：里仁。

周慶華（2007b），《走訪哲學後花園》，臺北：三民。

周慶華（2009），《文學詮釋學》，臺北：里仁。

周慶華（2010.05.11.），〈新存在觀念〉，《國語日報》少年文藝版。

周慶華主編（2009），《語文與語文教育的展望》，臺東：臺東大學。

求那跋陀羅譯（1974），《雜阿含經》，《大正藏》卷 2，臺北：新文豐。

林貞岑（2009），〈一棵都不能少，搶救老樹大作戰〉，http://tw.news.yahoo. com/marticle/url/d/a/100708/46/28ynf.html?type=new&pg=2，點閱日期：2010.08.09。

林耀斌（2009），〈如何做好人物採訪〉，《青年記者》，2B，59，濟南。

胡幼慧主編（1996），《質性研究：理論、方法及本土女性研究實例》，臺北，巨流。

香港聖經公會（1996），《聖經》，新標點和合本，香港：香港聖經公會。

國立自然科學博物館（2011），《地質學》，http://digimuse.nmns.edu.tw/Default.aspx?Domin=g&tabid=70&Field=m0&ContentType=Study&FieldName=&ObjectId=&Subject=&Language=CHI，點閱日期：2011.05.27

姚偉鈞等（2004），〈信仰文化與奇石〉，《花木盆景（盆景賞石）》，12，35，武漢。

陶思炎（2006），〈石敢當與山神信仰〉，《民族藝術》，1，43-48，南寧。

唐萍（2009），〈原始宗教中神化的自然崇拜〉，《西北成人教育學報》，5，33-34，蘭州。

孫長初（2006），〈從先秦兩漢藝術品裝飾題材看天地人神關係的演變〉，《南洋師範學院學報》，5（2），98-101，南陽。

徐慰真（2001），《人情趣味新聞料理》，臺北：三民。

高淑清（2008），《質性研究的18堂課：首航初探之旅》，高雄：麗文。

高敏麗（2005），《從九年一貫課程綱要國語文能力指標探討國小國語文閱讀教學》，新竹教育大學臺灣語言與語文教育研究所碩士班碩士論文，未出版，新竹。

高敬文（1999），《質化研究方法論》，臺北：師大書苑。

連珮貝（2011），〈寵物貓被毒殺 飼主討公道〉，http://news.cts.com.tw/cts/society/201104/201104110711530.html，點閱日期：2011.05.03。

張宏旗（2010），《社區居民對老樹的認知與維護管理意見之研究-以嘉義市盧厝里為例》，嘉義大學森林暨自然資源學系研究所碩士班論文，未出版，嘉義。

張春興（1987），《心理學》，臺北：東華。

張書維等（2007），〈造假紙包子，北京電視台公開道歉，記者遭拘捕〉，http://www.nownews.com/2007/07/19/162-2128358.htm，點閱日期：2010.08.12。

張琪（2010），〈從「新聞價值減少」看記者的社會責任〉，《青年記者》4C，29-30，山東。

張開基（1995），《臺灣首席靈媒與牽亡魂》，臺北：學英。

張開基（2000），《飛越陰陽界！》，臺北：新潮社。

張徵（2009），〈新聞採訪的五個主要環節〉，《新聞與寫作》，1，79-81，北京。

教育部（2011），《重編國語辭典修訂本》，http://dict.revised.moe.edu.tw/cgi-bin/
　　newDict/dict.sh?cond=%B7P%C0%B3&pieceLen=50&fld=1&cat=&uke
　　y=54673796&serial=1&recNo=2&op=f&imgFont=1，點閱日期：2011.
　　05.28。

通鑑文化編輯部（2008），《神祕生物未解之謎》，臺北：人類智庫。

郭波（2006），〈美感是學生的創新動力〉，《西安工業大學學報》，26（5），
　　501-504，陝西。

郭家豪（2004），《運用合作學習教學法於自然與生活科技領域以提昇國中
　　學生基本能力之行動研究》，彰化師範大學科學教育研究所碩士班論
　　文，未出版，彰化。

施風（2010），〈植物的動物行為〉，《小學科技》，8，24-25，上海。

陳東園等編著（2007），《新聞編輯與採訪》，臺北：空大。

陳強（2008），〈論新聞採訪的五個基本要求〉，《新聞愛好者》，3B，62-63，
　　鄭州。

陳淑娟（2010），〈英王儲透露　可能封卡蜜拉為后〉，http://www.cdnews.biz/
　　cdnews_site/docDetail.jsp?coluid=267&docid=101357853，點閱日期：
　　2011.05.03。

陳器文（2006），〈臺灣原住民文學之神話思維與美學初探〉，《興大中文學
　　報》，18，1-25，臺中。

徐新逸（1998），〈情境教學中異質小組合作學習之實證研究〉，《教育資料
　　與圖書館學》，36（1），30-52，臺北。

陸象豫等（2010），〈何以莫拉克颱風重創扇平園區〉，《林業研究通訊》，1
　　（17），45～48，臺北。

游謙（2004），〈聖顯與臺灣的石頭崇拜〉，http://taiwan-religious-studies.
　　blogspot.com/2004/12/blog-post_29.html，點閱日期：2010.08.10。

曾仰如（1987），《形上學》，臺北：商務。

曾昭旭（2005），《我的美感體驗：道德美學引論》，臺北：商務。

新華網（2009），〈植物不僅會「說話」，也能聽懂人的話〉，http://big5.
　　xinhuanet.com/gate/big5/news.xinhuanet.com/world/2009-06/24/content
　　_11590615.htm，點閱日期：2010.08.10。

楊明暐（2008.05.18），〈預知天災將臨，動物超感應示警〉，《中國時報》
　　F2 版。

楊柏青（2005），《小組任務結構對不同成就異質分組學生科學學習行為之
　　影響》，臺南大學自然科學教育學系碩士班論文，未出版，臺南。

董紅言（2005），〈人物採訪技巧談〉，《現代傳播——中國傳媒大學學報》，3，135-136，北京。

維基百科（2010），〈阿爾塔米拉洞〉，http://zh.wikipedia.org/zh-tw/%E9%98%BF%E5%B0%94%E5%A1%94%E7%B1%B3%E6%8B%89%E6%B4%9E，點閱日期：2010.08.10。

趙彥紅（2009），〈淺談新聞記者的採訪技巧〉，《經濟師》，9，272，太原。

趙雅博（1990），《知識論》，臺北：幼獅。

趙榮台（2002），〈動物行為的奧祕〉，http://life.fhl.net/Science/life/animal.htm，點閱日期：2011.5.4。

劉秋固（1998），〈莊子的神話思維及其自我超越的文化心理與民俗信仰〉，《哲學與文化》，25（5），419-437，臺北。

潘淑滿（2003），《質性研究：理論與應用》，臺北，心理。

潘潔瑩（2010），〈阿公來探視，「牛牛」願意吃草了〉，http://news.cts.com.tw/cts/society/201007/201007060511389.html，點閱日期：2010.08.06。

鄭貞銘（1987），《新聞學與大眾傳播學》，臺北：三民。

蔡天起（2006），《超自然神秘檔案》，臺北：晶冠。

蔡天起（2007），《神秘自然生態大解碼》，臺北：晶冠。

蔣永佑（2007.09.10），〈靈異破案，楊日松寧信其有〉，《中國時報》A10版。

歐用生（1992），《質的研究》，臺北：師大書苑。

賴銘崇（2001），〈向建構主義靠近——國中數學教學應用與改變的嘗試〉，《第十五屆中華民國科學教育學術研討會》，245-265，彰化。

盧勝彥（2001），《不可思議的靈異：任運成就大瑜珈》，桃園：大燈。

盧勝彥（2005），《靈機神算漫談（上冊）》，桃園：大燈。

盧勝彥（2008），《天地間的風采：真佛祕法感應錄》，桃園：大燈。

錢震等（2003），《新聞新論》，臺北，五南。

學習加油站——教育 Wiki（2009），〈投射作用（Projection）〉，http://content.edu.tw/wiki/index.php/%E6%8A%95%E5%B0%84%E4%BD%9C%E7%94%A8%28Projection%29，點閱日期：2011.07.15。

鮑黎明（1998），《驚異的「陰間之旅」》，臺北：林鬱。

羅佳（2009），〈萬物有靈論〉，《諮商與輔導》，281，37，臺北。

羅貫中（1994），《三國演義》，臺北，桂冠。

羅際鴻（2003.03.18），〈林旺陪祭，曾經下跪〉，《中國時報》21版。

饒夏（2007），〈植物的心理〉，《校園心理》，11，30-31，太原。

蘇峰楠（2011），〈由苗栗縣石母祠個案淺析傳統石母崇拜〉，http://www.nhclac.gov.tw/modules/wap/life_6.php?id=175，點閱日期：2011.5.26。

譚詩華等（2009），〈新聞主播的移情能力及培養〉，《記者搖籃》，4，69，遼寧。

Anselm Strauss 等著、徐宗國譯（1997），《質性研究概論》，臺北：巨流。

Gary Kowalski 著、劉佳豪譯（2006），《我的靈魂遇見動物》，臺北：柿子。

Georey N. Leech 著、李瑞華等譯（1999），《語義學》，上海：上海外語教育。

Howard Gardner（1983），*Frames of mind: The theory of multiple intelligence.* N.Y.: Basic Books.

Johnson, D. W. & Johnson, R. T.（1987）. *Learning together and alone: Cooperation, competition and individualization*（2nd ed.）. Englewood Cliffs, NJ: Prentice-Hall.

Marilyn Raphael 等著、吳孝明等譯（2006），《美國靈媒大師瑪麗蓮：通靈大師的精采人生暨見證》，臺北：智庫。

Marty Becker 等著、廖婉如譯（2008），《那些動物教我的事：寵物的療癒力量》，臺北：心靈工坊。

Michael Q. Patton 著（1998）、吳芝儀等譯，《質的評鑑與研究》，臺北：桂冠。

Peter A.Angeles 著、段德智等譯（1999），《哲學辭典》，臺北：貓頭鷹。

Peter Tompkins 等著、薛絢譯（1998），《植物的祕密生命》，臺北：商務。

Sally Adams 等著、郭瓊俐等譯（2003），《新聞採訪》，臺北：五南。

William Zinsser 著、寸幸幸譯（1999），《如何成為採訪寫作高手》，臺北：方智。

附錄

一、非人採訪前測問卷

「非人採訪術」教學前測問卷

姓名：

1. 請問你認為的「非人」是指什麼？請稍加描述，並舉例說明。

2. 請問你認為的「非人」有自己的意識、語言、行為或社會關係嗎？請舉例說明。

3. 請問你認為的「非人」可以跟我們溝通嗎？為什麼？請試著舉一些例子稍微說明。

4. 請問你認為採訪的功能是什麼？我們可以從採訪獲得哪些東西？

5. 請問你最常看到被採訪的對象是誰？你覺得為什麼他是最常被採訪的？

6. 你覺得除了第 5 題提到的採訪對象外，我們還可採訪哪些對象？

7. 如果我們的採訪對象是「非人」，你覺得自己如何去訪問他？要注意那些事情？

二、非人採訪後測問卷

「非人採訪術」教學後測問卷

姓名：

1. 請你說說看，進行完非人採訪後，你認為自己「聽、讀、說、寫、作」哪個部分有進步？請舉例說明。

2. 請你說說看，進行完非人採訪後，以後面對所有自然事物（非人）時，你會如何看待它們？

3. 請你說說看，進行完非人採訪後，你和其他人的關係有改變嗎？請舉例說明。

4. 進行完非人採訪後，除了語文能力增加之外，有沒有什麼想法或行
   為是自己認為有變化的，請你詳細說明。

5. 請簡單說一下你參與此課程的心得、建議。如果未來還有後續的課
   程，你會願意參加嗎？為什麼？

三、參與觀察者記錄單（教師、協同教學者）

非人採訪參與觀察者記錄	
時間	
地點	
採訪對象	
採訪目的	
使用時間向度	
學生優點	
學生缺點	
想法建議	

四、採訪日誌（小組）

採訪日誌	
日期時間	
採訪對象	
採訪目的	
地點	
提問一	
自行設想 可能的回應	
回應一	
提問二	
自行設想 可能的回應	
回應二	
提問三	
自行設想 可能的回應	
回應三	
提問四	

自行設想可能的回應	
回應四	

五、採訪心情記實（學生個人）

採訪心情記實			
日期		採訪對象	
地點		負責工作	
採訪過程：			
我的收穫：			
心情圖畫：			

小組成員						
評分記錄						
評分原因						

社會科學類　PF0080　東大學術 38

非人採訪術

作　　者 / 黃獻加
責任編輯 / 陳佳怡
圖文排版 / 楊家齊
封面設計 / 王嵩賀

發 行 人 / 宋政坤
法律顧問 / 毛國樑　律師
印製出版 / 秀威資訊科技股份有限公司
　　　　　114 台北市內湖區瑞光路 76 巷 65 號 1 樓
　　　　　電話：+886-2-2796-3638　傳真：+886-2-2796-1377
　　　　　http://www.showwe.com.tw
劃撥帳號 / 19563868　戶名：秀威資訊科技股份有限公司
　　　　　讀者服務信箱：service@showwe.com.tw
展售門市 / 國家書店（松江門市）
　　　　　104 台北市中山區松江路 209 號 1 樓
　　　　　電話：+886-2-2518-0207　傳真：+886-2-2518-0778
網路訂購 / 秀威網路書店：http://www.bodbooks.com.tw
　　　　　國家網路書店：http://www.govbooks.com.tw
圖書經銷 / 紅螞蟻圖書有限公司
　　　　　114 台北市內湖區舊宗路二段 121 巷 28、32 號 4 樓
　　　　　電話：+886-2-2795-3656　傳真：+886-2-2795-4100

2012 年 4 月 BOD 一版
定價：360 元

國家圖書館出版品預行編目

非人採訪術 / 黃獻加著. -- 一版. -- 臺北市 ：
秀威資訊科技, 2012.04
　　面 ；　　公分. -- (社會科學類 ；PF0080)
(東大學術 ；38)
BOD 版
ISBN 978-986-221-938-6(平裝)

1. 採訪

895　　　　　　　　　　　　　101003882

讀 者 回 函 卡

感謝您購買本書，為提升服務品質，請填妥以下資料，將讀者回函卡直接寄回或傳真本公司，收到您的寶貴意見後，我們會收藏記錄及檢討，謝謝！
如您需要了解本公司最新出版書目、購書優惠或企劃活動，歡迎您上網查詢或下載相關資料：http:// www.showwe.com.tw

您購買的書名：＿＿＿＿＿＿＿＿＿＿＿＿＿＿＿＿＿＿＿＿＿＿＿＿＿

出生日期：＿＿＿＿＿年＿＿＿＿＿月＿＿＿＿＿日

學歷：□高中 (含) 以下　　□大專　　□研究所 (含) 以上

職業：□製造業　□金融業　□資訊業　□軍警　□傳播業　□自由業
　　　□服務業　□公務員　□教職　　□學生　□家管　　□其它＿＿＿

購書地點：□網路書店　□實體書店　□書展　□郵購　□贈閱　□其他

您從何得知本書的消息？

　□網路書店　□實體書店　□網路搜尋　□電子報　□書訊　□雜誌

　□傳播媒體　□親友推薦　□網站推薦　□部落格　□其他＿＿＿＿＿

您對本書的評價：（請填代號　1.非常滿意　2.滿意　3.尚可　4.再改進）

　封面設計＿＿　版面編排＿＿　內容＿＿　文／譯筆＿＿　價格＿＿

讀完書後您覺得：

　□很有收穫　□有收穫　□收穫不多　□沒收穫

對我們的建議：＿＿＿＿＿＿＿＿＿＿＿＿＿＿＿＿＿＿＿＿＿＿＿＿

＿＿＿＿＿＿＿＿＿＿＿＿＿＿＿＿＿＿＿＿＿＿＿＿＿＿＿＿＿＿＿＿

＿＿＿＿＿＿＿＿＿＿＿＿＿＿＿＿＿＿＿＿＿＿＿＿＿＿＿＿＿＿＿＿

＿＿＿＿＿＿＿＿＿＿＿＿＿＿＿＿＿＿＿＿＿＿＿＿＿＿＿＿＿＿＿＿